CUENTOS DE AMOR DE LOCURA Y DE MUERTE

CUENTOS DE LA SELVA

Quiroga, Horacio
Cuentos de amor de locura y de muerte / Cuentos de la selva - 1a ed. - Ciudad Autónoma de Buenos Aires: Bärenhaus, 2015.
336 p. ; 21x14 cm.

ISBN 978-987-46039-2-0

1. Cuentos. I. Título
CDD U863

Corrección de textos: Carolina Baldo
Diseño de cubierta e interior:
Departamento de arte de Editorial Bärenhaus S.R.L.

Publicado bajo el sello Bärenhaus
Quevedo 4014 (C1419BZL) C.A.B.A.
www.editorialbarenhaus.com

ISBN 978-987-46039-2-0

Hecho el depósito que prevé la ley 11.723

HORACIO QUIROGA

CUENTOS DE AMOR DE LOCURA Y DE MUERTE

CUENTOS DE LA SELVA

BÄRENHAUS

ÍNDICE

NOTA DEL EDITOR

Leer a Horacio Quiroga es como sumergirse en un océano alucinante del que cuesta mucho sobreponerse para volver a la superficie. Sus historias nunca acaban, aún después de leerlas siguen escarbando la mente como termitas en la madera.

Su trágica vida, llena de suicidios y muertes, llegó a obsesionarlo de tal manera que logró que todas sus narraciones tuvieran un contenido macabro, morboso y una constante atmósfera de alucinación, crimen, locura y estadios delirantes.

Quiroga también logró una manifiesta precisión en la manera de narrar y describir los ambientes naturales. Sus años de residencia en la selva misionera, en el norte argentino, le sirvió para dar vida a protagonistas víctimas de la hostilidad y el desmán de un mundo salvaje e irracional.

Nuestro compromiso en esta edición es acercarle al lector algunos de los cuentos más destacados de un autor que dejó marcado para siempre su estilo en este género literario.

Quiroga resumió su modo de narración en el *Decálogo del perfecto cuentista*, dejando en claro pautas referentes a la estructura, la tensión narrativa, la culminación de la historia y el impacto del final.

Decálogo del perfecto cuentista

Por Horacio Quiroga

I - Cree en un maestro -Poe, Maupassant, Kipling, Chejov- como en Dios mismo.

II - Cree que su arte es una cima inaccesible. No sueñes en domarla. Cuando puedas hacerlo, lo conseguirás sin saberlo tú mismo.

III - Resiste cuanto puedas a la imitación, pero imita si el influjo es demasiado fuerte. Más que ninguna otra cosa, el desarrollo de la personalidad es una larga paciencia.

IV - Ten fe ciega no en tu capacidad para el triunfo, sino en el ardor con que lo deseas. Ama a tu arte como a tu novia, dándole todo tu corazón.

V - No empieces a escribir sin saber desde la primera palabra adónde vas. En un cuento bien logrado, las tres primeras líneas tienen casi la importancia de las tres últimas.

VI - Si quieres expresar con exactitud esta circunstancia: “Desde el río soplaba el viento frío”, no hay en lengua humana más palabras que las apuntadas para expresarla. Una vez dueño de tus palabras, no te preocupes de observar si son entre sí consonantes o asonantes.

VII - No adjetives sin necesidad. Inútiles serán cuantas colas de color adhieras a un sustantivo débil. Si hallas el que es preciso, él solo tendrá un color incomparable. Pero hay que hallarlo.

VIII - Toma a tus personajes de la mano y llévalos firmemente hasta el final, sin ver otra cosa que el camino que les trazaste. No te distraigas viendo tú lo que ellos pueden o no les importa ver. No abuses del lector. Un cuento es una novela depurada de ripios. Ten esto por una verdad absoluta, aunque no lo sea.

IX - No escribas bajo el imperio de la emoción. Déjala morir, y evócala luego. Si eres capaz entonces de revivirla tal cual fue, has llegado en arte a la mitad del camino.

X - No pienses en tus amigos al escribir, ni en la impresión que hará tu historia. Cuenta como si tu relato no tuviera interés más que para el pequeño ambiente de tus personajes, de los que pudiste haber sido uno. No de otro modo se obtiene la vida del cuento.

CUENTOS DE AMOR DE LOCURA Y DE MUERTE

A la deriva

El hombre pisó algo blancuzco, y en seguida sintió la mordedura en el pie. Saltó adelante, y al volverse con un juramento vio una yaracacusú que, arrollada sobre sí misma, esperaba otro ataque.

El hombre echó una veloz ojeada a su pie, donde dos gotitas de sangre engrosaban dificultosamente, y sacó el machete de la cintura. La víbora vio la amenaza, y hundió más la cabeza en el centro mismo de su espiral; pero el machete cayó de lomo, dislocándole las vértebras.

El hombre se bajó hasta la mordedura, quitó las gotitas de sangre, y durante un instante contempló. Un dolor agudo nacía de los dos puntitos violetas, y comenzaba a invadir todo el pie. Apresuradamente se ligó el tobillo con su pañuelo y siguió por la picada hacia su rancho. El dolor en el pie aumentaba, con sensación de tirante abultamiento, y de pronto el hombre sintió dos o tres fulgurantes puntadas que, como relámpagos, habían irradiado desde la herida hasta la mitad de la pantorrilla. Movía la pierna con dificultad; una metálica sequedad de garganta, seguida de sed quemante, le arrancó un nuevo juramento.

Llegó por fin al rancho y se echó de brazos sobre la rueda de un trapiche. Los dos puntitos violeta desaparecían ahora en la monstruosa hinchazón del pie entero. La piel parecía adelgazada y a punto de ceder, de tensa. Quiso llamar a su mujer, y la voz se quebró en un ronco arrastre de garganta reseca. La sed lo devoraba.

—¡Dorotea! —alcanzó a lanzar en un estertor—. ¡Dame caña!

Su mujer corrió con un vaso lleno, que el hombre sorbió en tres tragos. Pero no había sentido gusto alguno.

—¡Te pedí caña, no agua! —rugió de nuevo—. ¡Dame caña!

—¡Pero es caña, Paulino! —protestó la mujer, espantada.

—¡No, me diste agua! ¡Quiero caña, te digo!

La mujer corrió otra vez, volviendo con la damajuana. El hombre tragó uno tras otro dos vasos, pero no sintió nada en la garganta.

—Bueno; esto se pone feo —murmuró entonces, mirando su pie lívido y ya con lustre gangrenoso. Sobre la honda ligadura del pañuelo, la carne desbordaba como una monstruosa morcilla.

Los dolores fulgurantes se sucedían en continuos relampagueos y llegaban ahora a la ingle. La atroz sequedad de garganta que el aliento parecía caldear más, aumentaba a la par. Cuando pretendió incorporarse, un fulminante vómito lo mantuvo medio minuto con la frente apoyada en la rueda de palo.

Pero el hombre no quería morir, y descendiendo hasta la costa subió a su canoa. Sentose en la popa y comenzó a palear hasta el centro del Paraná. Allí la corriente del río, que en las inmediaciones del Iguazú corre seis millas, lo llevaría antes de cinco horas a Tacurú-Pucú.

El hombre, con sombría energía, pudo efectivamente llegar hasta el medio del río; pero allí sus manos dormidas dejaron caer la pala en la canoa, y tras un nuevo vómito —de sangre esta vez— dirigió una mirada al sol que ya trasponía el monte.

La pierna entera, hasta medio muslo, era ya un bloque deforme y durísimo que reventaba la ropa. El hombre cortó la ligadura y abrió el pantalón con su cuchillo: el bajo vientre desbordó hinchado, con grandes manchas lívidas y terriblemente doloroso. El hombre pensó que no podría jamás llegar él solo a Tacurú-Pucú, y se decidió a pedir ayuda a su compadre Alves, aunque hacía mucho tiempo que estaban disgustados.

La corriente del río se precipitaba ahora hacia la costa brasileña, y el hombre pudo fácilmente atracar. Se arrastró por la picada en cuesta arriba, pero a los veinte metros, exhausto, quedó tendido de pecho.

—¡Alves! —gritó con cuanta fuerza pudo; y prestó oído en vano.

—¡Compadre Alves! ¡No me niegue este favor! —clamó de nuevo, alzando la cabeza del suelo. En el silencio de la selva no se oyó un solo rumor. El hombre tuvo aún valor para llegar hasta su canoa, y la corriente, cogiéndola de nuevo, la llevó velozmente a la deriva.

El Paraná corre allí en el fondo de una inmensa hoya, cuyas paredes, altas de cien metros, encajonan fúnebremente el río. Desde las orillas bordeadas de negros bloques de basalto, asciende el bosque, negro también. Adelante, a los costados, detrás, la eterna muralla lúgubre, en cuyo fondo el río arremolinado se precipita en incesantes borbollones de agua fangosa. El paisaje es agresivo, y reina en él un silencio de muerte. Al atardecer, sin embargo, su belleza sombría y calma cobra una majestad única.

El sol había caído ya cuando el hombre, semitendido en el fondo de la canoa, tuvo un violento escalofrío. Y de pronto, con asombro, enderezó pesadamente la cabeza: se sentía mejor. La pierna le dolía apenas, la sed disminuía, y su pecho, libre ya, se abría en lenta inspiración.

El veneno comenzaba a irse, no había duda. Se hallaba casi bien, y aunque no tenía fuerzas para mover la mano, contaba con la caída del rocío para reponerse del todo. Calculó que antes de tres horas estaría en Tacurú-Pucú.

El bienestar avanzaba, y con él una somnolencia llena de recuerdos. No sentía ya nada ni en la pierna ni en el vientre. ¿Viviría aún su compadre Gaona en Tacurú-Pucú? Acaso viera también a su ex patrón mister Dougald, y al recibidor del obraje.

¿Llegaría pronto? El cielo, al poniente, se abría ahora en pantalla de oro, y el río se había coloreado también. Desde la costa paraguaya, ya entenebrecida, el monte dejaba caer sobre el río su frescura crepuscular, en penetrantes efluvios de azahar y miel silvestre. Una pareja de guacamayos cruzó muy alto y en silencio hacia el Paraguay.

Allá abajo, sobre el río de oro, la canoa derivaba velozmente, girando a ratos sobre sí misma ante el borbollón de un remolino. El hombre que iba en ella se sentía cada vez mejor, y pensaba entretanto en el tiempo justo que había pasado sin ver a su ex patrón Dougald. ¿Tres años? Tal vez no, no tanto. ¿Dos años y nueve meses? Acaso. ¿Ocho meses y medio? Eso sí, seguramente.

De pronto sintió que estaba helado hasta el pecho.

¿Qué sería? Y la respiración...

Al recibidor de maderas de mister Dougald, Lorenzo Cubilla, lo había conocido en Puerto Esperanza un viernes santo... ¿Viernes? Sí, o jueves...

El hombre estiró lentamente los dedos de la mano.

—Un jueves...

Y cesó de respirar.

El alambre de púa

Durante quince días el alazán había buscado en vano la senda por donde su compañero se escapaba del potrero. El formidable cerco, de capuera —desmonte que ha rebrotado inextricable— no permitía paso ni aún a la cabeza del caballo. Evidentemente, no era por allí por donde el malacara pasaba.

Ahora recorría de nuevo la chacra, trotando inquieto con la cabeza alerta. De la profundidad del monte, el malacara respondía a los relinchos vibrantes de su compañero, con los suyos cortos y rápidos, en que había sin duda una fraternal promesa de abundante comida. Lo más irritante para el alazán era que el malacara reaparecía dos o tres veces en el día para beber. Prometíase aquel entonces no abandonar un instante a su compañero, y durante algunas horas, en efecto, la pareja pastaba en admirable conserva. Pero de pronto el malacara, con su soga a rastra, se internaba en el chircal, y cuando el alazán, al darse cuenta de su soledad, se lanzaba en su persecución, hallaba el monte inextricable. Esto sí, de adentro, muy cerca aún, el maligno malacara respondía a sus desesperados relinchos, con un relinchillo a boca llena.

Hasta que esa mañana el viejo alazán halló la brecha muy sencillamente: Cruzando por frente al chircal que desde el monte avanzaba cincuenta metros en el campo, vio un vago sendero que lo condujo en perfecta línea oblicua al monte. Allí estaba el malacara, deshojando árboles.

La cosa era muy simple: el malacara, cruzando un día el chircal, había hallado la brecha abierta en el monte por un incienso desarraigado. Repitió su avance a través del chircal, hasta llegar a conocer perfectamente la entrada del túnel. Entonces usó del viejo camino que con el alazán habían formado a lo largo de la línea del monte. Y aquí estaba la causa del trastorno del alazán: la entrada de la senda formaba una línea sumamente oblicua con el camino de los caballos, de modo que el alazán, acostumbrado a recorrer esta de sur a norte y jamás de norte a sur, no hubiera hallado jamás la brecha.

En un instante estuvo unido a su compañero, y juntos entonces, sin más preocupación que la de despuntar torpemente las palmeras jóvenes, los dos caballos decidieron alejarse del malhadado potrero que sabían ya de memoria.

El monte, sumamente raleado, permitía un fácil avance, aún a caballos. Del bosque no quedaba en verdad sino una franja de doscientos metros de ancho. Tras él, una capuera de dos años se empenachaba de tabaco salvaje. El viejo alazán, que en su juventud había correteado capueras hasta vivir perdido seis meses en ellas, dirigió la marcha, y en media hora los tabacos inmediatos quedaron desnudos de hojas hasta donde alcanza un pescuezo de caballo.

Caminando, comiendo, curioseando, el alazán y el malacara cruzaron la capuera hasta que un alambrado los detuvo.

—Un alambrado —dijo el alazán.

—Sí, alambrado —asintió el malacara.

Y ambos, pesando la cabeza sobre el hilo superior, contemplaron atentamente. Desde allí se veía un alto pastizal de viejo rozado, blanco por la helada; un bananal y una plantación nueva. Todo ello poco tentador, sin duda; pero los caballos entendían ver eso, y uno tras otro siguieron el alambrado a la derecha.

Dos minutos después pasaban: un árbol, seco en pie por el fuego, había caído sobre los hilos. Atravesaron la blancura del pasto helado en que sus pasos no sonaban, y bordeando el rojizo bananal, quemado por la escarcha, vieron entonces de cerca qué eran aquellas plantas nuevas.

—Es yerba —constató el malacara, haciendo temblar los labios a medio centímetro de las hojas coriáceas. La decepción pudo haber sido grande; mas los caballos, si bien golosos, aspiraban sobre todo a pasear. De modo que cortando oblicuamente el yerbal, prosiguieron su camino, hasta que un nuevo alambrado contuvo a la pareja. Costeáronlo con tranquilidad grave y paciente, llegando así a una tranquera, abierta para su dicha, y los paseantes se vieron de repente en pleno camino real.

Ahora bien, para los caballos, aquello que acababan de hacer tenía todo el aspecto de una proeza. Del potrero aburridor a la libertad presente, había infinita distancia. Mas por infinita que fuera, los caballos pretendían prolongarla aún, y así, después de observar con perezosa atención los alrededores, quitáronse mutuamente la caspa del pescuezo, y en mansa felicidad prosiguieron su aventura.

El día, en verdad, favorecía tal estado de alma. La bruma matinal de Misiones acababa de disiparse del todo, y bajo el cielo súbitamente puro, el paisaje brillaba de esplendorosa claridad. Desde la loma, cuya cumbre ocupaban en ese momento los dos caballos, el camino de tierra colorada cortaba el pasto delante de ellos con precisión admirable, descendía al valle blanco de espartillo helado, para tornar a subir hasta el monte lejano. El viento, muy frío, cristalizaba aún más la claridad de la mañana de oro, y los caballos, que sentían de frente el sol, casi horizontal todavía, entrecerraban los ojos al dichoso deslumbramiento.

Seguían así, solos y gloriosos de libertad en el camino encendido de luz, hasta que al doblar una punta de monte, vieron a orillas del camino cierta extensión de un verde inusitado. ¿Pasto? Sin duda. Mas en pleno invierno...

Y con las narices dilatadas de gula, los caballos se acercaron al alambrado. ¡Sí, pasto fino, pasto admirable! ¡Y entrarían, ellos, los caballos libres!

Hay que advertir que el alazán y el malacara poseían desde esa madrugada, alta idea de sí mismos. Ni tranquera, ni alambrado, ni monte, ni desmonte, nada era para ellos obstáculo. Habían visto cosas extraordinarias, salvando dificultades no creíbles, y se sentían gordos, orgullosos y facultados para tomar la decisión más estrafalaria que ocurrírseles pudiera.

En este estado de énfasis, vieron a cien metros de ellos varias vacas detenidas a orillas del camino, y encaminándose allá llegaron a la tranquera, cerrada con cinco robustos palos. Las vacas estaban inmóviles, mirando fijamente el verde paraíso inalcanzable.

—¿Por qué no entran? —preguntó el alazán a las vacas.

—Porque no se puede —le respondieron.

—Nosotros pasamos por todas partes —afirmó el alazán, altivo—. Desde hace un mes pasamos por todas partes.

Con el fulgor de su aventura, los caballos habían perdido sinceramente el sentido del tiempo. Las vacas no se dignaron siquiera mirar a los intrusos.

—Los caballos no pueden —dijo una vaquillona movediza—. Dicen eso y no pasan por ninguna parte. Nosotras sí pasamos por todas partes.

—Tienen soga —añadió una vieja madre sin volver la cabeza.

—¡Yo no, yo no tengo soga! —respondió vivamente el alazán—. Yo vivía en las capueras y pasaba.

—¡Sí, detrás de nosotras! Nosotras pasamos y ustedes no pueden.

La vaquillona movediza intervino de nuevo:

—El patrón dijo el otro día: a los caballos con un solo hilo se los contiene. ¿Y entonces?... ¿Ustedes no pasan?

—No, no pasamos —repuso sencillamente el malacara, convencido por la evidencia.

—¡Nosotras sí!

Al honrado malacara, sin embargo, se le ocurrió de pronto que las vacas, atrevidas y astutas, impenitentes invasoras de chacras y del Código Rural, tampoco pasaban la tranquera.

—Esta tranquera es mala —objetó la vieja madre—. ¡Él sí! Corre los palos con los cuernos.

—¿Quién? —preguntó el alazán.

Todas las vacas volvieron a él la cabeza con sorpresa.

—¡El toro, Barigüí! Él puede más que los alambrados malos.

—¿Alambrados?... ¿Pasa?

—¡Todo! Alambre de púa también. Nosotras pasamos después.

Los dos caballos, vueltos ya a su pacífica condición de animales a que un solo hilo contiene, se sintieron ingenuamente deslumbrados por aquel héroe capaz de afrontar el alambre de púa, la cosa más terrible que puede hallar el deseo de pasar adelante.

De pronto las vacas se removieron mansamente: a lento paso llegaba el toro. Y ante aquella chata y obstinada frente dirigida en tranquila recta a la tranquera, los caballos comprendieron humildemente su inferioridad.

Las vacas se apartaron, y Barigüí, pasando el testuz bajo una tranca, intentó hacerla correr a un lado.

Los caballos levantaron las orejas, admirados, pero la tranca no corrió. Una tras otra, el toro probó sin resultado su esfuerzo inteligente: el chacarero, dueño feliz de la plantación de avena, había asegurado la tarde anterior los palos con cuñas.

El toro no intentó más. Volviéndose con pereza, olfateó a lo lejos entrecerrando los ojos, y costeó luego el alambrado, con ahogados mugidos sibilantes.

Desde la tranquera, los caballos y las vacas miraban. En determinado lugar el toro pasó los cuernos bajo el alambre de púa, tendiéndolo violentamente hacia arriba con el testuz, y la enorme bestia pasó arqueando el lomo. En cuatro pasos más estuvo entre la avena, y las vacas se encaminaron entonces allá, intentando a su vez pasar. Pero a las vacas falta evidentemente la decisión masculina de permitir en la piel sangrientos rasguños, y apenas introducían el cuello, lo retiraban presto con mareante cabeceo.

Los caballos miraban siempre.

—No pasan —observó el malacara.

—El toro pasó —repuso el alazán—. Come mucho.

Y la pareja se dirigía a su vez a costear el alambrado por la fuerza de la costumbre, cuando un mugido, claro y berreante ahora, llegó hasta ellos: dentro del avenal, el toro, con cabriolas de falso ataque, bramaba ante el chacarero, que con un palo trataba de alcanzarlo.

—¡Añá!... Te voy a dar saltitos... —gritaba el hombre. Barigüí, siempre danzando y berreando ante el hombre, esquivaba los golpes. Maniobraron así cincuenta metros, hasta que el chacarero pudo forzar a la bestia contra el alambrado. Pero esta, con la decisión pesada y bruta de su fuerza, hundió la cabeza entre los hilos y pasó, bajo un agudo violineo de alambres y de grampas lanzadas a veinte metros.

Los caballos vieron cómo el hombre volvía precipitadamente a su rancho, y tornaba a salir con el rostro pálido. Vieron también que saltaba el alambrado y se encaminaba en dirección de ellos, por lo cual los compañeros, ante aquel paso que avanzaba decidido, retrocedieron por el camino en dirección a su chacra.

Como los caballos marchaban dócilmente a pocos pasos delante del hombre, pudieron llegar juntos a la chacra del dueño del toro, siéndoles dado oír la conversación.

Es evidente, por lo que de ello se desprende, que el hombre había sufrido lo indecible con el toro del polaco. Plantaciones, por inaccesibles que hubieran sido dentro del monte; alambrados, por grande que fuera su tensión e infinito el número de hilos, todo lo arrolló el toro con sus hábitos de pillaje. Se deduce también que los vecinos estaban hartos de la bestia y de su dueño, por los incesantes destrozos de aquella. Pero como los pobladores de la región difícilmente denuncian al Juzgado de Paz perjuicios de animales, por duros que les sean, el toro proseguía comiendo en todas partes menos en la chacra de su dueño, el cual, por otro lado, parecía divertirse mucho con esto.

De este modo, los caballos vieron y oyeron al irritado chacarero y al polaco cazurro.

—¡Es la última vez, don Zaninski, que vengo a verlo por su toro! Acaba de pisotearme toda la avena. ¡Ya no se puede más!

El polaco, alto y de ojillos azules, hablaba con extraordinario y meloso falsete.

—¡Ah, toro, malo! ¡Mí no puede! ¡Mí ata, escapa! ¡Vaca tiene culpa! ¡Toro sigue vaca!

—¡Yo no tengo vacas, usted bien sabe!

—¡No, no! ¡Vaca Ramírez! ¡Mí queda loco, toro!

—¡Y lo peor es que afloja todos los hilos, usted lo sabe también!

—¡Sí, sí, alambre! ¡Ah, mí no sabe!...

—¡Bueno!, vea don Zaninski: yo no quiero cuestiones con vecinos, pero tenga por última vez cuidado con su toro para que no entre por el alambrado del fondo; en el camino voy a poner alambre nuevo.

—¡Toro pasa por camino! ¡No fondo!

—Es que ahora no va a pasar por el camino.

—¡Pasa, toro! ¡No púa, no nada! ¡Pasa todo!

—No va a pasar.

—¿Qué pone?

—Alambre de púa... pero no va a pasar.

—¡No hace nada púa!

—Bueno; haga lo posible porque no entre, porque si pasa se va a lastimar.

El chacarero se fue. Es como lo anterior, evidente, que el maligno polaco, riéndose una vez más de las gracias del animal, compadeció, si cabe en lo posible, a su vecino que iba a construir un alambrado infranqueable por su toro. Seguramente se frotó las manos:

—¡Mí no podrán decir nada esta vez si toro come toda avena!

Los caballos reemprendieron de nuevo el camino que los alejaba de su chacra, y un rato después llegaban al lugar en que Barigüí había cumplido su hazaña. La bestia estaba allí siempre, inmóvil en medio del camino, mirando con solemne vaciedad de idea desde hacía un cuarto de hora, un punto fijo de la distancia. Detrás de él, las vacas dormitaban al sol ya caliente, rumiando.

Pero cuando los pobres caballos pasaron por el camino, ellas abrieron los ojos despreciativas:

—Son los caballos. Querían pasar el alambrado. Y tienen soga.

—¡Barigüí sí pasó!

—A los caballos un solo hilo los contiene.

—Son flacos.

Esto pareció herir en lo vivo al alazán, que volvió la cabeza:

—Nosotros no estamos flacos. Ustedes, sí están. No va a pasar más aquí —añadió señalando los alambres caídos, obra de Barigüí.

—¡Barigüí pasa siempre! Después pasamos nosotras. Ustedes no pasan.

—No va a pasar más. Lo dijo el hombre.

—Él comió la avena del hombre. Nosotras pasamos después.

El caballo, por mayor intimidad de trato, es sensiblemente más afecto al hombre que la vaca. De aquí que el malacara y el alazán tuvieran fe en el alambrado que iba a construir el hombre.

La pareja prosiguió su camino, y momentos después, ante el campo libre que se abría ante ellos, los dos caballos bajaron la cabeza a comer, olvidándose de las vacas.

Tarde ya, cuando el sol acababa de entrarse, los dos caballos se acordaron del maíz y emprendieron el regreso. Vieron en el camino al chacarero que cambiaba todos los postes de su alambrado, y a un hombre rubio, que detenido a su lado a caballo, lo miraba trabajar.

—Le digo que va a pasar —decía el pasajero.

—No pasará dos veces —replicaba el chacarero.

—¡Usted verá! ¡Esto es un juego para el maldito toro del polaco! ¡Va a pasar!

—No pasará dos veces —repetía obstinadamente el otro.

Los caballos siguieron, oyendo aún palabras cortadas:

—...reír!

—...veremos.

Dos minutos más tarde el hombre rubio pasaba a su lado a trote inglés. El malacara y el alazán, algo sorprendidos de aquel paso que no conocían, miraron perderse en el valle al hombre presuroso.

—¡Curioso! —observó el malacara después de largo rato—. El caballo va al trote y el hombre al galope.

Prosiguieron. Ocupaban en ese momento la cima de la loma, como esa mañana. Sobre el cielo pálido y frío, sus siluetas se destacaban en negro, en mansa y cabizbaja pareja, el malacara delante, el alazán detrás. La atmósfera, ofuscada durante el día por la excesiva luz del sol, adquiría a esa hora crepuscular una transparencia casi fúnebre. El viento había cesado por completo, y con la calma del atardecer, en que el termómetro comenzaba a caer velozmente, el valle helado expandía su penetrante humedad, que se condensaba en rastreante neblina en el fondo sombrío de las vertientes. Revivía, en la tierra ya enfriada, el invernal olor de pasto quemado; y cuando el camino costeaba el monte, el ambiente, que se sentía de golpe más frío y húmedo, se tornaba excesivamente pesado de perfume de azahar.

Los caballos entraron por el portón de su chacra, pues el muchacho, que hacía sonar el cajoncito de maíz, oyó su ansioso trémulo. El viejo alazán obtuvo el honor de que se le atribuyera la iniciativa de la aventura, viéndose gratificado con una soga, a efectos de lo que pudiera pasar.

Pero a la mañana siguiente, bastante tarde ya a causa de la densa neblina, los caballos repitieron su escapatoria, atravesando otra vez el tabacal salvaje, hollando con mudos pasos el pastizal helado, salvando la tranquera abierta aún.

La mañana encendida de sol, muy alto ya, reverberaba de luz, y el calor excesivo prometía para muy pronto cambio de tiempo. Después de trasponer la loma, los caballos vieron de pronto a las vacas detenidas en el camino, y el recuerdo de la tarde anterior excitó sus orejas y su paso: querían ver cómo era el nuevo alambrado.

Pero su decepción, al llegar, fue grande. En los postes nuevos —oscuros y torcidos— había dos simples alambres de púa, gruesos, tal vez, pero únicamente dos.

No obstante su mezquina audacia, la vida constante en chacras había dado a los caballos cierta experiencia en cercados. Observaron atentamente aquello, especialmente los postes.

—Son de madera de ley —observó el malacara.

—Sí, cernes quemados.

Y tras otra larga mirada de examen, constató:

—El hilo pasa por el medio, no hay grampas.

—Están muy cerca uno de otro.

Cerca, los postes, sí, indudablemente: tres metros. Pero en cambio, aquellos dos modestos alambres en reemplazo de los cinco hilos del cercado anterior, desilusionaron a los caballos. ¿Cómo era posible que el hombre creyera que aquel alambrado para terneros iba a contener al terrible toro?

—El hombre dijo que no iba a pasar —se atrevió, sin embargo, el malacara, que en razón de ser el favorito de su amo, comía más maíz, por lo cual sentíase más creyente.

Pero las vacas lo habían oído.

—Son los caballos. Los dos tienen soga. Ellos no pasan. Barigüí pasó ya.

—¿Pasó? ¿Por aquí? —preguntó descorazonado el malacara.

—Por el fondo. Por aquí pasa también. Comió la avena.

Entretanto, la vaquilla locuaz había pretendido pasar los cuernos entre los hilos; y una vibración aguda, seguida de un seco golpe en los cuernos dejó en suspenso a los caballos.

—Los alambres están muy estirados —dijo después de largo examen el alazán.

—Sí. Más estirados no se puede...

Y ambos, sin apartar los ojos de los hilos, pensaban confusamente en cómo se podría pasar entre los dos hilos.

Las vacas, mientras tanto, se animaban unas a otras.

—Él pasó ayer. Pasa el alambre de púa. Nosotras después.

—Ayer no pasaron. Las vacas dicen sí, y no pasan —oyeron al alazán.

—¡Aquí hay púa, y Barigüí pasa! ¡Allí viene!

Costeando por adentro el monte del fondo, a doscientos metros aún, el toro avanzaba hacia el avenal. Las vacas se colocaron todas de frente al cercado, siguiendo atentas con los ojos a la bestia invasora. Los caballos, inmóviles, alzaron las orejas.

—¡Come toda avena! ¡Después pasa!

—Los hilos están muy estirados... —observó aún el malacara, tratando siempre de precisar lo que sucedería si...

—¡Comió la avena! ¡El hombre viene! ¡Viene el hombre! —lanzó la vaquilla locuaz.

En efecto, el hombre acababa de salir del rancho y avanzaba hacia el toro. Traía el palo en la mano, pero no parecía iracundo; estaba sí muy serio y con el ceño contraído.

El animal esperó a que el hombre llegara frente a él, y entonces dio principio a los mugidos con bravatas de cornadas. El hombre avanzó más, y el toro comenzó a retroceder, berreando siempre y arrasando la avena con sus bestiales cabriolas. Hasta que, a diez metros ya del camino, volvió grupas con un postrer mugido de desafío burlón, y se lanzó sobre el alambrado.

—¡Viene Barigüí! ¡Él pasa todo! ¡Pasa alambre de púa! —alcanzaron a clamar las vacas.

Con el impulso de su pesado trote, el enorme toro bajó la cabeza y hundió los cuernos entre los dos hilos. Se oyó un agudo gemido de alambre, un estridente chirrido que se propagó de poste a poste hasta el fondo, y el toro pasó.

Pero de su lomo y de su vientre, profundamente abiertos, canalizados desde el pecho a la grupa, llovían ríos de sangre. La bestia, presa de estupor, quedó un instante atónita y temblando. Se alejó luego al paso, inundando el pasto de sangre, hasta que a los veinte metros se echó, con un ronco suspiro.

A mediodía el polaco fue a buscar a su toro, y lloró en falsete ante el chacarero impasible. El animal se había levantado, y podía caminar. Pero su dueño, comprendiendo que le costaría mucho trabajo curarlo —si esto aún era posible— lo carneó esa tarde, y al día siguiente al malacara le tocó en suerte llevar a su casa, en la maleta, dos kilos de carne del toro muerto.

El almohadón de plumas

Su luna de miel fue un largo escalofrío. Rubia, angelical y tímida, el carácter duro de su marido heló sus soñadas niñerías de novia. Ella lo quería mucho, sin embargo, a veces con un ligero estremecimiento cuando volviendo de noche juntos por la calle, echaba una furtiva mirada a la alta estatura de Jordán, mudo desde hacía una hora. Él, por su parte, la amaba profundamente, sin darlo a conocer.

Durante tres meses —se habían casado en abril— vivieron una dicha especial.

Sin duda hubiera ella deseado menos severidad en ese rígido cielo de amor, más expansiva e incauta ternura; pero el impasible semblante de su marido la contenía siempre.

La casa en que vivían influía un poco en sus estremecimientos. La blancura del patio silencioso —frisos, columnas y estatuas de mármol— producía una otoñal impresión de palacio encantado. Dentro, el brillo glacial del estuco, sin el más leve rasguño en las altas paredes, afirmaba aquella sensación de desapacible frío. Al cruzar de una pieza a otra, los pasos hallaban eco en toda la casa, como si un largo abandono hubiera sensibilizado su resonancia. En ese extraño nido de amor, Alicia pasó todo el otoño. No obstante, había concluido por echar un velo sobre sus antiguos sueños, y aún vivía dormida en la casa hostil, sin querer pensar en nada hasta que llegaba su marido.

No es raro que adelgazara. Tuvo un ligero ataque de influenza que se arrastró insidiosamente días y días; Alicia no se reponía nunca. Al fin una tarde pudo salir al jardín apoyada en el brazo de él. Mira-

ba indiferente a uno y otro lado. De pronto Jordán, con honda ternura, le pasó la mano por la cabeza, y Alicia rompió en seguida en sollozos, echándole los brazos al cuello. Lloró largamente todo su espanto callado, redoblando el llanto a la menor tentativa de caricia. Luego los sollozos fueron retardándose, y aún quedó largo rato escondida en su cuello, sin moverse ni decir una palabra.

Fue ese el último día que Alicia estuvo levantada. Al día siguiente amaneció desvanecida. El médico de Jordán la examinó con suma atención, ordenándole calma y descanso absolutos.

—No sé —le dijo a Jordán en la puerta de calle, con la voz todavía baja—. Tiene una gran debilidad que no me explico, y sin vómitos, nada... Si mañana se despierta como hoy, llámeme enseguida.

Al otro día Alicia seguía peor. Hubo consulta. Constatóse una anemia de marcha agudísima, completamente inexplicable. Alicia no tuvo más desmayos, pero se iba visiblemente a la muerte. Todo el día el dormitorio estaba con las luces prendidas y en pleno silencio. Pasábanse horas sin oír el menor ruido.

Alicia dormitaba. Jordán vivía casi en la sala, también con toda la luz encendida. Paseábase sin cesar de un extremo a otro, con incansable obstinación. La alfombra ahogaba sus pasos. A ratos entraba en el dormitorio y proseguía su mudo vaivén a lo largo de la cama, mirando a su mujer cada vez que caminaba en su dirección.

Pronto Alicia comenzó a tener alucinaciones, confusas y flotantes al principio, y que descendieron luego a ras del suelo. La joven, con los ojos desmesuradamente abiertos, no hacía sino mirar la alfombra a uno y otro lado del respaldo de la cama. Una noche se quedó de repente mirando fijamente. Al rato abrió la boca para gritar, y sus narices y labios se perlaron de sudor.

—¡Jordán! ¡Jordán! —clamó, rígida de espanto, sin dejar de mirar la alfombra.

Jordán corrió al dormitorio, y al verlo aparecer Alicia dio un alarido de horror.

—¡Soy yo, Alicia, soy yo!

Alicia lo miró con extravío, miró la alfombra, volvió a mirarlo, y después de largo rato de estupefacta confrontación, se serenó. Sonrió y tomó entre las suyas la mano de su marido, acariciándola temblando.

Entre sus alucinaciones más porfiadas, hubo un antropoide, apoyado en la alfombra sobre los dedos, que tenía fijos en ella los ojos.

Los médicos volvieron inútilmente. Había allí delante de ellos una vida que se acababa, desangrándose día a día, hora a hora, sin saber absolutamente cómo. En la última consulta Alicia yacía en estupor mientras ellos la pulsaban, pasándose de uno a otro la muñeca inerte. La observaron largo rato en silencio y siguieron al comedor.

—Pst... —se encogió de hombros desalentado su médico—. Es un caso serio... poco hay que hacer...

—¡Solo eso me faltaba! —resopló Jordán. Y tamborileó bruscamente sobre la mesa.

Alicia fue extinguiéndose en su delirio de anemia, agravado de tarde, pero que remitía siempre en las primeras horas. Durante el día no avanzaba su enfermedad, pero cada mañana amanecía lívida, en síncope casi. Parecía que únicamente de noche se le fuera la vida en nuevas alas de sangre. Tenía siempre al despertar la sensación de estar desplomada en la cama con un millón de kilos encima. Desde el tercer día este hundimiento no la abandonó más. Apenas podía mover la cabeza. No quiso que le tocaran la cama, ni aún que le arreglaran el almohadón. Sus terrores crepusculares avanzaron en forma de monstruos que se arrastraban hasta la cama y trepaban dificultosamente por la colcha.

Perdió luego el conocimiento. Los dos días finales deliró sin cesar a media voz. Las luces continuaban fúnebremente encendidas en el dormitorio y la sala. En el silencio agónico de la casa, no se oía más que el delirio monótono que salía de la cama, y el rumor ahogado de los eternos pasos de Jordán.

Alicia murió, por fin. La sirvienta, que entró después a deshacer la cama, sola ya, miró un rato extrañada el almohadón.

—¡Señor! —llamó a Jordán en voz baja—. En el almohadón hay manchas que parecen de sangre.

Jordán se acercó rápidamente Y se dobló a su vez. Efectivamente, sobre la funda, a ambos lados del hueco que había dejado la cabeza de Alicia, se veían manchitas oscuras.

—Parecen picaduras —murmuró la sirvienta después de un rato de inmóvil observación.

—Levántelo a la luz —le dijo Jordán.

La sirvienta lo levantó, pero enseguida lo dejó caer, y se quedó mirando a aquel, lívida y temblando. Sin saber por qué, Jordán sintió que los cabellos se le erizaban.

—¿Qué hay? —murmuró con la voz ronca.

—Pesa mucho —articuló la sirvienta, sin dejar de temblar.

Jordán lo levantó; pesaba extraordinariamente. Salieron con él, y sobre la mesa del comedor Jordán cortó funda y envoltura de un tajo. Las plumas superiores volaron, y la sirvienta dio un grito de horror con toda la boca abierta, llevándose las manos crispadas a los bandós. Sobre el fondo, entre las plumas, moviendo lentamente las patas velludas, había un animal monstruoso, una bola viviente y viscosa. Estaba tan hinchado que apenas se le pronunciaba la boca.

Noche a noche, desde que Alicia había caído en cama, había aplicado sigilosamente su boca —su trompa, mejor dicho— a las sienes de aquella, chupándole la sangre. La picadura era casi imperceptible. La remoción diaria del almohadón había impedido sin duda su desarrollo, pero desde que la joven no pudo moverse, la succión fue vertiginosa. En cinco días, en cinco noches, había vaciado a Alicia.

Estos parásitos de las aves, diminutos en el medio habitual, llegan a adquirir en ciertas condiciones proporciones enormes. La sangre humana parece serles particularmente favorable, y no es raro hallarlos en los almohadones de pluma.

El infierno artificial

Las noches en que hay luna, el sepulturero avanza por entre las tumbas con paso singularmente rígido. Va desnudo hasta la cintura y lleva un gran sombrero de paja. Su sonrisa, fija, da la sensación de estar pegada con cola a la cara. Si fuera descalzo, se notaría que camina con los pulgares del pie doblados hacia abajo.

No tiene esto nada de extraño, porque el sepulturero abusa del cloroformo. Incidencias del oficio lo han llevado a probar el anestésico, y cuando el cloroformo muerde en un hombre, difícilmente suelta. Nuestro conocido espera la noche para destapar su frasco, y como su sensatez es grande, escoge el cementerio para inviolable teatro de sus borracheras.

El cloroformo dilata el pecho a la primera inspiración; la segunda, inunda la boca de saliva; las extremidades hormiguean, a la tercera; a la cuarta, los labios, a la par de las ideas, se hinchan, y luego pasan cosas singulares.

Es así como la fantasía de su paso ha llevado al sepulturero hasta una tumba abierta en que esa tarde ha habido remoción de huesos —inconclusa por falta de tiempo—. Un ataúd ha quedado abierto tras la verja, y a su lado, sobre la arena, el esqueleto del hombre que estuvo encerrado en él.

...¿Ha oído algo, en verdad? Nuestro conocido descorre el cerrojo, entra, y luego de girar suspenso alrededor del hombre de hueso, se arrodilla y junta sus ojos a las órbitas de la calavera.

Allí, en el fondo, un poco más arriba de la base del cráneo, sostenido como en un pretil en una rugosidad del occipital, está acurrucado un hombrecillo tiritante, amarillo, el rostro cruzado de arrugas. Tiene la boca amoratada, los ojos profundamente hundidos, y la mirada enloquecida de ansia.

Es todo cuanto queda de un cocainómano.

—¡Cocaína! ¡Por favor, un poco de cocaína!

El sepulturero, sereno, sabe bien que él mismo llegaría a disolver con la saliva el vidrio de su frasco, para alcanzar el cloroformo prohibido. Es, pues, su deber ayudar al hombrecillo tiritante.

Sale y vuelve con la jeringuilla llena, que el botiquín del cementerio le ha proporcionado. ¿Pero cómo, al hombrecillo diminuto?...

—¡Por las fisuras craneanas!... ¡Pronto!

¡Cierto! ¿Cómo no se le había ocurrido a él? Y el sepulturero, de rodillas, inyecta en las fisuras el contenido entero de la jeringuilla, que filtra y desaparece entre las grietas.

Pero seguramente algo ha llegado hasta la fisura a que el hombrecillo se adhiere desesperadamente. Después de ocho años de abstinencia, ¿qué molécula de cocaína no enciende un delirio de fuerza, juventud, belleza?

El sepulturero fijó sus ojos a la órbita de la calavera, y no reconoció al hombrecillo moribundo. En el cutis, firme y terso, no había el menor rastro de arruga. Los labios, rojos y vitales, se entremordían con perezosa voluptuosidad que no tendría explicación viril, si los hipnóticos no fueran casi todos femeninos; y los ojos, sobre todo, antes vidriosos y apagados, brillaban ahora con tal pasión que el sepulturero tuvo un impulso de envidiosa sorpresa.

—Y eso, así... ¿la cocaína? —murmuró.

La voz de adentro sonó con inefable encanto.

—¡Ah! ¡Preciso es saber lo que son ocho años de agonía! ¡Ocho años, desesperado, helado, prendido a la eternidad por la sola esperanza de una gota!... Sí, es por la cocaína... ¿Y usted? Yo conozco ese olor... ¿cloroformo?

—Sí —repuso el sepulturero avergonzado de la mezquindad de su paraíso artificial. Y agregó en voz baja:— El cloroformo también... Me mataría antes que dejarlo.

La voz sonó un poco burlona.

—¡Matarse! Y concluiría seguramente; sería lo que cualquiera de esos vecinos míos... Se pudriría en tres horas, usted y sus deseos.

—Es cierto —pensó el sepulturero—; acabarían conmigo.

Pero el otro no se había rendido. Ardía aún después de ocho años aquella pasión que había resistido a la falta misma del vaso de deleite; que ultrapasaba la muerte capital del organismo que la creó, la sostuvo, y no fue capaz de aniquilarla consigo; que sobrevivía monstruosamente de sí misma, transmutando el ansia causal en supremo goce final, manteniéndose ante la eternidad en una rugosidad del viejo cráneo.

La voz cálida y arrastrada de voluptuosidad sonaba aún burlona.

—Usted se mataría... ¡Linda cosa! Yo también me maté... ¡Ah, le interesa! ¿verdad? Pero somos de distinta pasta... Sin embargo, traiga su cloroformo, respire un poco más y óigame. Apreciará entonces lo que va de su droga a la cocaína. Vaya.

El sepulturero volvió, y echándose de pecho en el suelo, apoyado en los codos y el frasco bajo las narices, esperó.

—¡Su cloro! No es mucho, que digamos. Y aún morfina... ¿Usted conoce el amor por los perfumes? ¿No? ¿Y el Jicky de Guerlain? Oiga, entonces. A los treinta años me casé, y tuve tres hijos. Con fortuna, una mujer adorable y tres criaturas sanas, era perfectamente feliz. Sin embargo, nuestra casa era demasiado grande para nosotros. Usted ha visto. Usted no... en fin... ha visto que las salas lujosamente puestas parecen más solitarias e inútiles. Sobre todo solitarias. Todo nuestro palacio vivía así en silencio su estéril y fúnebre lujo.

Un día, en menos de dieciocho horas, nuestro hijo mayor nos dejó por seguir tras la difteria. A la tarde siguiente el segundo se fue con su hermano, y mi mujer se echó desesperada sobre lo único que nos quedaba: nuestra hija de cuatro meses. ¿Qué nos importaba la difteria, el contagio y todo lo demás? A pesar de la orden del médico, la madre dio de mamar a la criatura, y al rato la pequeña se retorcía convulsa, para morir ocho horas después, envenenada por la leche de la madre.

Sume usted: 18, 24, 9. En 51 horas, poco más de dos días, nuestra casa quedó perfectamente silenciosa, pues no había nada que hacer. Mi mujer estaba en su cuarto, y yo me paseaba al lado. Fuera de eso nada, ni un ruido. Y dos días antes teníamos tres hijos...

Bueno. Mi mujer pasó cuatro días arañando la sábana, con un ataque cerebral, y yo acudí a la morfina.

—Deje eso —me dijo el médico— no es para usted.

—¿Qué, entonces? —le respondí. Y señalé el fúnebre lujo de mi casa que continuaba encendiendo lentamente catástrofes, como rubíes.

El hombre se compadeció.

—Prueba sulfonal, cualquier cosa... Pero sus nervios no darán.

Sulfonal, brional, estramonio...¡bah! ¡Ah, la cocaína! ¡Cuánto de infinito va de la dicha desparramada en cenizas al pie de cada cama vacía, al radiante rescate de esa misma felicidad quemada, cabe en una sola gota de cocaína! Asombro de haber sufrido un dolor inmenso, momentos antes; súbita y llana confianza en la vida, ahora; instantáneo rebrote de ilusiones que acercan el porvenir a diez centímetros del alma abierta, todo esto se precipita en las venas por entre la aguja de platino. ¡Y su cloroformo!... Mi mujer murió. Durante dos años gasté en cocaína muchísimo más de lo que usted puede imaginarse. ¿Sabe usted algo de tolerancias? Cinco centigramos de morfina acaban fatalmente con un individuo robusto. Quincey llegó a tomar durante quince años dos gramos por día; vale decir, cuarenta veces más que la dosis mortal.

Pero eso se paga. En mí, la verdad de las cosas lúgubres, contenida, emborrachada día tras día, comenzó a vengarse, y ya no tuve más nervios retorcidos que echar por delante a las horribles alucinaciones que me asediaban. Hice entonces esfuerzos inauditos para arrojar fuera el demonio, sin resultado. Por tres veces resistí un mes a la cocaína, un mes entero. Y caía otra vez. ¡Y usted no sabe, pero sabrá un día, qué sufrimiento, qué angustia, qué sudor de agonía se siente cuando se pretende suprimir un solo día la droga!

Al fin, envenenado hasta lo más íntimo de mi ser, preñado de torturas y fantasmas, convertido en un tembloroso despojo humano; sin sangre, sin vida —miseria a que la cocaína prestaba diez veces por día radiante disfraz, para hundirme en seguida en un estupor cada vez más hondo,— al fin un resto de dignidad me lanzó a un sanatorio, me entregué atado de pies y manos para la curación.

Allí, bajo el imperio de una voluntad ajena, vigilado constantemente para que no pudiera procurarme el veneno, llegaría forzosamente a descocainizarme.

¿Sabe usted lo que pasó? Que yo, conjuntamente con el heroísmo para entregarme a la tortura, llevaba bien escondido en el bolsillo un frasquito con cocaína... Ahora calcule usted lo que es pasión.

Durante un año entero, después de ese fracaso,

proseguí inyectándome. Un largo viaje emprendido diome no sé qué misteriosas fuerzas de reacción, y me enamoré entonces.

La voz calló. El sepulturero, que escuchaba con la babeante sonrisa fija siempre en su cara, acercó su ojo y creyó notar un velo ligeramente opaco y vidrioso en los de su interlocutor. El cutis, a su vez, se resquebrajaba visiblemente.

—Sí —prosiguió la voz— es el principio... Concluiré de una vez. A usted, un colega, le debo toda esta historia.

Los padres hicieron cuanto es posible para resistir: ¡un morfinómano, o cosa así! Para la fatalidad mía, de ella, de todos, había puesto en mi camino a una supernerviosa. ¡Oh, admirablemente bella! No tenía sino dieciocho años. El lujo era para ella lo que el cristal tallado para una esencia: su envase natural.

La primera vez que, habiéndome yo olvidado de darme una nueva inyección antes de entrar, me vio decaer bruscamente en su presencia, idiotizarme, arrugarme, fijó en mí sus ojos inmensamente grandes, bellos y espantados. ¡Curiosamente espantados! Me vio, pálida y sin moverse, darme la inyección. No cesó un instante en el resto de la noche de mirarme. Y tras aquellos ojos dilatados que me habían visto así, yo veía a mi vez la tara neurótica, al tío internado, y a su hermano menor epiléptico...

Al día siguiente la hallé respirando Jicky, su perfume favorito; había leído en veinticuatro horas cuanto es posible sobre hipnóticos.

Ahora bien: basta que dos personas sorban los

deleites de la vida de un modo anormal, para que se comprendan tanto más íntimamente, cuanto más extraña es la obtención del goce. Se unirán en seguida, excluyendo toda otra pasión, para aislarse en la dicha alucinada de un paraíso artificial.

En veinte días, aquel encanto de cuerpo, belleza, juventud y elegancia, quedó suspenso del aliento embriagador de los perfumes. Comenzó a vivir, como yo con la cocaína, en el cielo delirante de su Jicky.

Al fin nos pareció peligroso el mutuo sonambulismo en su casa, por fugaz que fuera, y decidimos crear nuestro paraíso. Ninguno mejor que mi propia casa, de la que nada había tocado, y a la que no había vuelto más. Se llevaron anchos y bajos divanes a la sala; y allí, en el mismo silencio y la misma suntuosidad fúnebre que había incubado la muerte de mis hijos; en la profunda quietud de la sala, con lámpara encendida a la una de la tarde; bajo la atmósfera pesada de perfumes, vivimos horas y horas nuestro fraternal y taciturno idilio, yo tendido inmóvil con los ojos abiertos, pálido como la muerte; ella echada sobre el diván, manteniendo bajo las narices, con su mano helada, el frasco de Jicky.

Porque no había en nosotros el menor rastro de deseo —¡y cuán hermosa estaba con sus profundas ojeras, su peinado descompuesto, y, el ardiente lujo de su falda inmaculada!

Durante tres meses consecutivos raras veces faltó, sin llegar yo jamás a explicarme qué combinaciones de visitas, casamientos y *garden party* debió hacer para no ser sospechada. En aquellas raras ocasiones llegaba al día siguiente ansiosa, entraba sin mirarme, tiraba su sombrero con un ademán brusco, para tenderse en seguida, la cabeza echada atrás y los ojos entornados, al sonambulismo de su Jicky.

Abrevio: una tarde, y por una de esas reacciones inexplicables con que los organismos envenenados lanzan en explosión sus reservas de defensa —¡los morfinómanos las conocen bien!— sentí todo el profundo goce que había, no en mi cocaína, sino en aquel cuerpo de dieciocho años, admirablemente hecho para ser deseado. Esa tarde, como nunca, su belleza surgía pálida y sensual, de la suntuosa quietud de la sala iluminada. Tan brusca fue la sacudida, que me hallé sentado en el diván, mirándola. ¡Dieciocho años... y con esa hermosura!

Ella me vio llegar sin hacer un movimiento, y al inclinarme me miró con fría extrañeza.

—Sí... —murmuré.

—No, no... —repuso ella con la voz blanca, esquivando la boca en pesados movimiento de su cabellera.

Al fin, al fin echó la cabeza atrás y cedió cerrando los ojos.

¡Ah! ¡Para qué haber resucitado un instante, si mi potencia viril, si mi orgullo de varón no revivía más! ¡Estaba muerto para siempre, ahogado, disuelto en el mar de cocaína! Caí a su lado, sentado en el suelo, y hundí la cabeza entre sus faldas, permaneciendo así una hora entera en hondo silencio, mientras ella, muy pálida, se mantenía también inmóvil, los ojos abiertos fijos en el techo.

Pero ese fustazo de reacción que había encendido un efímero relámpago de ruina sensorial, traía también a flor de conciencia cuanto de honor masculino y vergüenza viril agonizaba en mí. El fracaso de un día en el sanatorio, y el diario ante mi propia dignidad, no eran nada en comparación del de ese momento, ¿comprende usted? ¡Para qué vivir, si el infierno artificial en que me había precipitado y del que no podía salir, era incapaz de absorberme del todo! ¡Y me había soltado un instante, para hundirme en ese final!

Me levanté y fui adentro, a las piezas bien conocidas, donde aún estaba mi revólver. Cuando volví, ella tenía los párpados cerrados.

—Matémonos —le dije.

Entreabrió los ojos, y durante un minuto no apartó la mirada de mí. Su frente límpida volvió a tener el mismo movimiento de cansado éxtasis:

—Matémonos —murmuró.

Recorrió en seguida con la vista el fúnebre lujo de la sala, en que la lámpara ardía con alta luz, y contrajo ligeramente el ceño.

—Aquí no —agregó.

Salimos juntos, pesados aún de alucinación, y atravesamos la casa resonante, pieza tras pieza. Al fin ella se apoyó contra una puerta y cerró los ojos. Cayó a lo largo de la pared. Volví el arma contra mí mismo, y me maté a mi vez.

Entonces, cuando a la explosión mi mandíbula se descolgó bruscamente, y sentí un inmenso hormigueo en la cabeza; cuando el corazón tuvo dos o tres sobresaltos, y se detuvo paralizado; cuando en mi cerebro y en mis nervios y en mi sangre no hubo la más remota probabilidad de que la vida volviera a ellos, sentí que mi deuda con la cocaína estaba cumplida. ¡Me había matado, pero yo la había muerto a mi vez!

¡Y me equivoqué! Porque un instante después pude ver, entrando vacilantes y de la mano, por la puerta de la sala, a nuestros cuerpos muertos, que volvían obstinados...

La voz se quebró de golpe.

—¡Cocaína, por favor! ¡Un poco de cocaína!

El perro rabioso

El 20 de marzo de este año, los vecinos de un pueblo del Chaco santafecino persiguieron a un hombre rabioso que en pos de descargar su escopeta contra su mujer, mató de un tiro a un peón que cruzaba delante de él. Los vecinos, armados, lo rastrearon en el monte como a una fiera, hallándolo por fin trepado en un árbol, con su escopeta aún, y aullando de un modo horrible. Viéronse en la necesidad de matarlo de un tiro.

Marzo 9

Hoy hace treinta y nueve días, hora por hora, que el perro rabioso entró de noche en nuestro cuarto. Si un recuerdo ha de perdurar en mi memoria, es el de las dos horas que siguieron a aquel momento.

La casa no tenía puertas sino en la pieza que habitaba mamá, pues como había dado desde el principio en tener miedo, no hice otra cosa, en los primeros días de urgente instalación, que aserrar tablas para las puertas y ventanas de su cuarto. En el nuestro, y a la espera de mayor desahogo de trabajo, mi mujer se había contentado —verdad que bajo un poco de presión por mi parte— con magníficas puertas de arpillera. Como estábamos en verano, este detalle de riguroso ornamento no dañaba nuestra salud ni nuestro miedo. Por una de estas arpilleras, la que da al corredor central, fue por donde entró y me mordió el perro rabioso.

Yo no sé si el alarido de un epiléptico da a los demás la sensación de clamor bestial y fuera de toda humanidad que me produce a mí. Pero estoy seguro de que el aullido de un perro rabioso, que se obstina de noche alrededor de nuestra casa, provocará en todos la misma fúnebre angustia. Es un grito corto, metálico, de agonía, como si el animal boqueara ya, y todo él empapado en cuanto de lúgubre sugiere un animal rabioso.

Era un perro negro, grande, con las orejas cortadas. Y para mayor contrariedad, desde que llegáramos no había hecho más que llover. El monte cerrado por el agua, las tardes rápidas y tristísimas; apenas salíamos de casa, mientras la desolación del campo, en un temporal sin tregua, había ensombrecido al exceso el espíritu de mamá.

Con esto, los perros rabiosos. Una mañana el peón nos dijo que por su casa había andado uno la noche anterior, y que había mordido al suyo. Dos noches antes, un perro barcino había aullado feo en el monte. Había muchos, según él. Mi mujer y yo no dimos mayor importancia al asunto, pero no así mamá, que comenzó a hallar terriblemente desamparada nuestra casa a medio hacer. A cada momento salía al corredor para mirar el camino.

Sin embargo, cuando nuestro chico volvió esa mañana del pueblo, confirmó aquello. Había explotado una fulminante epidemia de rabia. Una hora antes acababan de perseguir a un perro en el pueblo. Un peón había tenido tiempo de asestarle un machetazo en la oreja, y el animal, babeando, el hocico en tierra y el rabo entre las patas delanteras, había cruzado por nuestro camino, mordiendo a un potrillo y un chancho que halló en el trayecto.

Más noticias aún. En la chacra vecina a la nuestra, y esa misma madrugada, otro perro había tratado inútilmente de saltar el corral de las vacas. Un inmenso perro flaco había corrido a un muchacho a caballo, por la picada del puerto viejo. Todavía de tarde se sentía dentro del monte el aullido agónico del perro. Como dato final, a las nueve llegaron al galope dos agentes a darnos la filiación de los perros rabiosos vistos, y a recomendarnos sumo cuidado.

Había de sobra para que mamá perdiera el resto de animación que le quedaba. Aunque de una serenidad a toda prueba, tiene terror a los perros rabiosos, a causa de cierta cosa horrible que presenció en su niñez. Sus nervios, ya enfermos por el cielo constantemente encapotado y lluvioso, provocáronle verdaderas alucinaciones de perros que entraban al trote por la portera.

Había un motivo real para este temor. Aquí, como en todas partes donde la gente pobre tiene muchos más perros de los que puede mantener, las casas son todas las noches merodeadas por perros hambrientos, a que los peligros del oficio —un tiro o una mala pedrada— han dado verdadero proceder de fieras. Avanzan al paso, agachados, los músculos flojos. No se siente jamás su marcha. Roban —si la palabra tiene sentido aquí— cuánto les exige su atroz hambre. Al menor rumor —no huyen porque esto haría ruido, sino se alejan al paso, doblando las patas. Al llegar al pasto se agazapan, y esperan así, tranquilamente, media o una hora, para avanzar de nuevo.

De aquí la ansiedad de mamá, pues siendo nuestra casa una de las tantas merodeadas, estábamos desde luego amenazados por la visita de los perros rabiosos, que recordarían el camino nocturno.

En efecto, esa misma tarde, mientras mamá, un poco olvidada, iba caminando despacio hacia la portera, oí su grito:

—Federico! ¡Un perro rabioso!

Un perro barcino, con el lomo arqueado, avanzaba al trote en ciega línea recta. Al verme llegar se detuvo, erizando el lomo. Retrocedí, sin volver el cuerpo, para descolgar la escopeta, pero el animal se fue. Recorrí inútilmente el camino, sin volverlo a hallar.

Pasaron dos días. El campo continuaba desolado de lluvia y tristeza, mientras el número de perros rabiosos aumentaba. Como no se podía exponer a los chicos a un terrible tropiezo en los caminos infestados, la escuela se cerró, y la carretera, ya sin tráfico, privada de este modo de la bulla escolar que animaba su desamparo, a las siete y a las doce, adquirió lúgubre silencio.

Mamá no se atrevía a dar un paso fuera del patio.

Al menor ladrido miraba sobresaltada hacia la portera, y apenas anochecía, veía avanzar por entre el pasto ojos fosforescentes. Concluida la cena se encerraba en su cuarto, el oído atento al más hipotético aullido.

Hasta que la tercera noche me desperté, muy tarde ya: tenía la impresión de haber oído un grito, pero no podía precisar la sensación. Esperé un rato. Y de pronto un aullido corto, metálico, de atroz sufrimiento, tembló bajo el corredor.

—¡Federico! —oí la voz traspasada de emoción de mamá— ¿sentiste?

—Sí —respondí, deslizándome de la cama. Pero ella oyó el ruido.

—¡Por Dios, es un perro rabioso! ¡Federico, no salgas, por Dios! ¡Juana! ¡Dile a tu marido que no salga! —clamó desesperada, dirigiéndose a mi mujer.

Otro aullido explotó, esta vez en el corredor central, delante de la puerta. Una finísima lluvia de escalofríos me bañó la médula hasta la cintura. No creo que haya nada más profundamente lúgubre que un aullido de perro rabioso a esa hora. Subía tras él la voz desesperada de mamá.

—¡Federico! ¡Va a entrar en tu cuarto! ¡No salgas, mi Dios, no salgas! ¡Juana! ¡Dile a tu marido!...

—¡Federico! —se cogió mi mujer a mi brazo.

Pero la situación podía tornarse muy crítica si esperaba a que el animal entrara, y encendiendo la lámpara descolgué la escopeta. Levanté de lado la arpillera de la puerta, y no vi más que el negro triángulo de la profunda tiniebla de afuera. Tuve apenas tiempo de asomar el cuerpo, cuando sentí que algo firme y tibio me rozaba el muslo; el perro rabioso se entraba en nuestro cuarto. Le eché violentamente atrás la cabeza con un golpe de rodilla, y súbitamente me lanzó un mordisco, que falló en un claro golpe de dientes. Pero un instante después sentí un dolor agudo.

Ni mi mujer ni mi madre se dieron cuenta de que me había mordido.

—¡Federico! ¿Qué fue eso? —gritó mamá que había oído mi detención y la dentellada al aire.

—Nada: quería entrar.

—¡Oh!...

De nuevo, y esta vez detrás del cuarto de mamá, el fatídico aullido explotó.

—¡Federico! ¡Está rabioso! ¡Está rabioso! ¡No salgas! —clamó enloquecida, sintiendo el animal a un metro de ella.

Hay cosas absurdas que tienen toda la apariencia de un legítimo razonamiento: Salí afuera con la lámpara en una mano y la escopeta en la otra, exactamente como para buscar a una rata aterrorizada, que me daría perfecta holgura para colocar la luz en el suelo y matarla en el extremo de un horcón.

Recorrí los corredores. No se oía un rumor, pero de dentro de las piezas me seguía la tremenda angustia de mamá y mi mujer que esperaban el estampido.

El perro se había ido.

—¡Federico! —exclamó mamá al sentirme volver por fin—. ¿Se fue el perro?

—Creo que sí; no lo veo. Me parece haber oído un trote cuando salí.

—Sí, yo también sentí... Federico: ¿no estará en tu

cuarto?... ¡No tiene puerta, mi Dios! ¡Quédate adentro! ¡Puede volver!

En efecto, podía volver. Eran las dos y veinte de la mañana. Y juro que fueron fuertes las dos horas que pasamos mi mujer y yo, con la luz prendida hasta que amaneció, ella acostada, yo sentado en la cama, vigilando sin cesar la arpillera flotante.

Antes me había curado. La mordedura era nítida, dos agujeros violeta, que oprimí con todas mis fuerzas, y lavé con permanganato.

Yo creía muy restrictivamente en la rabia del animal. Desde el día anterior se había empezado a envenenar perros, y algo en la actitud abrumada del nuestro me prevenía en pro de la estricnina. Quedaban el fúnebre aullido y el mordisco; pero de todos modos me inclinaba a lo primero. De aquí, seguramente, mi relativo descuido con la herida.

Llegó por fin el día. A las ocho, y a cuatro cuadras de casa, un transeúnte mató de un tiro de revólver al perro negro que trotaba en inequívoco estado de rabia. En seguida lo supimos, teniendo de mi parte que librar una verdadera batalla contra mamá y mi mujer para no bajar a Buenos Aires a darme inyecciones. La herida, franca, había sido bien oprimida, y lavada con mordiente lujo de permanganato. Todo esto, a los cinco minutos de la mordedura. ¿Qué demonios podía temer tras esa corrección higiénica? En casa concluyeron por tranquilizarse, y como la epidemia —provocada seguramente por una crisis de llover sin tregua como jamás se viera aquí— había cesado casi de golpe, la vida recobró su línea habitual.

Pero no por ello mamá y mi mujer dejaron ni dejan de llevar cuenta exacta del tiempo. Los clásicos cuarenta días pesan fuertemente, sobre todo en mamá, y aún hoy, con treinta y nueve transcurridos sin el más leve trastorno, ella espera el día de mañana para echar de su espíritu, en un inmenso suspiro, el terror siempre vivo que guarda de aquella noche.

El único fastidio, acaso, que para mí ha tenido esto, es recordar punto por punto lo que ha pasado. Confío en que mañana de noche concluya, con la cuarentena, esta historia, que mantiene fijos en mí los ojos de mi mujer y de mi madre, como si buscaran en mi expresión el primer indicio de enfermedad.

Marzo 10

¡Por fin! Espero que de aquí en adelante podré vivir como un hombre cualquiera, que no tiene suspendidas sobre su cabeza coronas de muerte. Ya han pasado los famosos cuarenta días, y la ansiedad, la manía de persecuciones y los horribles gritos que esperaban de mí, pasaron también para siempre.

Mi mujer y mi madre han festejado el fausto acontecimiento de un modo particular: contándome, punto por punto, todos los terrores que han sufrido sin hacérmelo ver. El más insignificante desgano mío las sumía en mortal angustia:

—¡Es la rabia que comienza! —gemían.

Si alguna mañana me levanté tarde, durante horas no vivieron, esperando otro síntoma. La fastidiosa infección en un dedo que me tuvo tres días febril e impaciente, fue para ellas una absoluta prueba de la rabia que comenzaba, de donde su consternación, más angustiosa por furtiva.

Y así el menor cambio de humor, el más leve abatimiento, provocáronles, durante cuarenta días, otras tantas horas de inquietud.

No obstante esas confesiones retrospectivas, desagradables siempre para el que ha vivido engañado, aún con la más arcangélica buena voluntad, con todo me he reído buenamente.

—¡Ah, mi hijo! ¡No puedes figurarte lo horrible que es para una madre el pensamiento de que su hijo pueda estar rabioso! Cualquier otra cosa... ¡pero rabioso, rabioso!...

Mi mujer, aunque más sensata, ha divagado también bastante más de lo que confiesa. ¡Pero ya se acabó, por suerte! Esta situación de mártir, de bebé vigilado segundo a segundo contra tal disparatada amenaza de muerte, no es seductora, a pesar de todo. ¡Por fin, de nuevo! Viviremos en paz, y ojalá que mañana o pasado no amanezca con dolor de cabeza, para resurrección de las locuras.

Marzo 15

Hubiera querido estar absolutamente tranquilo, pero es imposible. No hay ya más, creo, posibilidad de que esto concluya. Miradas de soslayo todo el día, cuchicheos incesantes, que cesan de golpe en cuanto oyen mis pasos, un crispante espionaje de mi expresión cuando estamos en la mesa, todo esto se va haciendo intolerable.

—¡Pero qué tienen, por favor! —acabo de decirles—. ¿Me hallan algo anormal, no estoy exactamente como siempre? ¡Ya es un poco cansadora esta historia del perro rabioso!

—¡Pero Federico! —me han respondido, mirándome con sorpresa—. ¡Si no te decimos nada, ni nos hemos acordado de eso!

¡Y no hacen, sin embargo, otra cosa, otra que espiarme noche y día, día y noche, a ver si la estúpida rabia de su perro se ha infiltrado en mí!

Marzo 18

Hace tres días que vivo como debería y desearía hacerlo toda la vida. ¡Me han dejado en paz, por fin, por fin, por fin!

Marzo 19

¡Otra vez! ¡Otra vez han comenzado! Ya no me quitan los ojos de encima, como si sucediera lo que parecen desear: que esté rabioso. ¡Cómo es posible tanta estupidez en dos personas sensatas! Ahora no disimulan más, y hablan precipitadamente en voz alta de mí; pero, no sé por qué, no puedo entender una palabra. En cuanto llego cesan de golpe, y apenas me alejo un paso recomienza el vertiginoso parloteo. No he podido contenerme y me he vuelto con rabia:

—¡Pero hablen, hablen delante, que es menos cobarde!

No he querido oír lo que han dicho y me he ido. ¡Ya no es vida la que llevo!

8 p.m.

¡Quieren irse! ¡Quieren que nos vayamos! ¡Ah, yo sé por qué quieren dejarme!...

Marzo 20

6 a.m.

¡Aullidos, aullidos! ¡Toda la noche no he oído más que aullidos! ¡He pasado toda la noche despertándome a cada momento! ¡Perros, nada más que perros ha habido anoche alrededor de casa! ¡Y mi mujer y mi madre han fingido el más perfecto sueño, para que yo solo absorbiera por los ojos los aullidos de todos los perros que me miraban!...

7 a.m.

¡No hay más que víboras! ¡Mi casa está llena de víboras! ¡Al lavarme había tres enroscadas en la palangana! ¡En el forro del saco había muchas! ¡Y hay más! ¡Hay otras cosas! ¡Mi mujer me ha llenado la casa de víboras! ¡Ha traído enormes arañas peludas que me persiguen! ¡Ahora comprendo por qué me espiaba día y noche! ¡Ahora comprendo todo! ¡Quería irse por eso!

7.15 a.m.

¡El patio está lleno de víboras! ¡No puedo dar un paso! ¡No, no!... ¡Socorro!...

¡Mi mujer se va corriendo! ¡Mi madre se va! ¡Me han asesinado!... ¡Ah, la escopeta!... ¡Maldición! ¡Está cargada con munición! Pero no importa...

¡Qué grito ha dado! Le erré... ¡Otra vez las víboras! ¡Allí, allí hay una enorme!... ¡Ay! ¡Socorro, socorro!!

¡Todos me quieren matar! ¡Las han mandado contra mí, todas! ¡El monte está lleno de arañas! ¡Me han seguido desde casa!...

Ahí viene otro asesino... ¡Las trae en la mano! ¡Viene echando víboras en el suelo! ¡Viene sacando víboras de la boca y las echa en el suelo contra mí! ¡Ah! pero ese no vivirá mucho... ¡Le pegué! ¡Murió con todas las víboras!... ¡Las arañas! ¡Ay! ¡Socorro!!

¡Ahí vienen, vienen todos!... ¡Me buscan, me buscan!... ¡Han lanzado contra mí un millón de víboras! ¡Todos las ponen en el suelo! ¡Y yo no tengo más cartuchos!... ¡Me han visto!... Uno me apunta...

El solitario

Kassim era un hombre enfermizo, joyero de profesión, bien que no tuviera tienda establecida. Trabajaba para las grandes casas, siendo su especialidad el montaje de las piedras preciosas. Pocas manos como las suyas para los engarces delicados. Con más arranque y habilidad comercial, hubiera sido rico. Pero a los treinta y cinco años proseguía en su pieza, aderezada en taller bajo la ventana.

Kassim, de cuerpo mezquino, rostro exangüe sombreado por rala barba negra, tenía una mujer hermosa y fuertemente apasionada. La joven, de origen callejero, había aspirado con su hermosura a un más alto enlace. Esperó hasta los veinte años, provocando a los hombres y a sus vecinas con su cuerpo. Temerosa al fin, aceptó nerviosamente a Kassim.

No más sueños de lujo, sin embargo. Su marido, hábil artista aún, carecía completamente de carácter para hacer una fortuna. Por lo cual, mientras el joyero trabajaba doblado sobre sus pinzas, ella, de codos, sostenía sobre su marido una lenta y pesada mirada, para arrancarse luego bruscamente y seguir con la vista tras los vidrios al transeúnte de posición que podía haber sido su marido.

Cuanto ganaba Kassim, no obstante, era para ella. Los domingos trabajaba también a fin de poderle ofrecer un suplemento. Cuando María deseaba una joya —¡y con cuánta pasión deseaba ella!— trabajaba de noche. Después había tos y puntadas al costado; pero María tenía sus chispas de brillante.

Poco a poco el trato diario con las gemas llegó a hacerle amar las tareas del artífice, y seguía con ardor las íntimas delicadezas del engarce. Pero cuando la joya estaba concluida —debía partir, no era para ella— caía más hondamente en la decepción de su matrimonio. Se probaba la alhaja, deteniéndose ante el espejo. Al fin la dejaba por ahí, y se iba a su cuarto. Kassim se levantaba al oír sus sollozos, y la hallaba en la cama, sin querer escucharlo.

—Hago, sin embargo, cuanto puedo por ti —decía él al fin, tristemente.

Los sollozos subían con esto, y el joyero se reinstalaba lentamente en su banco.

Estas cosas se repitieron, tanto que Kassim no se levantaba ya a consolarla. ¡Consolarla! ¿de qué? Lo cual no obstaba para que Kassim prolongara más sus veladas a fin de un mayor suplemento.

Era un hombre indeciso, irresoluto y callado. Las miradas de su mujer se detenían ahora con más pesada fijeza sobre aquella muda tranquilidad.

—¡Y eres un hombre, tú! —murmuraba.

Kassim, sobre sus engarces, no cesaba de mover los dedos.

—No eres feliz conmigo, María —expresaba al rato.

—¡Feliz! ¡Y tienes el valor de decirlo! ¿Quién puede ser feliz contigo? ¡Ni la última de las mujeres!... ¡Pobre diablo! —concluía con risa nerviosa, yéndose.

Kassim trabajaba esa noche hasta las tres de la mañana, y su mujer tenía luego nuevas chispas que ella consideraba un instante con los labios apretados.

—Sí... ¡no es una diadema sorprendente!... ¿cuándo la hiciste?

—Desde el martes —mirábala él con descolorida ternura— dormías de noche...

—¡Oh, podías haberte acostado!... ¡Inmensos, los brillantes!

Porque su pasión eran las voluminosas piedras que Kassim montaba. Seguía el trabajo con loca hambre de que concluyera de una vez, y apenas aderezada la alhaja, corría con ella al espejo. Luego, un ataque de sollozos.

—¡Todos, cualquier marido, el último, haría un sacrificio para halagar a su mujer! ¡Y tú... y tú... ni un miserable vestido que ponerme tengo!

Cuando se franquea cierto límite de respeto al varón, la mujer puede llegar a decir a su marido cosas increíbles.

La mujer de Kassim franqueó ese límite con una pasión igual por lo menos a la que sentía por los brillantes. Una tarde, al guardar sus joyas, Kassim notó la falta de un prendedor —cinco mil pesos en dos solitarios—. Buscó en sus cajones de nuevo.

—¿No has visto el prendedor, María? Lo dejé aquí.

—Sí, lo he visto.

—¿Dónde está? —se volvió extrañado.

—¡Aquí!

Su mujer, los ojos encendidos y la boca burlona, se erguía con el prendedor puesto.

—Te queda muy bien —dijo Kassim al rato—. Guardémoslo.

María se rió.

—¡Oh, no! es mío.

—¿Broma?...

—¡Sí, es broma! ¡es broma, sí! ¡Cómo te duele pensar que podría ser mío...! Mañana te lo doy. Hoy voy al teatro con él.

Kassim se demudó.

—Haces mal... podrían verte. Perderían toda confianza en mí.

—¡Oh! —cerró ella con rabioso fastidio, golpeando violentamente la puerta.

Vuelta del teatro, colocó la joya sobre el velador. Kassim se levantó y la guardó en su taller bajo llave. Al volver, su mujer estaba sentada en la cama.

—¡Es decir, que temes que te la robe! ¡Que soy una ladrona!

—No mires así... Has sido imprudente, nada más.

—¡Ah! ¡Y a ti te lo confían! ¡A ti, a ti! ¡Y cuando tu mujer te pide un poco de halago, y quiere... me llamas ladrona a mí! ¡Infame!

Se durmió al fin. Pero Kassim no durmió.

Entregaron luego a Kassim para montar, un solitario, el brillante más admirable que hubiera pasado por sus manos.

—Mira, María, qué piedra. No he visto otra igual.

Su mujer no dijo nada; pero Kassim la sintió respirar hondamente sobre el solitario.

—Un agua admirable... —prosiguió él— costará nueve o diez mil pesos.

—¡Un anillo! —murmuró María al fin.

—No, es de hombre... Un alfiler.

A compás del montaje del solitario, Kassim recibió sobre su espalda trabajadora cuanto ardía de rencor y cocotaje frustrado en su mujer. Diez veces por día interrumpía a su marido para ir con el brillante ante el espejo. Después se lo probaba con diferentes vestidos.

—Si quieres hacerlo después... —se atrevió Kassim—. Es un trabajo urgente.

Esperó respuesta en vano; su mujer abría el balcón.

—María, te pueden ver!

—¡Toma! ¡Ahí está tu piedra!

El solitario, violentamente arrancado, rodó por el piso.

Kassim, lívido, lo recogió examinándolo, y alzó luego desde el suelo la mirada a su mujer.

—Y bueno, ¿por qué me miras así? ¿Se hizo algo tu piedra?

—No —repuso Kassim. Y reanudó en seguida su tarea, aunque las manos le temblaban hasta dar lástima.

Pero tuvo que levantarse al fin a ver a su mujer en el dormitorio, en plena crisis de nervios. El pelo se había soltado y los ojos le salían de las órbitas.

—¡Dame el brillante! —clamó—. ¡Dámelo! ¡Nos escaparemos! ¡Para mí! ¡Dámelo!

—María... —tartamudeó Kassim, tratando de desasirse.

—¡Ah! —rugió su mujer enloquecida—. ¡Tú eres el ladrón, miserable! ¡Me has robado mi vida, ladrón, ladrón! ¡Y creías que no me iba a desquitar... cornudo! ¡Ajá! Mírame... no se te había ocurrido nunca, ¿eh? ¡Ah! —y se llevó las dos manos a la garganta ahogada. Pero cuando Kassim se iba, saltó de la cama y cayó, alcanzando a cogerlo de un botín.

—¡No importa! ¡El brillante, dámelo! ¡No quiero más que eso! ¡Es mío, Kassim miserable!

Kassim la ayudó a levantarse, lívido.

—Estás enferma, María. Después hablaremos... acuéstate.

—¡Mi brillante!

—Bueno, veremos si es posible... acuéstate.

—¡Dámelo!

La bola montó de nuevo a la garganta.

Kassim volvió a trabajar en su solitario. Como sus manos tenían una seguridad matemática, faltaban pocas horas ya.

María se levantó para comer, y Kassim tuvo la solicitud de siempre con ella. Al final de la cena su mujer lo miró de frente.

—Es mentira, Kassim —le dijo.

—¡Oh! —repuso Kassim sonriendo— no es nada.

—¡Te juro que es mentira! —insistió ella.

Kassim sonrió de nuevo, tocándole con torpe cariño la mano.

—¡Loca! Te digo que no me acuerdo de nada.

Y se levantó a proseguir su tarea. Su mujer, con la cara entre las manos, lo siguió con la vista.

—Y no me dice más que eso... —murmuró. Y con

una honda náusea por aquello pegajoso, fofo e inerte que era su marido, se fue a su cuarto.

No durmió bien. Despertó, tarde ya, y vio luz en el taller; su marido continuaba trabajando. Una hora después, este oyó un alarido.

—¡Dámelo!

—Sí, es para ti; falta poco, María —repuso presuroso, levantándose. Pero su mujer, tras ese grito de pesadilla, dormía de nuevo. A las dos de la mañana Kassim pudo dar por terminada su tarea; el brillante resplandecía, firme y varonil en su engarce. Con paso silencioso fue al dormitorio y encendió la veladora. María dormía de espaldas, en la blancura helada de su camisón y de la sábana.

Fue al taller y volvió de nuevo. Contempló un rato el seno casi descubierto, y con una descolorida sonrisa apartó un poco más el camisón desprendido.

Su mujer no lo sintió.

No había mucha luz. El rostro de Kassim adquirió de pronto una dura inmovilidad, y suspendiendo un instante la joya a flor del seno desnudo, hundió, firme y perpendicular como un clavo, el alfiler entero en el corazón de su mujer.

Hubo una brusca apertura de ojos, seguida de una lenta caída de párpados. Los dedos se arquearon, y nada más.

La joya, sacudida por la convulsión del ganglio herido, tembló un instante desequilibrada. Kassim esperó un momento; y cuando el solitario quedó por fin perfectamente inmóvil, pudo entonces retirarse, cerrando tras de sí la puerta sin hacer ruido.

La gallina degollada

Todo el día, sentados en el patio, en un banco estaban los cuatro hijos idiotas del matrimonio Mazzini-Ferraz. Tenían la lengua entre los labios, los ojos estúpidos, y volvían la cabeza con la boca abierta.

El patio era de tierra, cerrado al oeste por un cerco de ladrillos. El banco quedaba paralelo a él, a cinco metros, y allí se mantenían inmóviles, fijos los ojos en los ladrillos. Como el sol se ocultaba tras el cerco, al declinar los idiotas tenían fiesta. La luz enceguecedora llamaba su atención al principio, poco a poco sus ojos se animaban; se reían al fin estrepitosamente, congestionados por la misma hilaridad ansiosa, mirando el sol con alegría bestial, como si fuera comida.

Otra veces, alineados en el banco, zumbaban horas enteras, imitando al tranvía eléctrico. Los ruidos fuertes sacudían asimismo su inercia, y corrían entonces, mordiéndose la lengua y mugiendo, alrededor del patio. Pero casi siempre estaban apagados en un sombrío letargo de idiotismo, y pasaban todo el día sentados en su banco, con las piernas colgantes y quietas, empapando de glutinosa saliva el pantalón.

El mayor tenía doce años y el menor, ocho. En

todo su aspecto sucio y desvalido se notaba la falta absoluta de un poco de cuidado maternal.

Esos cuatro idiotas, sin embargo, habían sido un día el encanto de sus padres. A los tres meses de casados, Mazzini y Berta orientaron su estrecho amor de marido y mujer, y mujer y marido, hacia un porvenir mucho más vital: un hijo. ¿Qué mayor dicha para dos enamorados que esa honrada consagración de su cariño, libertado ya del vil egoísmo de un mutuo amor sin fin ninguno y, lo que es peor para el amor mismo, sin esperanzas posibles de renovación?

Así lo sintieron Mazzini y Berta, y cuando el hijo llegó, a los catorce meses de matrimonio, creyeron cumplida su felicidad. La criatura creció bella y radiante, hasta que tuvo año y medio. Pero en el vigésimo mes sacudiéronlo una noche convulsiones terribles, y a la mañana siguiente no conocía más a sus padres. El médico lo examinó con esa atención profesional que está visiblemente buscando las causas del mal en las enfermedades de los padres.

Después de algunos días los miembros paralizados recobraron el movimiento; pero la inteligencia, el alma, aun el instinto, se habían ido del todo; había quedado profundamente idiota, baboso, colgante, muerto para siempre sobre las rodillas de su madre.

—¡Hijo, mi hijo querido! —sollozaba esta, sobre aquella espantosa ruina de su primogénito.

El padre, desolado, acompañó al médico afuera.

—A usted se le puede decir: creo que es un caso perdido. Podrá mejorar, educarse en todo lo que le permita su idiotismo, pero no más allá.

—¡Sí!... ¡Sí! —asentía Mazzini—. Pero dígame: ¿Usted cree que es herencia, que...?

—En cuanto a la herencia paterna, ya le dije lo que creía cuando vi a su hijo. Respecto a la madre, hay allí un pulmón que no sopla bien. No veo nada más, pero hay un soplo un poco rudo. Hágala examinar detenidamente.

Con el alma destrozada de remordimiento, Mazzini redobló el amor a su hijo, el pequeño idiota que pagaba los excesos del abuelo. Tuvo asimismo que consolar, sostener sin tregua a Berta, herida en lo más profundo por aquel fracaso de su joven maternidad.

Como es natural, el matrimonio puso todo su amor en la esperanza de otro hijo. Nació éste, y su salud y limpidez de risa reencendieron el porvenir extinguido. Pero a los dieciocho meses las convulsiones del primogénito se repetían, y al día siguiente el segundo hijo amanecía idiota.

Esta vez los padres cayeron en honda desesperación. ¡Luego su sangre, su amor estaban malditos! ¡Su amor, sobre todo! Veintiocho años él, veintidós ella, y toda su apasionada ternura no alcanzaba a crear un átomo de vida normal. Ya no pedían más belleza e inteligencia como en el primogénito; ¡pero un hijo, un hijo como todos!

Del nuevo desastre brotaron nuevas llamaradas del dolorido amor, un loco anhelo de redimir de una vez para siempre la santidad de su ternura. Sobrevinieron mellizos, y punto por punto repitióse el proceso de los dos mayores.

Mas por encima de su inmensa amargura quedaba a Mazzini y Berta gran compasión por sus cuatro hijos. Hubo que arrancar del limbo de la más honda animalidad, no ya sus almas, sino el instinto mismo, abolido. No sabían deglutir, cambiar de sitio, ni aun sentarse. Aprendieron al fin a caminar, pero chocaban contra todo, por no darse cuenta de los obstáculos. Cuando los lavaban mugían hasta inyectarse de sangre el rostro. Animábanse solo al comer, o cuando veían colores brillantes u oían truenos. Se reían entonces, echando afuera lengua y ríos de baba, radiantes de frenesí bestial. Tenían, en cambio, cierta facultad imitativa; pero no se pudo obtener nada más.

Con los mellizos pareció haber concluido la aterradora descendencia. Pero pasados tres años desearon de nuevo ardientemente otro hijo, confiando en que el largo tiempo transcurrido hubiera aplacado a la fatalidad.

No satisfacían sus esperanzas. Y en ese ardiente anhelo que se exasperaba en razón de su infructuosidad, se agriaron. Hasta ese momento cada cual había tomado sobre sí la parte que le correspondía en la miseria de sus hijos; pero la desesperanza de redención ante las cuatro bestias que habían nacido de ellos echó afuera esa imperiosa necesidad de culpar a los otros, que es patrimonio específico de los corazones inferiores.

Iniciáronse con el cambio de pronombre: tus hijos. Y como a más del insulto había la insidia, la atmósfera se cargaba.

—Me parece —díjole una noche Mazzini, que acababa de entrar y se lavaba las manos—que podrías tener más limpios a los muchachos.

Berta continuó leyendo como si no hubiera oído.

—Es la primera vez —repuso al rato— que te veo inquietarte por el estado de tus hijos.

Mazzini volvió un poco la cara a ella con una sonrisa forzada:

—De nuestros hijos, ¿me parece?

—Bueno, de nuestros hijos. ¿Te gusta así? —alzó ella los ojos.

Esta vez Mazzini se expresó claramente:

—¿Creo que no vas a decir que yo tenga la culpa, no?

—¡Ah, no! —se sonrió Berta, muy pálida— ¡pero yo tampoco, supongo!... ¡No faltaba más!... —murmuró.

—¿Qué no faltaba más?

—¡Que si alguien tiene la culpa, no soy yo, entiéndelo bien! Eso es lo que te quería decir.

Su marido la miró un momento, con brutal deseo de insultarla.

—¡Dejemos! —articuló, secándose por fin las manos.

—Como quieras; pero si quieres decir...

—¡Berta!

—¡Como quieras!

Éste fue el primer choque y le sucedieron otros. Pero en las inevitables reconciliaciones, sus almas se unían con doble arrebato y locura por otro hijo.

Nació así una niña. Vivieron dos años con la angustia a flor de alma, esperando siempre otro desastre. Nada acaeció, sin embargo, y los padres pusieron en ella toda su complaciencia, que la pequeña llevaba a los más extremos límites del mimo y la mala crianza.

Si aún en los últimos tiempos Berta cuidaba siempre de sus hijos, al nacer Bertita olvidóse casi del todo de los otros. Su solo recuerdo la horrorizaba, como algo atroz que la hubieran obligado a cometer. A Mazzini, bien que en menor grado, pasábale lo mismo. No por eso la paz había llegado a sus almas. La menor indisposición de su hija echaba ahora afuera, con el terror de perderla, los rencores de su descendencia podrida. Habían acumulado hiel sobrado tiempo para que el vaso no quedara distendido, y al menor contacto el veneno se vertía afuera. Desde el primer disgusto emponzoñado habíanse perdido el respeto; y si hay algo a que el hombre se siente arrastrado con cruel fruición es, cuando ya se comenzó, a humillar del todo a una persona. Antes se contenían por la mutua falta de éxito; ahora que este había llegado, cada cual, atribuyéndolo a sí mismo, sentía mayor la infamia de los cuatro engendros que el otro habíale forzado a crear.

Con estos sentimientos, no hubo ya para los cuatro hijos mayores afecto posible. La sirvienta los vestía, les daba de comer, los acostaba, con visible brutalidad. No los lavaban casi nunca. Pasaban todo el día sentados frente al cerco, abandonados de toda remota caricia. De este modo Bertita cumplió cuatro años, y esa noche, resultado de las golosinas que era a los padres absolutamente imposible negarle, la criatura tuvo algún escalofrío y fiebre. Y el temor a verla morir o quedar idiota, tornó a reabrir la eterna llaga.

Hacía tres horas que no hablaban, y el motivo fue, como casi siempre, los fuertes pasos de Mazzini.

—¡Mi Dios! ¿No puedes caminar más despacio? ¿Cuántas veces...?

—Bueno, es que me olvido; ¡se acabó! No lo hago a propósito.

Ella se sonrió, desdeñosa: —¡No, no te creo tanto!

—Ni yo jamás te hubiera creído tanto a ti... ¡tisiquilla!

—¡Qué! ¿Qué dijiste?...

—¡Nada!

—¡Sí, te oí algo! Mira: ¡no sé lo que dijiste; pero te juro que prefiero cualquier cosa a tener un padre como el que has tenido tú!

Mazzini se puso pálido.

—¡Al fin! —murmuró con los dientes apretados—. ¡Al fin, víbora, has dicho lo que querías!

—¡Sí, víbora, sí! Pero yo he tenido padres sanos, ¿oyes?, ¡sanos! ¡Mi padre no ha muerto de delirio! ¡Yo hubiera tenido hijos como los de todo el mundo! ¡Esos son hijos tuyos, los cuatro tuyos!

Mazzini explotó a su vez.

—¡Víbora tísica! ¡eso es lo que te dije, lo que te quiero decir! ¡Pregúntale, pregúntale al médico quién tiene la mayor culpa de la meningitis de tus hijos: mi padre o tu pulmón picado, víbora!

Continuaron cada vez con mayor violencia, hasta que un gemido de Bertita selló instantáneamente sus bocas. A la una de la mañana la ligera indigestión había desaparecido, y como pasa fatalmente con todos los matrimonios jóvenes que se han amado intensamente una vez siquiera, la reconciliación llegó, tanto más efusiva cuanto infames fueran los agravios.

Amaneció un espléndido día, y mientras Berta se levantaba escupió sangre. Las emociones y mala noche pasada tenían, sin duda, gran culpa. Mazzini la retuvo abrazada largo rato, y ella lloró desesperadamente, pero sin que ninguno se atreviera a decir una palabra.

A las diez decidieron salir, después de almorzar. Como apenas tenían tiempo, ordenaron a la sirvienta que matara una gallina.

El día radiante había arrancado a los idiotas de su banco. De modo que mientras la sirvienta degollaba en la cocina al animal, desangrándolo con parsimonia (Berta había aprendido de su madre este buen modo de conservar la frescura de la carne), creyó sentir algo como respiración tras ella. Volvióse, y vio a los cuatro idiotas, con los hombros pegados uno a otro, mirando estupefactos la operación... Rojo... rojo...

—¡Señora! Los niños están aquí, en la cocina.

Berta llegó; no quería que jamás pisaran allí. ¡Y ni aun en esas horas de pleno perdón, olvido y felicidad reconquistada, podía evitarse esa horrible visión! Porque, naturalmente, cuando más intensos eran los raptos de amor a su marido e hija, más irritado era su humor con los monstruos.

—¡Que salgan, María! ¡Échelos! ¡Échelos, le digo!

Las cuatro pobres bestias, sacudidas, brutalmente empujadas, fueron a dar a su banco.

Después de almorzar salieron todos. La sirvienta fue a Buenos Aires y el matrimonio a pasear por las quintas. Al bajar el sol volvieron; pero Berta quiso saludar un momento a sus vecinas de enfrente. Su hija escapóse enseguida a casa.

Entretanto los idiotas no se habían movido en todo el día de su banco. El sol había traspuesto ya el cerco, comenzaba a hundirse, y ellos continuaban mirando los ladrillos, más inertes que nunca.

De pronto algo se interpuso entre su mirada y el cerco. Su hermana, cansada de cinco horas paternales, quería observar por su cuenta. Detenida al pie del cerco, miraba pensativa la cresta. Quería trepar, eso no ofrecía duda. Al fin decidióse por una silla desfondada, pero aun no alcanzaba. Recurrió entonces a un cajón de kerosene, y su instinto topográfico hízole colocar vertical el mueble, con lo cual triunfó.

Los cuatro idiotas, la mirada indiferente, vieron cómo su hermana lograba pacientemente dominar el equilibrio, y cómo en puntas de pie apoyaba la garganta sobre la cresta del cerco, entre sus manos tirantes. Viéronla mirar a todos lados, y buscar apoyo con el pie para alzarse más.

Pero la mirada de los idiotas se había animado; una misma luz insistente estaba fija en sus pupilas. No apartaban los ojos de su hermana mientras creciente sensación de gula bestial iba cambiando cada línea de sus rostros. Lentamente avanzaron hacia el cerco. La pequeña, que habiendo logrado calzar el pie iba ya a montar a horcajadas y a caerse del otro lado, seguramente sintióse cogida de la pierna. Debajo de ella, los ocho ojos clavados en los suyos le dieron miedo.

—¡Soltáme! ¡Déjame! —gritó sacudiendo la pierna. Pero fue atraída.

—¡Mamá! ¡Ay, mamá! ¡Mamá, papá! —lloró imperiosamente. Trató aún de sujetarse del borde, pero sintióse arrancada y cayó.

—Mamá, ¡ay! Ma. . . —No pudo gritar más. Uno de ellos le apretó el cuello, apartando los bucles como si fueran plumas, y los otros la arrastraron de una sola pierna hasta la cocina, donde esa mañana se había desangrado a la gallina, bien sujeta, arrancándole la vida segundo por segundo.

Mazzini, en la casa de enfrente, creyó oír la voz de su hija.

—Me parece que te llama—le dijo a Berta.

Prestaron oído, inquietos, pero no oyeron más. Con todo, un momento después se despidieron, y mientras Berta iba dejar su sombrero, Mazzini avanzó en el patio.

—¡Bertita!

Nadie respondió.

—¡Bertita! —alzó más la voz, ya alterada.

Y el silencio fue tan fúnebre para su corazón siempre aterrado, que la espalda se le heló de horrible presentimiento.

—¡Mi hija, mi hija! —corrió ya desesperado hacia el fondo. Pero al pasar frente a la cocina vio en el piso un mar de sangre. Empujó violentamente la puerta entornada, y lanzó un grito de horror.

Berta, que ya se había lanzado corriendo a su vez al oír el angustioso llamado del padre, oyó el grito y respondió con otro. Pero al precipitarse en la cocina, Mazzini, lívido como la muerte, se interpuso, conteniéndola:

—¡No entres! ¡No entres!

Berta alcanzó a ver el piso inundado de sangre. Solo pudo echar sus brazos sobre la cabeza y hundirse a lo largo de él con un ronco suspiro.

La insolación

El cachorro Old salió por la puerta y atravesó el patio con paso recto y perezoso. Se detuvo en la linde del pasto, estiró al monte, entrecerrando los ojos, la nariz vibrátil, y se sentó tranquilo. Veía la monótona llanura del Chaco, con sus alternativas de campo y monte, monte y campo, sin más color que el crema del pasto y el negro del monte. Este cerraba el horizonte, a doscientos metros, por tres lados de la chacra. Hacia el oeste el campo se ensanchaba y extendía en abra, pero que la ineludible línea sombría enmarcaba a lo lejos.

A esa hora temprana, el confín, ofuscante de luz a mediodía, adquiría reposada nitidez. No había una nube ni un soplo de viento. Bajo la calma del cielo plateado el campo emanaba tónica frescura que traía al alma pensativa, ante la certeza de otro día de seca, melancolías de mejor compensado trabajo.

Milk, el padre del cachorro, cruzó a la vez el patio y se sentó al lado de aquel, con perezoso quejido de bienestar. Ambos permanecían inmóviles, pues aún no había moscas. Old, que miraba hacía rato a la vera del monte, observó:

—La mañana es fresca.

Milk siguió la mirada del cachorro y quedó con la vista fija, parpadeando distraído. Después de un rato dijo:

—En aquel árbol hay dos halcones.

Volvieron la vista indiferente a un buey que pasaba y continuaron mirando por costumbre las cosas.

Entretanto, el Oriente comenzaba a empurpurarse en abanico, y el horizonte había perdido ya su matinal precisión. Milk cruzó las patas delanteras y al hacerlo sintió un leve dolor. Miró sus dedos sin moverse, decidiéndose por fin a olfatearlos. El día anterior se había sacado un pique, y en recuerdo de lo que había sufrido lamió extensamente el dedo enfermo.

—No podía caminar —exclamó en conclusión.

Old no comprendió a qué se refería. Milk agregó:

—Hay muchos piques.

Esta vez el cachorro comprendió. Y repuso por su cuenta, después de largo rato:

—Hay muchos piques.

Uno y otro callaron de nuevo, convencidos.

El sol salió, y en el primer baño de su luz, las pavas del monte lanzaron al aire puro el tumultuoso trompeteo de su charanga. Los perros, dorados al sol oblicuo, entornaron los ojos, dulcificando su molicie en beato pestañeo. Poco a poco la pareja aumentó con la llegada de los otros compañeros: Dick, el taciturno preferido; Prince, cuyo labio superior, partido por un coatí, dejaba ver los dientes, e Isondú, de nombre indígena. Los cinco foxterriers, tendidos y beatos de bienestar, durmieron.

Al cabo de una hora irguieron la cabeza; por el

lado opuesto del bizarro rancho de dos pisos —el inferior de barro y el alto de madera, con corredores y baranda de chalet—, habían sentido los pasos de su dueño, que bajaba la escalera. Míster Jones, la toalla al hombro, se detuvo un momento en la esquina del rancho y miró el sol, alto ya. Tenía aún la mirada muerta y el labio pendiente tras su solitaria velada de whisky, más prolongada que las habituales.

Mientras se lavaba, los perros se acercaron y le olfatearon las botas, meneando con pereza el rabo. Como las fieras amaestradas, los perros conocen el menor indicio de borrachera en su amo. Alejáronse con lentitud a echarse de nuevo al sol. Pero el calor creciente les hizo presto abandonar aquel por la sombra de los corredores.

El día avanzaba igual a los precedentes de todo ese mes: seco, límpido, con catorce horas de sol calcinante que parecía mantener el cielo en fusión, y que en un instante resquebrajaba la tierra mojada en costras blanquecinas. Míster Jones fue a la chacra, miró el trabajo del día anterior y retornó al rancho. En toda esa mañana no hizo nada. Almorzó y subió a dormir la siesta.

Los peones volvieron a las dos a la carpición, no obstante la hora de fuego, pues los yuyos no dejaban el algodonal. Tras ellos fueron los perros, muy amigos del cultivo desde el invierno pasado, cuando aprendieron a disputar a los halcones los gusanos blancos que levantaba el arado. Cada perro se echó bajo un algodonero, acompañando con su jadeo los golpes sordos de la azada.

Entretanto el calor crecía. En el paisaje silencioso y enceguecientе de sol, el aire vibraba a todos lados, dañando la vista. La tierra removida exhalaba vaho de horno, que los peones soportaban sobre la cabeza, envuelta hasta las orejas en el flotante pañuelo, con el mutismo de sus trabajos de chacra. Los perros cambiaban a cada rato de planta, en procura de más fresca sombra. Tendíanse a lo largo, pero la fatiga los obligaba a sentarse sobre las patas traseras, para respirar mejor.

Reverberaba ahora adelante de ellos un pequeño páramo de greda que ni siquiera se había intentado arar. Allí, el cachorro vio de pronto a míster Jones que lo miraba fijamente, sentado sobre un tronco. Old se puso en pie meneando el rabo. Los otros levantáronse también, pero erizados.

—Es el patrón —dijo el cachorro, sorprendido de la actitud de aquéllos.

—No, no es él —replicó Dick.

Los cuatro perros estaban apiñados gruñendo sordamente, sin apartar los ojos de míster Jones, que continuaba inmóvil, mirándolos. El cachorro, incrédulo, fue a avanzar, pero Prince le mostró los dientes:

—No es él, es la Muerte.

El cachorro se erizó de miedo y retrocedió al grupo.

—¿Es el patrón muerto? —preguntó ansiosamente. Los otros, sin responderle, rompieron a ladrar con furia, siempre en actitud temerosa. Pero míster Jones se desvanecía ya en el aire ondulante.

Al oír los ladridos, los peones habían levantado la vista, sin distinguir nada. Giraron la cabeza para ver si había entrado algún caballo en la chacra, y se doblaron de nuevo.

Los foxterriers volvieron al paso al rancho. El cachorro, erizado aún, se adelantaba y retrocedía con cortos trotes nerviosos, y supo de la experiencia de sus compañeros que cuando una cosa va a morir, aparece antes.

—¿Y cómo saben que ese que vimos no era el patrón vivo? —preguntó.

—Porque no era él —le respondieron displicentes.

¡Luego la Muerte, y con ella el cambio de dueño, las miserias, las patadas, estaba sobre ellos! Pasaron el resto de la tarde al lado de su patrón, sombríos y alerta. Al menor ruido gruñían, sin saber hacia dónde.

Por fin el sol se hundió tras el negro palmar del arroyo, y en la calma de la noche plateada los perros se estacionaron alrededor del rancho, en cuyo piso alto míster Jones recomenzaba su velada de whisky. A media noche oyeron sus pasos, luego la caída de las botas en el piso de tablas, y la luz se apagó. Los perros, entonces, sintieron más el próximo cambio de dueño, y solos al pie de la casa dormida, comenzaron a llorar. Lloraban en coro, volcando sus sollozos convulsivos y secos, como masticados, en un aullido de desolación, que la voz cazadora de Prince sostenía, mientras los otros tomaban el sollozo de nuevo. El cachorro solo podía ladrar. La noche avanzaba, y los cuatro perros de edad, agrupados a la luz de la luna, el hocico extendido e hinchado de lamentos —bien alimentados y acariciados por el dueño que iban a perder—, continuaban llorando a lo alto su doméstica miseria.

A la mañana siguiente míster Jones fue él mismo a buscar las mulas y las unció a la carpidora, trabajando hasta las nueve. No estaba satisfecho, sin embargo. Fuera de que la tierra no había sido nunca bien rastreada, las cuchillas no tenían filo, y con el paso rápido de las mulas, la carpidora saltaba. Volvió con esta y afiló sus rejas; pero un tornillo en que ya al comprar la máquina había notado una falla, se rompió al armarla. Mandó un peón al obraje próximo, recomendándole cuidara del caballo, un buen animal, pero asoleado. Alzó la cabeza al sol fundente de mediodía, e insistió en que no galopara ni un momento. Almorzó en seguida y subió. Los perros, que en la mañana no habían dejado un segundo a su patrón, se quedaron en los corredores.

La siesta pesaba, agobiada de luz y silencio. Todo el contorno estaba brumoso por las quemazones. Alrededor del rancho la tierra blanquizca del patio, deslumbraba por el sol a plomo, parecía deformarse en trémulo hervor, que adormecía los ojos parpadeantes de los foxterriers.

—No ha aparecido más —dijo Milk.

Old, al oír aparecido, levantó vivamente las orejas. Incitado por la evocación el cachorro se puso en pie y ladró, buscando a qué. Al rato calló, entregándose con sus compañeros a su defensiva cacería de moscas.

—No vino más —agregó Isondú.

—Había una lagartija bajo el raigón —recordó por primera vez Prince.

Una gallina, el pico abierto y las alas apartadas del cuerpo, cruzó el patio incandescente con su pesado trote de calor. Prince la siguió perezosamente con la vista y saltó de golpe.

—¡Viene otra vez! —gritó.

Por el norte del patio avanzaba solo el caballo en que había ido el peón. Los perros se arquearon sobre las patas, ladrando con furia a la Muerte, que se acercaba. El caballo caminaba con la cabeza baja, aparentemente indeciso sobre el rumbo que debía seguir. Al pasar frente al rancho dio unos cuantos pasos en dirección al pozo, y se desvaneció progresivamente en la cruda luz.

Mister Jones bajó; no tenía sueño. Disponíase a proseguir el montaje de la carpidora, cuando vio llegar inesperadamente al peón a caballo. A pesar de su orden, tenía que haber galopado para volver a esa hora. Apenas libre y concluida su misión, el pobre caballo, en cuyos ijares era imposible contar los latidos, tembló agachando la cabeza, y cayó de costado. Míster Jones mandó a la chacra, todavía de sombrero y rebenque, al peón para no echarlo si continuaba oyendo sus jesuísticas disculpas.

Pero los perros estaban contentos. La Muerte, que buscaba a su patrón, se había conformado con el caballo. Sentíanse alegres, libres de preocupación, y en consecuencia disponíanse a ir a la chacra tras el peón, cuando oyeron a míster Jones que le gritaba pidiéndole el tornillo. No había tornillo: el almacén estaba cerrado, el encargado dormía, etc. Míster Jones, sin replicar, descolgó su casco y salió él mismo en busca del utensilio. Resistía el sol como un peón, y el paseo era maravilloso contra su mal humor.

Los perros salieron con él, pero se detuvieron a la sombra del primer algarrobo; hacía demasiado calor. Desde allí, firmes en las patas, el ceño contraído y atento, veían alejarse a su patrón. Al fin el temor a la soledad pudo más, y con agobiado trote siguieron tras él.

Mister Jones obtuvo su tornillo y volvió. Para acortar distancia, desde luego, evitando la polvorienta curva del camino, marchó en línea recta a su chacra. Llegó al riacho y se internó en el pajonal, el

diluviano pajonal del Saladito, que ha crecido, secado y retoñado desde que hay paja en el mundo, sin conocer fuego. Las matas, arqueadas en bóveda a la altura del pecho, se entrelazan en bloques macizos. La tarea de cruzarlo, sería ya con día fresco, era muy dura a esa hora. Míster Jones lo atravesó, sin embargo, braceando entre la paja restallante y polvorienta por el barro que dejaban las crecientes, ahogado de fatiga y acres vahos de nitrato.

Salió por fin y se detuvo en la linde; pero era imposible permanecer quieto bajo ese sol y ese cansancio. Marchó de nuevo. Al calor quemante que crecía sin cesar desde tres días atrás, agregábase ahora el sofocamiento del tiempo descompuesto. El cielo estaba blanco y no se sentía un soplo de viento. El aire faltaba, con angustia cardíaca, que no permitía concluir la respiración.

Míster Jones adquirió el convencimiento de que había traspasado su límite de resistencia. Desde hacía rato le golpeaba en los oídos el latido de las carótidas. Sentíase en el aire, como si de dentro de la cabeza le empujaran el cráneo hacia arriba. Se mareaba mirando el pasto. Apresuró la marcha para acabar con eso de una vez... Y de pronto volvió en sí y se halló en distinto paraje: había caminado media cuadra sin darse cuenta de nada. Miró atrás, y la cabeza se le fue en un nuevo vértigo.

Entretanto, los perros seguían tras él, trotando con toda la lengua afuera. A veces, asfixiados, deteníanse en la sombra de un espartillo; se sentaban, precipitando su jadeo, para volver en seguida al tormento del sol. Al fin, como la casa estaba ya próxima, apuraron el trote.

Fue en ese momento cuando Old, que iba adelante, vio tras el alambrado de la chacra a míster Jones, vestido de blanco, que caminaba hacia ellos. El cachorro, con súbito recuerdo, volvió la cabeza a su patrón, y confrontó.

—¡La Muerte, la Muerte! —aulló.

Los otros lo habían visto también, y ladraban erizados, y por un instante creyeron que se iba a equivocar; pero al llegar a cien metros se detuvo, miró el grupo con sus ojos celestes, y marchó adelante.

—¡Que no camine ligero el patrón! —exclamó Prince.

—¡Va a tropezar con él! —aullaron todos.

En efecto, el otro, tras breve hesitación, había avanzado, pero no directamente sobre ellos como antes, sino en línea oblicua y en apariencia errónea, pero que debía llevarlo justo al encuentro de míster Jones. Los perros comprendieron que esta vez todo concluía, porque su patrón continuaba caminando a igual paso como un autómata, sin darse cuenta de nada. El otro llegaba ya. Los perros hundieron el rabo y corrieron de costado, aullando. Pasó un segundo y el encuentro se produjo. Míster Jones se detuvo, giró sobre sí mismo y se desplomó.

Los peones, que lo vieron caer, lo llevaron a prisa al rancho, pero fue inútil toda el agua; murió sin volver en sí. Mister Moore, su hermano materno, fue allá desde Buenos Aires, estuvo una hora en la chacra, y en cuatro días liquidó todo, volviéndose en seguida al sur. Los indios se repartieron los perros, que vivieron en adelante flacos y sarnosos, e iban todas las noches con hambriento sigilo a robar espigas de maíz en las chacras ajenas.

La meningitis y su sombra

No vuelvo de mi sorpresa. ¿Qué diablos quieren decir la carta de Funes, y luego la charla del médico? Confieso no entender una palabra de todo esto.

He aquí las cosas. Hace cuatro horas, a las siete de la mañana, recibo una tarjeta de Funes, que dice así:

Estimado amigo:

Si no tiene inconveniente, le ruego que pase esta noche por casa. Si tengo tiempo iré a verlo antes. Muy suyo. Luis María Funes.

Aquí ha comenzado mi sorpresa. No se invita a nadie, que yo sepa, a las siete de la mañana para una presunta conversación en la noche, sin un motivo serio. ¿Qué me puede querer Funes? Mi amistad con él es bastante vaga, y en cuanto a su casa, he estado allí una sola vez. Por cierto que tiene dos hermanas bastante monas.

Así, pues, he quedado intrigado. Esto en cuanto a Funes. Y he aquí que una hora después, en el momento en que salía de casa, llega el doctor Ayestarain, otro sujeto de quien he sido condiscípulo en el colegio nacional, y con quien tengo en suma la misma relación a lo lejos que con Funes.

Y el hombre me habla de a, b y c, para concluir:

—Veamos, Durán: Vd. comprende de sobra que no he venido a verlo a esta hora para hablarle de pavadas; ¿no es cierto?

—Me parece que sí —no pude menos que responderle.

—Es claro. Así, pues, me va a permitir una pregunta, una sola. Todo lo que tenga de indiscreta, se lo explicaré en seguida. ¿Me permite?

—Todo lo que quiera —le respondí francamente, aunque poniéndome al mismo tiempo en guardia.

Ayestarain me miró entonces sonriendo, como se sonríen los hombres entre ellos, y me hizo esta pregunta disparatada:

—¿Qué clase de inclinación siente Vd. hacia María Elvira Funes?

¡Ah, ah! ¡Por aquí andaba la cosa, entonces! ¡María Elvira Funes, hermana de Luis María Funes, todos en María! ¡Pero si apenas conocía a esa persona! Nada extraño, pues, que mirara al médico como quien mira a un loco.

—¿María Elvira Funes? —repetí—. Ningún grado ni ninguna inclinación. La conozco apenas. Y ahora...

—No, permítame —me interrumpió—. Le aseguro que es una cosa bastante seria... ¿Me podría dar palabra de compañero de que no hay nada entre Vds. dos?

—¡Pero está loco! —le dije al fin—. ¡Nada, absolutamente nada! Apenas la conozco, vuelvo a repetirle, y no creo que ella se acuerde de haberme visto jamás. He hablado un minuto con ella, ponga dos, tres, en su propia casa, y nada más. No tengo, por lo tanto, le repito por décima vez, inclinación particular hacia ella.

—Es raro, profundamente raro... —murmuró el hombre, mirándome fijamente.

Comenzaba ya a serme pesado el galeno, por eminente que fuese —y lo era— pisando un terreno con el que nada tenían que ver sus aspirinas.

—Creo que tengo ahora el derecho...

Pero me interrumpió de nuevo:

—Sí, tiene derecho de sobra... ¿Quiere esperar hasta esta noche? Con dos palabras podrá comprender que el asunto es de todo, menos de broma... La persona de quien hablamos está gravemente enferma, casi a la muerte... ¿Entiende algo? —concluyó mirándome bien a los ojos.

Yo hice lo mismo con él durante un rato.

—Ni una palabra —le contesté.

—Ni yo tampoco —apoyó encogiéndose de hombros—. Por eso le he dicho que el asunto es bien serio... Por fin esta noche sabremos algo. ¿Irá allá? Es indispensable.

—Iré —le dije, encogiéndome a mi vez de hombros.

Y he aquí por qué he pasado todo el día preguntándome como un idiota qué relación puede existir entre la enfermedad gravísima de una hermana de Funes, que apenas me conoce, y yo, que la conozco apenas.

* * * * *

Vengo de lo de Funes. Es la cosa más extraordinaria que haya visto en mi vida. Metempsícosis, espiritismos, telepatías y demás absurdos del mundo interior, no son nada en comparación de este mi propio absurdo en que me veo envuelto. Es un pequeño asunto para volverse loco. Véase:

Fui a lo de Funes. Luis María me llevó al escritorio. Hablamos un rato, esforzándonos como dos zonzos, puesto que comprendiéndolo así evitábamos mirarnos, en charlar de bueyes perdidos. Por fin entró Ayestarain, y Luis María salió, dejándome sobre la mesa el paquete de cigarrillos, pues se me habían concluido. Mi excondiscípulo me contó entonces lo que en resumen es esto:

Cuatro o cinco noches antes, al concluir un recibo en su propia casa, María Elvira se había sentido mal —cuestión de un baño demasiado frío esa tarde, según opinión de la madre. Lo cierto es que había pasado la noche fatigada, y con buen dolor de cabeza. A la mañana siguiente, mayor quebranto, fiebre; y a la noche, una meningitis, con todo su cortejo. El delirio, sobre todo, franco y prolongado a más no pedir. Concomitantemente, una ansiedad angustiosa, imposible de calmar. Las proyecciones sicológicas del delirio, por decirlo así, se erigieron y giraron desde la primera noche alrededor de un solo asunto, uno solo, pero que absorbe su vida entera. Es una obsesión —prosiguió Ayestarain— una sencilla obsesión a 42°. Tiene constantemente fijos los ojos en la puerta, pero no llama a nadie. Su estado nervioso se resiente de esa muda ansiedad que la está matando, y desde ayer hemos pensado con mis colegas en calmar eso... No puede seguir así. ¿Y sabe Vd. —concluyó— a quién nombra cuando el sopor la aplasta?

—No sé... —le respondí, sintiendo que mi corazón cambiaba bruscamente de ritmo.

—A Vd. —me dijo, pidiéndome fuego.

Quedamos, bien se comprende, un rato mudos.

—¿No entiende todavía? —dijo al fin.

—Ni una palabra... —murmuré aturdido, tan aturdido, como puede estarlo un adolescente que a la salida del teatro ve a la primera gran actriz que desde la penumbra del coche mantiene abierta hacia él la portezuela... Pero yo tenía ya casi treinta años, y pregunté al médico qué explicación razonable se podía dar de eso.

—¿Explicación? Ninguna. Ni la más mínima. ¿Qué quiere Vd. que se sepa de eso? Ah, bueno... Si quiere una a toda costa, supóngase que en una tierra hay un millón, dos millones de semillas distintas, como en cualquier parte. Viene un terremoto, remueve como un demonio eso, tritura el resto, y brota una semilla, una cualquiera, de arriba o del fondo, lo mismo da. Una planta magnífica... ¿Le basta eso? No podría decirle una palabra más. ¿Por qué Vd., precisamente, que apenas la conoce, y a quien la enferma no conoce tampoco más, ha sido en su cerebro delirante la semilla privilegiada? ¿Qué quiere que se sepa de esto?

—Sin duda... —repuso a su mirada siempre interrogante, sintiéndome al mismo tiempo bastante enfriado al verme convertido en sujeto gratuito de divagación cerebral, primero, y en agente terapéutico, después.

En ese momento entró Luis María.

—Mamá lo llama —dijo al médico. Y volviéndose a mí, con una sonrisa forzada:

—¿Lo enteró Ayestarain de lo que pasa?... Sería cosa de volverse loco con otra persona...

Esto de otra persona merece una explicación. Los Funes, y en particular la familia de que comenzaba a formar tan ridícula parte, tienen un fuerte orgullo; por motivos de abolengo, supongo, y por su fortuna, que me parece lo más cierto. Siendo así, se daban por pasablemente satisfechos con que las fantasías amorosas del hermoso retoño se hubieran detenido

en mí, Carlos Durán, ingeniero, en vez de mariposear sobre un sujeto cualquiera de insuficiente posición social. Así, pues, agradecí en mi fuero interno el distingo de que me hacía honor el joven patricio.

—Es extraordinario... —recomenzó Luis María, haciendo correr con disgusto los fósforos sobre la mesa. Y un momento después, con una nueva sonrisa forzada:

—¿No tendría inconveniente en acompañarnos un rato? ¿Ya sabe, no? Creo que vuelve Ayestarain.

En efecto, este entraba.

—Empieza otra vez... —sacudió la cabeza, mirando únicamente a Luis María. Luis María se dirigió entonces a mí con la tercera sonrisa forzada de esa noche:

—¿Quiere que vayamos?

—Con mucho gusto —le dije. Y fuimos.

Entró el médico sin hacer ruido, entró Luis María, y por fin entré yo, todos con cierto intervalo. Lo que primero me chocó, aunque debía haberlo esperado, fue la penumbra del dormitorio. La madre y la hermana, de pie, me miraron fijamente, respondiendo con una corta inclinación de cabeza a la mía, pues creí no deber pasar de allí. Ambas me parecieron mucho más altas. Miré la cama, y vi, bajo la bolsa de hielo, dos ojos abiertos vueltos a mí. Miré al médico, titubeando, pero este me hizo una imperceptible seña con los ojos, y me acerqué a la cama.

Yo tengo alguna idea, como todo hombre, de lo que son dos ojos que nos aman, cuando uno se va acercando mucho a ellos. Pero la luz de aquellos ojos, la felicidad en que se iban anegando mientras me acercaba, el mareado relampagueo de dicha, hasta el estrabismo, cuando me incliné sobre ellos, jamás en un amor normal a 37° los volveré a hallar.

Balbuceó algunas palabras, pero con tanta dificultad de sus labios resecos, que nada oí. Creo que me sonreí como un estúpido (¡qué iba a hacer, quiero que me digan!), y ella tendió entonces su brazo hacia mí. Su intención era tan inequívoca que le tomé la mano,

—Siéntese ahí —murmuró.

Luis María corrió el sillón hacia la cama y me senté.

Véase ahora si ha sido dado a persona alguna una situación más extraña y disparatada:

Yo, en primer término, puesto que era el héroe, teniendo en la mía una mano ardida en fiebre y en un amor totalmente equivocado. En el lado opuesto, de pie, el médico. A los pies de la cama, sentado, Luis María. Apoyadas en el respaldo, en el fondo, la madre y la hermana. Y todos sin hablar, mirándonos con el ceño fruncido.

¿Qué iba a hacer? ¿Qué iba a decir? Preciso es que piensen un momento en esto. La enferma, por su parte, arrancaba a veces sus ojos de los míos, y recorría con dura inquietud los rostros presentes uno tras otro, sin reconocerlos, para dejar caer otra vez su mirada sobre mí, confiada en profunda felicidad.

¿Qué tiempo estuvimos así? No sé; acaso media hora, acaso mucho más. Un momento intenté retirar la mano, pero la enferma la oprimió más entre la suya.

—Todavía no... —murmuró, tratando de hallar más cómoda postura a su cabeza. Todos acudieron, se estiraron las sábanas, se renovó el hielo, y otra vez los ojos se fijaron en inmóvil dicha. Pero de vez en cuando tornaban a apartarse inquietos y recorrían las caras desconocidas. Dos o tres veces miré exclusivamente al médico; pero este bajó las pestañas, indicándome que esperara. Y tuvo razón, al fin, porque de pronto, bruscamente, como un derrumbe de sueño, la enferma cerró los ojos y se durmió.

Salimos todos, menos la hermana, que ocupó mi lugar en el sillón. No era fácil decir algo —yo al menos. La madre por fin se dirigió a mí con una triste y seca sonrisa:

—Qué cosa más horrible, ¿no? ¡Da pena!

¡Horrible, horrible! No era la enfermedad, sino la situación lo que les parecía horrible. Estaba visto que todas las galanterías iban a ser para mí en aquella casa. Primero el hermanito, luego la madre. Ayestarain, que nos había dejado un instante, salió muy satisfecho del estado de la enferma; descansaba con una placidez desconocida aún. La madre miró a otro lado, y yo miré al médico: podía irme, claro que sí, y me despedí.

* * * * *

He dormido mal, lleno de sueños que nada tienen que ver con mi habitual vida. Y la culpa de ello está en la familia Funes, con Luis María, madre, hermanas, médicos y parientes colaterales. Porque si se concreta bien la situación, ella da lo siguiente:

Hay una joven de diecinueve años, muy bella sin duda alguna, que apenas me conoce y a quien le soy profunda y totalmente indiferente. Esto en cuanto a María Elvira. Hay, por otro lado, un sujeto joven también —ingeniero, si se quiere— que no recuerda haber pensado dos veces seguidas en la joven en cuestión. Todo esto es razonable, inteligible y normal. Pero he aquí que la joven hermosa se enferma, de meningitis o cosa por el estilo, y en el delirio de la fiebre, única y exclusivamente en el delirio, se siente abrasada de amor. ¿Por un primo, un hermano de sus amigos, un joven mundano que ella conoce bien? No señor; por mí.

¿Es esto bastante idiota? Tomo, pues, una determinación, que haré conocer al primero de esa bendita casa que llegue a mi puerta.

* * * * *

Sí, es claro. Como lo esperaba, Ayestarain estuvo este mediodía a verme. No pude menos que preguntarle por la enferma, y su meningitis.

—¿Meningitis? —me dijo—. ¡Sabe Dios lo que es! Al principio parecía, y anoche también... Hoy ya no tenemos idea de lo que será.

—Pero, en fin —objeté— siempre una enfermedad cerebral...

—Y medular, claro está... Con unas lesioncillas quién sabe dónde... ¿Vd. entiende algo de medicina?

—Muy vagamente...

—Bueno; hay una fiebre remitente, que no sabemos de dónde sale... Era un caso para marchar a todo escape a la muerte... Ahora hay remisiones —tac—tac—tac, justas como un reloj...

—Pero el delirio —insistí— ¿existe siempre?

—¡Ya lo creo! Hay de todo allí... Y a propósito, esta noche lo esperamos.

Ahora me había llegado el turno de hacer medicina a mi modo. Le dije que mi propia sustancia había cumplido ya su papel curativo la noche anterior, y que no pensaba ir más.

Ayestarain me miró fijamente:

—¿Por qué? ¿Qué le pasa?

—Nada, sino que no creo sinceramente ser necesario allá... Dígame: ¿Vd. tiene idea de lo que es estar en una posición humillantemente ridícula; si o no?

—No se trata de eso...

—Sí, se trata de eso, de desempeñar un papel estúpido... ¡Curioso que no comprenda!

—Comprendo de sobra... Pero me parece algo así como... —no se ofenda— cuestión de amor propio.

—¡Muy lindo! —salté—. ¡Amor propio! ¡Y no se les ocurre otra cosa! ¡Les parece cuestión de amor propio ir a sentarse como un idiota para que me tomen la mano la noche entera ante toda la parentela con el ceño fruncido! Si a Vds. les parece una simple cuestión de amor propio, arréglense entre Vds. Yo tengo otras cosas que hacer.

Ayestarain comprendió al parecer la parte de verdad que había en lo anterior, porque no insistió, y hasta que se fue no volvimos a hablar de aquello.

Todo esto está bien. Lo que no lo está tanto es que hace diez minutos acabo de recibir una esquela del médico, así concebida:

Amigo Durán:

Con todo su bagaje de rencores, nos es indispensable esta noche. Supóngase una vez más que Vd. hace de cloral, brional, el hipnótico que menos le irrite los nervios, y véngase.

Dije un momento antes que lo malo era la precedente carta. Y tengo razón, porque desde esta mañana no espero sino esa carta...

* * * * *

Durante siete noches consecutivas —de once a una de la mañana, momento en que remitía la fiebre, y con ella el delirio— he permanecido al lado de María Elvira Funes, tan cerca como pueden estarlo dos amantes. Me ha tendido a veces su mano como la primera noche, y otras se ha preocupado de deletrear mi nombre, mirándome. Sé a ciencia cierta, pues, que me ama profundamente en ese estado, no ignorando tampoco que en sus momentos de lucidez no tiene la menor preocupación por mi existencia, presente o futura. Esto crea así un caso de sicología singular de que un novelista podría sacar algún partido. Por lo que a mí se refiere, sé decir que esta doble vida sentimental me ha tocado fuertemente el corazón. El caso es este: María Elvira, si es que acaso no lo he dicho, tiene los ojos más admirables del mundo. Está bien que la primera noche yo no viera en su mirada sino el reflejo de mi propia ridiculez de remedio inocuo. La segunda noche sentí menos mi insuficiencia real. La tercera vez no me costó esfuerzo alguno sentirme el ente dichoso que simulaba ser, y desde entonces vivo y sueño ese amor con que la fiebre enlaza su cabeza a la mía.

¿Qué hacer? Bien sé que todo esto es transitorio, que de día ella no sabe quien soy, y que yo mismo acaso no la ame cuando la vea de pie. Pero los sueños de amor, aunque sean de dos horas y a 40°, se pagan en el día, y mucho me temo que si hay una persona en el mundo a la cual esté expuesto a amar a plena luz, ella no sea mi vano amor nocturno... Amo, pues, una sombra, y pienso con angustia en el día en que Ayestarain considere a su enferma fuera de peligro, y no precise más de mí.

Crueldad esta que apreciarán en toda su cálida simpatía, los hombres que están enamorados —de una sombra o no—.

* * * * *

Ayestarain acaba de salir. Me ha dicho que la enferma sigue mejor, y que mucho se equivoca, o me veré uno de estos días libre de la presencia de María Elvira.

—Sí, compañero —me dice—. Libre de veladas ridículas, de amores cerebrales, y ceños fruncidos... ¿Se acuerda?

Mi cara no debe expresar suprema alegría, porque el taimado galeno se echa a reír y agrega:

—Le vamos a dar en cambio una compensación... Los Funes han vivido estos quince días con la cabeza en el aire, y no extrañe, pues, si han olvidado muchas cosas, sobre todo en lo que a Vd. se refiere... Por lo pronto, hoy cenamos allá. Sin su bienaventurada persona —dicho sea de paso— y el amor de marras, no sé en qué hubiera acabado aquello... ¿Qué dice Vd.?

—Digo —le he respondido— que casi estoy tentado de declinar el honor que me hacen los Funes, admitiéndome a su mesa...

Ayestarain se echó a reír.

—¡No embrome!... Le repito que no sabían dónde tenían la cabeza...

—Pero para opio, y morfina, y calmante de mademoiselle, sí, eh? ¡Para eso no se olvidaban de mí!

Mi hombre se puso serio y me miró detenidamente.

—¿Sabe lo que pienso, compañero?

—Diga.

—Que usted es el individuo más feliz de la tierra.

—¿Yo, feliz?...

—O más suertudo. ¿Entiende ahora?

Y quedó mirándome. ¡Hum! me dije a mí mismo: O yo soy un idiota, que es lo más posible, o este galeno merece que lo abrace hasta romperle el termómetro dentro del bolsillo. El maligno tipo sabe más de lo que parece, y acaso, acaso... Pero vuelvo a lo de idiota, que es lo más seguro.

—¿Feliz?... —insistí sin embargo—. ¿Por el amor estrafalario que Vd. ha inventado con su meningitis?

Ayestarain tornó a mirarme fijamente, pero esta vez creí notar un vago, vaguísimo dejo de amargura.

—Y aunque no fuera más que eso, grandísimo zonzo... —ha murmurado, cogiéndome del brazo para salir.

En el camino —hemos ido al Águila, a tomar el vermut— me ha explicado bien claro tres cosas.

1°: que mi presencia, al lado de la enferma, era absolutamente necesaria, dado el estado de profunda excitación-depresión —todo en uno— de su delirio. 2°: que los Funes lo habían comprendido así, ni más ni menos, a despecho de lo raro, subrepticio e inconveniente que pudiera parecer la aventura, constándoles, está claro, lo artificial de todo aquel amor. 3°: que los Funes han confiado sencillamente en mi educación, para que me dé cuenta —sumamente clara— del sentido terapéutico que ha tenido mi presencia ante la enferma, y la de la enferma ante mí.

—Sobre todo lo último, ¿eh? —he agregado a guisa de comentario—. El objeto de toda esta charla es este: que no vaya yo jamás a creer que María Elvira siente la menor inclinación real hacia mí. ¿Es eso?

—¡Claro! —se ha encogido de hombros el médico—. Póngase Vd. en su lugar...

Y tiene razón el bendito hombre. Porque a la sola probabilidad de que ella...

Anoche cené en lo de Funes. No era precisamente una comida alegre, si bien Luis María, por lo menos, estuvo muy cordial conmigo. Querría decir lo mismo de la madre, pero por más esfuerzos que hacía para hacerme grata la mesa, evidentemente no ve en mí sino a un intruso a quien en ciertas horas su hija prefiere un millón de veces. Está celosa, y no debemos condenarla. Por lo demás, se alternaban con su hija para ir a ver a la enferma. Esta había tenido un buen día, tan bueno que por primera vez después de quince días no hubo esa noche subida seria de fiebre, y aunque me quedé hasta la una por pedido de Ayestarain, tuve que volverme a casa sin haberla visto un instante. ¿Se comprende esto? ¡No verla en todo el día! ¡Ah! Si por bendición de Dios, la fiebre, fiebre de 40, 80, 120°, cualquier fiebre, cayera esta noche sobre su cabeza...

Y aquí está: esta sola línea del bendito Ayestarain:

Delirio de nuevo. Venga en seguida.

* * * * *

Todo lo antedicho es suficiente para enloquecer bien que mal a un hombre discreto. Véase esto ahora:

Cuando entré anoche, María Elvira me tendió su brazo como la primera vez. Acostó su cara sobre la mejilla izquierda, y cómoda así, fijó los ojos en mí. No sé qué me decían sus ojos; posiblemente me daban toda su vida y toda su alma en una entrega infinitamente dichosa. Sus labios me dijeron algo, y tuve que inclinarme para oír:

—Soy feliz —se sonrió.

Pasado un momento sus ojos me llamaron de nuevo, y me incliné otra vez.

—Y después... —murmuró apenas, cerrando los ojos con lentitud. Creo que tuvo una súbita fuga de ideas. Pero la luz, la insensata luz que extravía la mirada en los relámpagos de felicidad, inundó de nuevo sus ojos. Y esta vez oí bien claro, sentí claramente sobre mi rostro esta pregunta:

—Y cuando sane y no tenga más delirio... ¿me querrás todavía?

¡Locura que se ha sentado a horcajadas sobre mi corazón! ¡Después! ¡Cuando no tenga más delirio! ¿Pero estábamos todos locos en la casa, o había allí, proyectado fuera de mí mismo, un eco a mi incesante angustia del después? ¿Cómo es posible que ella dijera eso? ¿Había meningitis o no? ¿Había delirio o no? Luego mi María Elvira...

No sé qué contesté; presumo que cualquier cosa a escandalizar a la parentela completa si me hubieran oído. Pero apenas había murmurado yo; apenas había murmurado ella con una sonrisa... y se durmió.

De vuelta a casa, mi cabeza era un vértigo vivo, con locos impulsos de saltar al aire y lanzar alaridos de felicidad. ¿Quién, de entre nosotros, puede jurar que no hubiera sentido lo mismo? Porque las cosas, para ser claras, deben ser planteadas así: La enferma con delirio, que por una aberración sicológica cualquiera, ama, únicamente en su delirio, a X. Esto por un lado. Por el otro, el mismo X, que desgraciadamente para él, no se siente con fuerzas para concretarse exclusivamente a su papel medicamentoso. Y he aquí que la enferma, con su meningitis y su inconsciencia —su incontestable inconsciencia— murmura a nuestro amigo:

Y cuando no tenga más delirio... me querrás todavía?

Esto es lo que yo llamo un pequeño caso de locura,

claro y rotundo. Anoche, cuando llegaba a casa, creí un momento haber hallado la solución, que sería esta: María Elvira, en su fiebre, soñaba que estaba despierta. ¿A quién no ha sido dado soñar que está soñando? Ninguna explicación más sencilla, claro está.

Pero cuando por pantalla de ese amor mentido hay dos ojos inmensos, que empapándonos de dicha se anegan ellos mismos en un amor que no se puede mentir: cuando se ha visto a esos ojos recorrer con dura extrañeza los rostros familiares, para caer en extática felicidad ante uno mismo, pese al delirio y cien mil delirios como ese, uno tiene el derecho de soñar toda la noche con aquel amor —o seamos más explícitos: con María Elvira Funes—.

* * * * *

¡Sueño, sueño y sueño! Han pasado dos meses, y creo a veces soñar aún. ¿Fui yo o no, por Dios bendito, aquel a quien se le tendió la mano, y el brazo desnudo hasta el codo, cuando la fiebre tornaba hostiles aún los rostros bien amados de la casa? ¿Fui yo o no el que apaciguó en sus ojos, durante minutos inmensos de eternidad, la mirada mareada de amor de mi María Elvira?

Si, fui yo. Pero eso está acabado, concluido, finalizado, muerto, inmaterial, como si nunca hubiera sido. Y sin embargo...

Volví a verla a los veinte días después. Ya estaba sana, y cené con ellos. Hubo al principio una evidente alusión a los desvaríos sentimentales de la enferma, todo con gran tacto de la casa, en lo que cooperé cuanto me fue posible, pues en esos veinte días transcurridos no había sido mi preocupación menor, pensar en la discreción de que debía yo hacer gala en esa primera entrevista.

Todo fue a pedir de boca, no obstante.

—Y Vd. —me dijo la madre sonriendo— ¿ha descansado del todo de las fatigas que le hemos dado?

—¡Oh, era muy poca cosa!... Y aún —concluí riendo

también— estaría dispuesto a soportarlas de nuevo...

María Elvira se sonrió a su vez.

—Vd. sí; pero yo, no, ¡le aseguro!

La madre la miró con tristeza:

—¡Pobre, mi hija! Cuando pienso en los disparates que se te han ocurrido... En fin —se volvió a mí con agrado—. Vd. es ahora —podríamos decir— de la casa, y le aseguro que Luis María lo estima muchísimo.

El aludido me puso la mano en el hombro y me ofreció cigarrillos.

—Fume, fume, y no haga caso.

—¡Pero Luis María! —le reprochó la madre, semiseria— ¡cualquiera creería al oírte que le estamos diciendo mentiras a Durán!

—No, mamá; lo que dices está perfectamente bien dicho; pero Durán me entiende.

Lo que yo entendía era que Luis María quería cortar con amabilidades más o menos sosas; pero no se lo agradecí en lo más mínimo.

Entretanto, cuantas veces podía, sin llamar la atención, fijaba los ojos en María Elvira. ¡Al fin! Ya la tenía ante mí, sana, bien sana. Había esperado y temido con ansia ese instante. Había amado una sombra, o más bien dicho, dos ojos y treinta centímetros de brazo, pues el resto era una larga mancha blanca. Y de aquella penumbra, como de un capullo taciturno, se había levantado aquella espléndida figura fresca, indiferente y alegre, que no me conocía. Me miraba como se mira a un amigo de la casa, en el que es preciso detener un segundo los ojos, cuando se cuenta algo o se comenta una frase risueña. Pero nada más. Ni el más leve rastro de lo pasado, ni siquiera afectación de no mirarme, con lo que había yo contado como último triunfo de mi juego. Era un sujeto —no digamos sujeto, sino ser— absolutamente desconocido para ella. Y piénsese ahora en la gracia que me haría recordar, mientras la miraba, que una noche, esos mismos ojos ahora frívolos me habían dicho, a ocho dedos de los míos:

—¿Y cuando esté sana... me querrás todavía?

¡A qué buscar luces, fuegos fatuos de una felicidad muerta, sellada a fuego en el cofrecillo hormigueante de una fiebre cerebral! Olvidarla... Siendo lo que hubiera deseado, era precisamente lo que no podía hacer.

Más tarde, en el hall, hallé modo de aislarme con Luis María, mas colocando a este entre su hermana y yo; podía así mirarla impunemente, so pretexto de que mi vista iba naturalmente más allá de mi interlocutor. Y es extraordinario cómo su cuerpo, desde el más invisible cabello de su cabeza al tacón de sus zapatos, era un vivo deseo, y cómo al cruzar el hall para ir adentro, cada golpe de su falda contra el charol iba arrastrando mi alma como un papel.

Volvió, se rió, cruzó rozando a mi lado, sonriéndome forzosamente, pues estaba a su paso, mientras yo, como un idiota, continuaba soñando con una súbita detención a mi lado, y no una, sino dos manos, puestas sobre mis sienes:

—Y bien: ahora que me has visto de pie: ¿me quieres todavía?

¡Bah! Muerto, bien muerto, me despedí, y oprimí un instante aquella mano fría, amable y rápida.

* * * * *

Hay, sin embargo, una cosa absolutamente cierta, y es esta: María Elvira puede no recordar lo que sintió en sus días de fiebre, admito esto. Pero está perfectamente enterada de lo que pasó, por los cuentos posteriores. Luego, es imposible que yo esté para ella desprovisto del menor interés. De encantos —¡Dios me perdone!— todo lo que ella quiera. Pero de interés, el hombre con quien se ha soñado veinte noches seguidas, eso no. Por lo tanto, su perfecta indiferencia a mi respecto, no es racional. ¿Qué ventajas, qué remota probabilidad de dicha puede reportarme constatar esto? Ninguna, que yo vea. María Elvira se precave así contra mis posibles pretensiones por aquello; he aquí todo.

En lo que no tiene razón. Que me guste desesperadamente, muy bien. Pero que vaya yo a exigir el pago de un pagaré de amor firmado sobre una carpeta de meningitis, ¡diablo! eso no.

* * * * *

Nueve de la mañana. No es hora sobremanera decente de acostarse, pero así es. Del baile de lo de Rodríguez Peña, a Palermo. Luego al bar. Todo perfectamente solo. Y ahora a la cama.

Pero no sin disponerme a concluir el paquete de cigarrillos, antes de que el sueño venga. Y aquí está la causa: bailé anoche con María Elvira. Y después de bailar, hablamos así:

—Estos puntitos de la pupila —me dijo, frente uno de otro en la mesita— no se me han ido aún. No sé qué será... Antes de mi enfermedad no los tenía.

Precisamente nuestra vecina de mesa acababa de hacerle notar ese detalle. Con lo que sus ojos no quedaban sino más luminosos.

Apenas comencé a responderle, me di cuenta de la caída; pero ya era tarde.

—Sí —le dije, observando sus ojos— me acuerdo de que antes no los tenía...

Y miré a otro lado. Pero María Elvira se echó a reír:

—Es cierto; Vd. debe saberlo más que nadie.

¡Ah! ¡qué sensación de inmensa losa derrumbada por fin de sobre mi pecho! ¡Era posible hablar de eso, por fin!

—Eso creo —repuse—. Más que nadie, no sé... Pero si; en el momento a que se refiere, más que nadie, con seguridad.

Me detuve de nuevo; mi voz comenzaba a bajar demasiado de tono.

¡Ah, sí! —se sonrió María Elvira. Apartó los ojos, seria ya, alzándolos a las parejas que pasaban a nuestro lado.

Corrió un momento, para ella de perfecto olvido de lo que hablábamos, supongo, y de sombría angustia para mí. Pero sin bajar los ojos, como si le interesaran siempre los rostros que cruzaban en sucesión de film, agregó de costado:

—Cuando era mi amor, al parecer.

—Perfectamente bien dicho —le dije— su amor, al parecer.

Ella me miró entonces, devolviéndome la sonrisa.

—No...

Y se calló.

—¿No... qué? Concluya.

—¿Para qué? Es una zoncera.

—No importa; concluya.

Ella se echó a reír:

—¿Para qué? En fin... ¿no supondrá que no era al parecer?

—Es un insulto gratuito —le respondí—. Yo fui el primero en constatar la exactitud de la cosa, cuando yo era su amor... al parecer.

—¡Y dale!... —murmuró. Pero a mi vez el demonio de la locura me arrastró tras aquel ¡y dale! burlón, a una pregunta que nunca debiera haber hecho.

—Óigame, María Elvira —me incliné—: ¿Vd. no recuerda nada, no es cierto, nada de aquella ridícula historia?

Me miró muy seria, con altivez, si se quiere, pero al mismo tiempo con atención, como cuando nos disponemos a oír cosas que a pesar de todo no nos disgustan.

—¿Qué historia? —dijo.

—La otra, cuando yo vivía a su lado... —le hice

notar con suficiente claridad.

—Nada... absolutamente nada.

—Veamos; míreme un instante...

—No, ni aunque lo mire... —me lanzó en una carcajada.

—No, no es eso... Usted me ha mirado demasiado antes para que yo no sepa... Quería decirle esto: ¿No se acuerda Vd. de haberme dicho algo... dos o tres palabras nada más... la última noche que tuvo fiebre?

María Elvira contrajo las cejas un largo instante, y las levantó luego, más altas que lo natural. Me miró atentamente, sacudiendo la cabeza:

—No, no recuerdo...

—¡Ah! —me callé.

Pasó un rato. Vi de reojo que me miraba aún.

—¿Qué? —murmuró.

—¿Qué... qué? —repetí.

—¿Qué le dije?

—Tampoco me acuerdo ya...

—Sí, se acuerda... ¿Qué le dije?

—No sé, le aseguro...

—Sí, sabe... ¿Qué le dije?

—¡Veamos! —me eché de nuevo sobre la mesa—. Si Vd. no recuerda absolutamente nada, puesto que todo era una alucinación de fiebre, ¿qué puede importarle lo que me haya o no dicho en su delirio?

El golpe era serio. Pero María Elvira no pensó en contestarlo, contentándose con mirarme un instante más y apartar la vista con una corta sacudida de hombros.

—Vamos —me dijo bruscamente—. Quiero bailar este vals.

—Es justo —me levanté—. El sueño de vals que bailábamos no tiene nada de divertido.

No me respondió. Mientras avanzábamos al salón, parecía buscar con los ojos a alguno de sus habituales compañeros de vals.

—¿Qué sueño de vals desagradable para Vd.? —me dijo de pronto, sin dejar de recorrer el salón con la vista.

—Un vals de delirio... no tiene nada que ver con esto —me encogí a mi vez de hombros.

Creí que no hablaríamos más esa noche. Pero aunque María Elvira no dijo una palabra, tampoco pareció hallar al compañero ideal que buscaba. De modo que deteniéndose, me dijo con una sonrisa forzada —la ineludible forzada sonrisa que campeó sobre toda aquella historia:

—Si quiere, entonces, baile este vals con su amor...

—...al parecer. No agrego una palabra más —repuse, pasando la mano por su cintura.

* * * * *

Un mes más transcurrido. ¡Pensar que la madre, Angélica y Luis María están para mí ahora llenos de poético misterio! La madre es, desde luego, la persona a quien María Elvira tutea y besa más íntimamente. Su hermana la ha visto desvestirse. Luis María, por su parte, se permite pasarle la mano por la barbilla cuando entra y ella está sentada de espaldas. Tres personas bien felices, como se ve, e incapaces de apreciar la dicha en que se ven envueltos.

En cuanto a mí, me paso la vida llevando cigarros a la boca como quien quema margaritas: ¿me quiere? ¿no me quiere?

Después del baile en lo de Peña, he estado con ella muchas veces —en su casa, desde luego, todos los miércoles.

Conserva su mismo círculo de amigos, sostiene a todos con su risa, y flirtea admirablemente cuantas veces se lo proponen. Pero siempre halla modo de no perderme de vista. Esto cuando está con los otros. Pero cuando está conmigo, entonces no aparta los ojos de ellos.

¿Es esto razonable? No, no lo es. Y por eso tengo desde hace un mes una buena laringitis, a fuerza de ahumarme la garganta.

Anoche, sin embargo, he tenido un momento de tregua. Era miércoles. Ayestarain conversaba conmigo, y una breve mirada de María Elvira, lanzada hacia nosotros por sobre los hombros del cuádruple flirt que la rodeaba, puso su espléndida figura en nuestra conversación. Hablamos de ella, y fugazmente, de la vieja historia. Un rato después se detenía ante nosotros.

—¿De qué hablan?

—De muchas cosas; de Vd. en primer término — respondió el médico.

—Ah, ya me parecía... —Y recogiendo hacia ella un silloncito romano, se sentó cruzada de piernas, el busto tendido adelante, con la cara sostenida en la mano.

—Sigan; ya escucho.

—Contaba a Durán —dijo Ayestarain— que casos como el que le ha pasado a Vd. en su enfermedad, son raros, pero hay algunos. Un autor inglés, no recuerdo cuál, cita uno. Solamente que es más feliz que el suyo.

—¿Más feliz? ¿Y por qué?

—Porque en aquel no hay fiebre, y ambos se aman en sueños. En cambio, en este caso, Vd. era únicamente quien amaba...

¿Dije ya que la actitud de Ayestarain me había parecido siempre un tanto tortuosa respecto a mí? Si no lo dije, tuve en aquel momento un fulminante deseo de hacérselo sentir, no solamente con la mirada. Algo, no obstante, de ese anhelo debió percibir en mis ojos, porque se levantó riendo:

—Los dejo para que hagan las paces.

—¡Maldito bicho! —murmuré, ya tranquilo, cuando se alejó.

—¿Por qué? ¿Qué le ha hecho?

—Dígame, María Elvira —exclamé— ¿le ha hecho el amor a Vd. alguna vez?

—¿Quién, Ayestarain?

—Sí, él.

Me miró titubeando al principio. Luego, plenamente en los ojos, seria:

—Sí —me contestó.

—¡Ah, ya me lo esperaba!... Por lo menos ese tiene suerte... —murmuré, ya amargado del todo.

—¿Por qué? —me preguntó.

Sin responderle, me encogí violentamente de

hombros y miré a otro lado. Ella siguió mi vista. Pasó un momento.

—¿Por qué? —insistió, con esa obstinación pesada y distraída de las mujeres, cuando comienzan a hallarse perfectamente a gusto con un hombre. Estaba ahora, y estuvo durante los breves momentos que siguieron, de pie, con la rodilla sobre el silloncito. Mordía un papel —jamás supe de dónde pudo salir— y me miraba, subiendo y bajando imperceptiblemente las cejas.

—¿Por qué? —repuse al fin—. Porque él ha tenido por lo menos la suerte de no servir de muñeco ridículo al lado de una cama, y puede hablar seriamente, sin ver subir y bajar las cejas como si no se entendiera lo que digo... ¿comprende ahora?

María Elvira me miró unos instantes pensativa, y luego movió negativamente la cabeza, con su papel en los labios.

—¿Es cierto o no? —insistí, pero ya con el corazón a loco escape.

Ella tornó a sacudir la cabeza:

—No, no es cierto...

—¡María Elvira! —llamó Angélica de lejos.

Todos saben que la voz de los hermanos suele ser de lo más inoportuna. Pero jamás una voz fraternal ha caído en un diluvio de hielo y pez fría tan fuera de propósito como aquella vez.

María Elvira tiró el papel y bajó la rodilla.

—Me voy —me dijo riendo, con la risa que ya le conocía cuando afrontaba un flirt.

—¡Un solo momento! —le dije.

—¡Ni uno más! —me respondió alejándose ya y negando con la mano.

¿Qué me quedaba por hacer? Nada, a no ser tragar el papelito húmedo, hundir la boca en el hueco que había dejado su rodilla, y estrellar el sillón contra la pared. Y estrellarme en seguida yo mismo contra un espejo, por imbécil. La inmensa rabia de mí mismo me hacía sufrir, sobre todo. ¡Intuiciones viriles! ¡Sicologías de hombre corrido! Y la primer coqueta cuya rodilla está marcada allí, se burla de todo eso con una frescura sin par!

* * * * *

No puedo más. La quiero como un loco, y no sé, lo que es más amargo aún, si ella me quiere realmente o no. Además, sueño, sueño demasiado, y cosas por el estilo: Íbamos del brazo por un salón, ella toda de blanco, y yo como un bulto negro a su lado. No había más que personas de edad en el salón, y todas sentadas, mirándonos pasar. Era, sin embargo, un salón de baile. Y decían de nosotros: La meningitis y su sombra. Me desperté, y volví a soñar: el tal salón de baile estaba frecuentado por los muertos diarios de una epidemia. El traje blanco de María Elvira era un sudario, y yo era la misma sombra de antes, pero tenía ahora por cabeza un termómetro. Éramos siempre La meningitis y su sombra.

¿Qué puedo hacer con sueños de esta naturaleza? No puedo más. Me voy a Europa, a Norte América, a cualquier parte, donde pueda olvidarla.

¿A qué quedarme? ¿A recomenzar la historia de siempre, quemándome solo, como un payaso, o a desencontrarnos cada vez que nos sentimos juntos? ¡Ah, no! Concluyamos con esto. No sé el bien que le podrá hacer a mis planos esta ausencia sentimental (¡y sí, sentimental!, aunque no quiera); pero quedarme sería ridículo, y estúpido, y no hay para qué divertir más a las María Elvira.

* * * * *

Podría escribir aquí cosas pasablemente distintas de las que acabo de anotar, pero prefiero contar simplemente lo que pasó el último día que vi a María Elvira.

Por bravata, o desafío a mí mismo, o quién sabe por qué mortuoria esperanza de suicida, fui la tarde anterior de mi salida a despedirme de los Funes. Ya hacía diez días que tenía mis pasajes en el bolsillo, por donde se verá cuánto desconfiaba de mí mismo.

María Elvira estaba indispuesta —asunto de garganta o jaqueca— pero visible. Pasé un momento a la antesala a saludarla. La hallé hojeando músicas, desganada. Al verme se sorprendió un poco, aunque tuvo tiempo de echar una rápida ojeada al espejo. Tenía el rostro abatido, los labios pálidos y los ojos oscuros de ojeras. Pero era ella siempre, más hermosa aún para mí, porque la perdía.

Le dije sencillamente que me iba, y que le deseaba mucha felicidad.

Al principio no me comprendió.

—¿Se va? ¿Y adónde?

—A Norte América... Acabo de decírselo.

—¡Ah! —murmuró, marcando bien claramente la contracción de los labios. Pero en seguida me miró, inquieta.

—¿Está enfermo?

—¡Pst!... no precisamente... No estoy bien.

—¡Ah! —murmuró de nuevo. Y miró hacia afuera a través de los vidrios, abriendo bien los ojos, como cuando uno pierde el pensamiento.

Por lo demás, llovía en la calle, y la antesala no estaba clara.

Se volvió a mí.

—¿Por qué se va? —me preguntó.

—¡Hum! —me sonreí—. Sería muy largo, infinitamente largo de contar... En fin, me voy.

María Elvira fijó aún los ojos en mí, y su expresión, preocupada y atenta, se tornó sombría.

Concluyamos, me dije. Y adelánteme:

—Bueno, María Elvira...

Me tendió lentamente la mano, una mano fría y húmeda, de jaqueca.

—Antes de irse —me dijo— ¿no me quiere decir por qué se va?

Su voz había bajado un tono. El corazón me latió locamente, pero como en un relámpago, la vi ante mí, como aquella noche, alejándose riendo y negando con la mano: "no, ya estoy satisfecha"... ¡Ah, no, yo también! ¡Con aquello tenía bastante!

—Me voy —le dije bien claro— porque estoy hasta

aquí de dolor, ridiculez y vergüenza de mí mismo! ¿Está contenta ahora?

Tenía aún la mano en la mía. La retiró, se volvió lentamente, quitó la música del atril para colocarla sobre el piano, todo con pausa y mesura, y me miró de nuevo con esforzada y dolorosa sonrisa:

—¿Y si yo... le pidiera que no se fuera?...

—¡Pero por Dios bendito! —exclamé—. ¡No se da cuenta de que me está matando con estas cosas! ¡Estoy harto de sufrir y echarme en cara mi infelicidad! ¿Qué ganamos, qué gana Vd. con estas cosas? ¡No, basta ya! ¿Sabe Vd. —agregué adelantándome— lo que Vd. me dijo aquella última noche de su enfermedad? ¿Quiere que se lo diga? ¿Quiere?

Quedó inmóvil, toda ojos.

—Si, dígame...

—¡Bueno! Vd. me dijo, y maldita sea la noche en que lo oí, Vd. me dijo bien claro esto: ¿y-cuan-do-notenga-más-de-li-rio, me que-rrás toda-ví-a? Vd. tenía delirio aún, ya lo sé... ¿Pero qué quiere que haga yo ahora? ¿Quedarme aquí, a su lado, desangrándome vivo con su modo de ser, porque la quiero como un idiota!... Esto es bien claro también, ¿eh? ¡Ah, le aseguro que no es vida la que llevo! ¡No, no es vida!

Había apoyado la frente en los vidrios, deshecho, sintiendo que después de lo que había dicho, mi amor, mi alma, mi vida, se derrumbaban para siempre jamás.

Pero era menester concluir y me volví: ella estaba a mi lado, y en sus ojos —como en un relámpago, de felicidad esta vez— vi en sus ojos resplandecer, marearse, sollozar, la luz de húmeda dicha que creía muerta ya.

—¡María Elvira! —exclamé, grité, creo—. ¡Mi amor querido! ¡Mi alma adorada!

Y ella, en silenciosas lágrimas de tormento concluido, vencida, entregada, dichosa, había hallado por fin sobre mi pecho, postura cómoda a su cabeza.

* * * * *

Y nada más. ¿Habrá cosa más sencilla que todo esto? Yo he sufrido, es bien posible, llorado, aullado de dolor, y debo creerlo porque así lo he escrito. ¡Pero qué endiabladamente lejos está todo eso! Y tanto más lejos porque —y aquí está lo más gracioso de esta nuestra historia— ella está aquí, a mi lado, leyendo con la cabeza sobre la lapicera, lo que escribo. Ha protestado, bien se ve, ante no pocas observaciones mías; pero en honor del arte literario en que nos hemos engolfado con tanta frescura, se resigna como buena esposa. Por lo demás, ella cree conmigo que la impresión general de la narración, reconstruida por etapas, es un reflejo bastante acertado de lo que pasó, sentimos y sufrimos. Lo cual, para obra de un ingeniero, no está del todo mal.

En este momento María Elvira me interrumpe para decirme que la última línea escrita no es verdad: Mi narración no solo no está del todo mal, sino que está bien, muy bien. Y como argumento irrefutable, me echa los brazos al cuello y me mira, no sé si a mucho más de cinco centímetros.

—¿Es verdad? —murmura— o arrulla, mejor dicho.

—¿Se puede poner arrulla? —le pregunto.

—¡Sí, y esto, y esto! Y me da un beso.

¿Qué más puedo añadir?

La miel silvestre

Tengo en el Salto Oriental dos primos, hoy hombres ya, que a sus doce años, y a consecuencia de profundas lecturas de Julio Verne, dieron en la rica empresa de abandonar su casa para ir a vivir al monte. Este queda a dos leguas de la ciudad. Allí vivirían primitivamente de la caza y la pesca. Cierto es que los dos muchachos no se habían acordado particularmente de llevar escopetas ni anzuelos; pero, de todos modos, el bosque estaba allí, con su libertad como fuente de dicha y sus peligros como encanto.

Desgraciadamente, al segundo día fueron hallados por quienes los buscaban. Estaban bastante atónitos todavía, no poco débiles, y con gran asombro de sus hermanos menores —iniciados también en Julio Verne— sabían andar aún en dos pies y recordaban el habla.

La aventura de los dos robinsones, sin embargo, fuera acaso más formal a haber tenido como teatro otro bosque menos dominguero. Las escapatorias llevan aquí en Misiones a límites imprevistos, y a ello arrastró a Gabriel Benincasa el orgullo de sus stromboot.

Benincasa, habiendo concluido sus estudios de

contaduría pública, sintió fulminante deseo de conocer la vida de la selva. No fue arrastrado por su temperamento, pues antes bien Benincasa era un muchacho pacífico, gordinflón y de cara rosada, en razón de su excelente salud. En consecuencia, lo suficiente cuerdo para preferir un té con leche y pastelitos a quién sabe qué fortuita e infernal comida del bosque. Pero así como el soltero que fue siempre juicioso cree de su deber, la víspera de sus bodas, despedirse de la vida libre con una noche de orgía en componía de sus amigos, de igual modo Benincasa quiso honrar su vida aceitada con dos o tres choques de vida intensa. Y por este motivo remontaba el Paraná hasta un obraje, con sus famosos stromboot.

Apenas salido de Corrientes había calzado sus recias botas, pues los yacarés de la orilla calentaban ya el paisaje. Mas a pesar de ello el contador público cuidaba mucho de su calzado, evitándole arañazos y sucios contactos.

De este modo llegó al obraje de su padrino, y a la hora tuvo este que contener el desenfado de su ahijado.

—¿Adónde vas ahora? —le había preguntado sorprendido.

—Al monte; quiero recorrerlo un poco —repuso Benincasa, que acababa de colgarse el winchester al hombro.

—¡Pero infeliz! No vas a poder dar un paso. Sigue la picada, si quieres... O mejor deja esa arma y mañana te haré acompañar por un peón.

Benincasa renunció a su paseo. No obstante, fue hasta la vera del bosque y se detuvo. Intentó vagamente un paso adentro, y quedó quieto. Metiose las manos en los bolsillos y miró detenidamente aquella inextricable maraña, silbando débilmente aires truncos. Después de observar de nuevo el bosque a uno y otro lado, retornó bastante desilusionado.

Al día siguiente, sin embargo, recorrió la picada central por espacio de una legua, y aunque su fusil volvió profundamente dormido, Benincasa no deploró el paseo. Las fieras llegarían poco a poco.

Llegaron estas a la segunda noche —aunque de un carácter un poco singular.

Benincasa dormía profundamente, cuando fue despertado por su padrino.

—¡Eh, dormilón! Levántate que te van a comer vivo.

Benincasa se sentó bruscamente en la cama, alucinado por la luz de los tres faroles de viento que se movían de un lado a otro en la pieza. Su padrino y dos peones regaban el piso.

—¿Qué hay, qué hay? —preguntó echándose al suelo.

—Nada... Cuidado con los pies... La corrección.

Benincasa había sido ya enterado de las curiosas hormigas a que llamamos corrección. Son pequeñas, negras, brillantes y marchan velozmente en ríos más o menos anchos. Son esencialmente carnívoras. Avanzan devorando todo lo que encuentran a su paso: arañas, grillos, alacranes, sapos, víboras y a cuanto ser no puede resistirles. No hay animal, por grande y fuerte que sea, que no haya de ellas. Su entrada en una casa supone la exterminación absoluta de todo ser viviente, pues no hay rincón ni agujero profundo donde no se precipite el río devorador. Los perros aúllan, los bueyes mugen y es forzoso abandonarles la casa, a trueque de ser roídos en diez horas hasta el esqueleto. Permanecen en un lugar uno, dos, hasta cinco días, según su riqueza en insectos, carne o grasa. Una vez devorado todo, se van.

No resisten, sin embargo, a la creolina o droga similar; y como en el obraje abunda aquella, antes de una hora el chalet quedó libre de la corrección.

Benincasa se observaba muy de cerca, en los pies, la placa lívida de una mordedura.

—¡Pican muy fuerte, realmente! —dijo sorprendido, levantando la cabeza hacia su padrino.

Este, para quien la observación no tenía ya ningún valor, no respondió, felicitándose, en cambio, de haber contenido a tiempo la invasión. Benincasa reanudó el sueño, aunque sobresaltado toda la noche por pesadillas tropicales.

Al día siguiente se fue al monte, esta vez con un machete, pues había concluido por comprender que tal utensilio le sería en el monte mucho más útil que el fusil. Cierto es que su pulso no era maravilloso, y su acierto, mucho menos. Pero de todos modos lograba trozar las ramas, azotarse la cara y cortarse las botas; todo en uno.

El monte crepuscular y silencioso lo cansó pronto. Dábale la impresión —exacta por lo demás— de un escenario visto de día. De la bullente vida tropical no hay a esa hora más que el teatro helado; ni un animal, ni un pájaro, ni un ruido casi. Benincasa volvía cuando un sordo zumbido le llamó la atención.

A diez metros de él, en un tronco hueco, diminutas abejas aureolaban la entrada del agujero. Se acercó con cautela y vio en el fondo de la abertura diez o doce bolas oscuras, del tamaño de un huevo.

—Esto es miel —se dijo el contador público con íntima gula—. Deben de ser bolsitas de cera, llenas de miel...

Pero entre él —Benincasa— y las bolsitas estaban las abejas. Después de un momento de descanso, pensó en el fuego; levantaría una buena humareda. La suerte quiso que mientras el ladrón acercaba cautelosamente la hojarasca húmeda, cuatro o cinco abejas se posaran en su mano, sin picarlo. Benincasa cogió una en seguida, y oprimiéndole el abdomen, constató que no tenía aguijón. Su saliva, ya liviana, se clarifico en melífica abundancia. ¡Maravillosos y buenos animalitos!

En un instante el contador desprendió las bolsitas de cera, y alejándose un buen trecho para escapar al pegajoso contacto de las abejas, se sentó en un raigón. De las doce bolas, siete contenían polen. Pero las restantes estaban llenas de miel, una miel oscura, de sombría transparencia, que Benincasa paladeó golosamente. Sabía distintamente a algo. ¿A qué? El contador no pudo precisarlo. Acaso a resina de frutales o de eucaliptus. Y por igual motivo, tenía la densa miel un vago dejo áspero. ¡Mas qué perfume, en cambio!

Benincasa, una vez bien seguro de que cinco bolsitas le serían útiles, comenzó. Su idea era sencilla: tener suspendido el panal goteante sobre su boca. Pero como la miel era espesa, tuvo que agrandar el agujero, después de haber permanecido medio minuto con la boca inútilmente abierta. Entonces la miel asomó, adelgazándose en pesado hilo hasta la lengua del contador.

Uno tras otro, los cinco panales se vaciaron así dentro de la boca de Benincasa. Fue inútil que este prolongara la suspensión, y mucho más que repasara los globos exhaustos; tuvo que resignarse.

Entre tanto, la sostenida posición de la cabeza en alto lo había mareado un poco. Pesado de miel, quieto y los ojos bien abiertos, Benincasa consideró de nuevo el monte crepuscular. Los árboles y el suelo tomaban posturas por demás oblicuas, y su cabeza acompañaba el vaivén del paisaje.

—Qué curioso mareo... —pensó el contador. Y lo peor es...

Al levantarse e intentar dar un paso, se había visto obligado a caer de nuevo sobre el tronco. Sentía su cuerpo de plomo, sobre todo las piernas, como si estuvieran inmensamente hinchadas. Y los pies y las manos le hormigueaban.

—¡Es muy raro, muy raro, muy raro! —se repitió estúpidamente Benincasa, sin escudriñar, sin embargo, el motivo de esa rareza. Como si tuviera hormigas... La corrección —concluyó.

Y de pronto la respiración se le cortó en seco, de espanto.

—¡Debe ser la miel!... ¡Es venenosa!... ¡Estoy envenenado!

Y a un segundo esfuerzo para incorporarse, se le erizó el cabello de terror; no había podido ni aun moverse. Ahora la sensación de plomo y el hormigueo subían hasta la cintura. Durante un rato el horror de morir allí, miserablemente solo, lejos de su madre y sus amigos, le cohibió todo medio de defensa.

—¡Voy a morir ahora!... ¡De aquí a un rato voy a morir!... ¡No puedo mover la mano!...

En su pánico constató, sin embargo, que no tenía fiebre ni ardor de garganta, y el corazón y pulmones conservaban su ritmo normal. Su angustia cambió de forma.

—¡Estoy paralítico, es la parálisis! ¡Y no me van a encontrar!...

Pero una visible somnolencia comenzaba a apoderarse de él, dejándole íntegras sus facultades, a lo por que el mareo se aceleraba. Creyó así notar que el suelo oscilante se volvía negro y se agitaba vertiginosamente. Otra vez subió a su memoria el recuerdo de la corrección, y en su pensamiento se fijó como una suprema angustia la posibilidad de que eso negro que invadía el suelo...

Tuvo aún fuerzas para arrancarse a ese último espanto, y de pronto lanzó un grito, un verdadero alarido, en que la voz del hombre recobra la tonalidad del niño aterrado: por sus piernas trepaba un precipitado río de hormigas negras. Alrededor de él la corrección devoradora oscurecía el suelo, y el contador sintió, por bajo del calzoncillo, el río de hormigas carnívoras que subían.

Su padrino halló por fin, dos días después, y sin la menor partícula de carne, el esqueleto cubierto de ropa de Benincasa. La corrección que merodeaba aún por allí, y las bolsitas de cera, lo iluminaron suficientemente.

No es común que la miel silvestre tenga esas propiedades narcóticas o paralizantes, pero se la halla. Las flores con igual carácter abundan en el trópico, y ya el sabor de la miel denuncia en la mayoría de los casos su condición; tal el dejo a resina de eucaliptus que creyó sentir Benincasa.

La muerte de Isolda

Concluía el primer acto de Tristán e Isolda. Cansado de la agitación de ese día, me quedé en mi butaca, muy contento con la falta de vecinos. Volví la cabeza a la sala, y detuve en seguida los ojos en un palco balcón.

Evidentemente, un matrimonio. Él, un marido cualquiera, y tal vez por su mercantil vulgaridad y la diferencia de año con su mujer, menos que cualquiera. Ella, joven, pálida, con una de esas profundas bellezas que más que en el rostro, aún bien hermoso, están en la perfecta solidaridad de mirada, boca, cuello, modo de entrecerrar los ojos. Era, sobre todo, una belleza para hombres, sin ser en lo más mínimo provocativa; y esto es precisamente lo que no entenderán nunca las mujeres.

La miré largo rato a ojos descubiertos porque la veía muy bien, y porque cuando el hombre está así en tensión de aspirar fijamente un cuerpo hermoso, no recurre al arbitrio femenino de los anteojos.

Comenzó el segundo acto. Volví aún la cabeza al palco, y nuestras miradas se cruzaron. Yo, que había apreciado ya el encanto de aquella mirada vagando por uno y otro lado de la sala, viví en un segundo, al sentirla directamente apoyada en mí, el más adorable sueño de amor que haya tenido nunca.

Fue aquello muy rápido: los ojos huyeron, pero dos o tres veces, en mi largo minuto de insistencia, tornaron fugazmente a mí. Fue asimismo, con la súbita dicha de haberme soñado un instante su marido, el más rápido desencanto de un idilio. Sus ojos volvieron otra vez, pero en ese instante sentí que mi vecino de la izquierda miraba hacia allá, y después de un momento de inmovilidad de ambas partes, se saludaron.

Así, pues, yo no tenía el más remoto derecho a considerarme un hombre feliz, y observé a mi compañero. Era un hombre de más de treinta y cinco años, barba rubia y ojos azules de mirada clara y un poco dura, que expresaba inequívoca voluntad.

—Se conocen —me dije— y no poco.

En efecto, después de la mitad del acto mi vecino, que no había vuelto a apartar los ojos de la escena, los fijó en el palco. Ella, la cabeza un poco echada atrás, y en la penumbra, lo miraba también. Me pareció más pálida aún. Se miraron fijamente, insistentemente, aislados del mundo en aquella recta paralela de alma a alma que los mantenía inmóviles.

Durante el tercero, mi vecino no volvió un instante la cabeza. Pero antes de concluir aquel salió por el pasillo opuesto. Miré al palco, y ella también se había retirado.

—Final de idilio —me dije melancólicamente.

Él no volvió más y el palco quedó vacío.

—Sí, se repiten —sacudió amargamente la cabeza—. Todas las situaciones dramáticas pueden repetirse, aún las más inverosímiles, y se repiten. Es menester vivir, y usted es muy muchacho... Y las de su Tristán también, lo que no obsta para que haya allí el más sostenido alarido de pasión que haya gritado alma humana... Yo quiero tanto como usted a esa obra, y acaso más... No me refiero, querrá creer, al drama de Tristán, con las treinta y dos situaciones del dogma, fuera de las cuales todas son repeticiones. No; la escena que vuelve como una pesadilla, los personajes que sufren la alucinación de una dicha muerta, es otra cosa... Usted asistió al preludio de una de esas repeticiones... Sí, ya sé que se acuerda... No nos conocíamos con usted entonces... ¡Y precisamente a usted debía de hablarle de esto! Pero juzga mal lo que vio y creyó un acto mío feliz... ¡Feliz!... Óigame. ¡El buque parte dentro de un momento, y esta vez no vuelvo más! Le cuento esto a usted, como si se lo pudiera escribir, por dos razones: Primero, porque usted tiene un parecido pasmoso con lo que era yo entonces —en lo bueno únicamente, por suerte—. Y segundo, porque usted, mi joven amigo, es perfectamente incapaz de pretenderla, después de lo que va a oír. Óigame:

La conocí hace diez años, y durante los seis meses que fui su novio, hice cuanto me fue posible para que fuera mía. La quería mucho, y ella, inmensamente a mí. Por esto cedió un día, y desde ese instante, privado de tensión, mi amor se enfrió.

Nuestro ambiente social era distinto, y mientras

ella se embriagaba con la dicha de mi nombre —se me consideraba buen mozo entonces— yo vivía en una esfera de mundo donde me era inevitable flirtear con muchachas de apellido, fortuna, y a veces muy lindas.

Una de ellas llevó conmigo el flirteo bajo parasoles de *garden party* a un extremo tal, que me exasperé y la pretendí seriamente. Pero si mi persona era interesante para esos juegos, mi fortuna no alcanzaba a prometerle el tren necesario, y me lo dio a entender claramente.

Tenía razón, perfecta razón. En consecuencia flirteé con una amiga suya, mucho más fea, pero infinitamente menos hábil para estas torturas del *tête-à-tête* a diez centímetros, cuya gracia exclusiva consiste en enloquecer a su flirt, manteniéndose uno dueño de sí. Y esta vez no fui yo quien se exasperó.

Seguro, pues, del triunfo, pensé entonces en el modo de romper con Inés. Continuaba viéndola, y aunque no podía ella engañarse sobre el amortiguamiento de mi pasión, su amor era demasiado grande para no iluminarle los ojos de dicha cada vez que me veía entrar.

La madre nos dejaba solos; y aunque hubiera sabido lo que pasaba, habría cerrado los ojos para no perder la más vaga posibilidad de subir con su hija a una esfera mucho más alta.

Una noche fui allá dispuesto a romper, con visible malhumor, por lo mismo. Inés corrió a abrazarme, pero se detuvo, bruscamente pálida.

—Qué tienes —me dijo.

—Nada —le respondí con sonrisa forzada, acariciándole la frente. Dejó hacer, sin prestar atención a mi mano y mirándome insistentemente. Al fin apartó los ojos contraídos y entramos.

La madre vino, pero sintiendo cielo de tormenta, estuvo solo un momento y desapareció.

Romper, es palabra corta y fácil; pero comenzarlo...

Nos habíamos sentado y no hablábamos. Inés se inclinó, me apartó la mano de la cara y me clavó los ojos, dolorosos de angustioso examen.

—¡Es evidente!.. —murmuró.

—Qué —le pregunté fríamente.

La tranquilidad de mi mirada le hizo más daño que mi voz, y su rostro se demudó:

—¡Que ya no me quieres! —articuló en una desesperada y lenta oscilación de cabeza.

—Esta es la quincuagésima vez que dices lo mismo —respondí.

No podía darse respuesta más dura; pero yo tenía ya el comienzo.

Inés me miró un rato casi como a un extraño, y apartando bruscamente mi mano y el cigarro, su voz se rompió:

—¡Esteban!

—Qué —torné a decirle.

Esta vez bastaba. Dejó lentamente mi mano y se reclinó atrás en el sofá, manteniendo fijo en la lámpara su rostro lívido. Pero un momento después su cara caía de costado bajo el brazo crispado al respaldo.

Pasó un rato aún. La injusticia de mi actitud —no veía más que injusticia— acrecentaba el profundo disgusto de mí mismo. Por eso cuando oí, o más bien sentí, que las lágrimas salían al fin, me levanté con un violento chasquido de lengua.

—Yo creía que no íbamos a tener más escenas —le dije paseándome.

"No me respondió, y agregué:

—Pero que sea esta la última.

Sentí que las lágrimas se detenían, y bajo ellas me respondió un momento después:

—Como quieras.

Pero en seguida cayó sollozando sobre el sofá:

—¡Pero qué te he hecho! ¡qué te he hecho!

—¡Nada! —le respondí—. Pero yo tampoco te he hecho nada a ti... Creo que estamos en el mismo caso. ¡Estoy harto de estas cosas!

Mi voz era seguramente mucho más dura que mis palabras. Inés se incorporó, y sosteniéndose en el brazo del sofá, repitió, helada:

—Como quieras.

Era una despedida. Yo iba a romper, y se me adelantaban. El amor propio, el vil amor propio tocado a vivo, me hizo responder:

—Perfectamente... Me voy. Que seas más feliz... otra vez.

No comprendió, y me miró con extrañeza. Había cometido la primer infamia; y como en esos casos, sentí el vértigo de enlodarme más aún.

—¡Es claro! —apoyé brutalmente— porque de mí no has tenido queja... ¿no? Es decir: te hice el honor de ser tu amante, y debes estarme agradecida.

Comprendió más mi sonrisa que las palabras, y salí a buscar mi sombrero en el corredor, mientras que con un ¡ah!, su cuerpo y su alma se desplomaban en la sala.

Entonces, en ese instante en que crucé la galería, sentí intensamente cuánto la quería y lo que acababa de hacer. Aspiración de lujo, matrimonio encumbrado, todo me resaltó como una llaga en mi propia alma. Y yo, que me ofrecía en subasta a las mundanas feas con fortuna, que me ponía en venta, acababa de cometer el acto más ultrajante, con la mujer que nos ha querido demasiado... Flaqueza en el Monte de los Olivos, o momento vil en un hombre que no lo es, llevan al mismo fin: ansia de sacrificio, de reconquista más alta del propio valer. Y luego, la inmensa sed de ternura, de borrar beso tras beso las lágrimas de la mujer adorada, cuya primera sonrisa tras la herida que le hemos causado, es la más bella luz que pueda inundar un corazón de hombre.

¡Y concluido! No me era posible ante mí mismo volver a tomar lo que acababa de ultrajar de ese modo: ya no era digno de ella, ni la merecía más. Había enlodado en un segundo el amor más puro que hombre alguno haya sentido sobre sí, y acababa de perder con Inés la irreencontrable felicidad de poseer a quien nos ama entrañablemente.

Desesperado, humillado, crucé por delante de la puerta, y la vi echada en el sofá, sollozando el alma entera sobre sus brazos. ¡Inés! ¡Perdida ya! Sentí más honda mi miseria ante su cuerpo, todo amor, sacudido por los sollozos de su dicha muerta. Sin darme cuenta casi, me detuve.

—¡Inés! —llamé.

Mi voz no era ya la de antes. Y ella debió notarlo bien, porque su alma sintió, en aumento de sollozos, el desesperado llamado que le hacía mi amor, esta vez sí, ¡inmenso amor!

—No, no.. —me respondió—. ¡Es demasiado tarde!

Padilla se detuvo. Pocas veces he visto amargura más agotada y tranquila que la de sus ojos cuando concluyó. Por mi parte, no podían apartar de los

míos aquella adorable belleza del palco, sollozando sobre el sofá...

—Me creerá —reanudó Padilla— si le digo que en mis muchos insomnios de soltero descontento de sí mismo, la tuve así ante mí... Salí de Buenos Aires sin ver casi a nadie, y menos a mi flirt de gran fortuna... Volví a los ocho años, y supe entonces que se había casado, a los seis meses de haberme ido yo. Torné a alejarme, y hace un mes regresé, bien tranquilizado ya, y en paz.

No había vuelto a verla. Era para mí como un primer amor, con todo el encanto dignificante que un idilio virginal tiene para el hombre hecho, que después amó cien veces... Si usted es querido alguna vez como yo lo fui, y ultraja como yo lo hice, comprenderá toda la pureza viril que hay en mi recuerdo.

Hasta que una noche tropecé con ella. Sí, esa misma noche en el teatro... Comprendí, al ver a su marido de opulenta fortuna, que se había precipitado en el matrimonio, como yo al Ucayali... Pero al verla otra vez, a veinte metros de mí, mirándome, sentí que en mi alma, dormida en paz, surgía sangrando la desolación de haberla perdido, como si no hubiera pasado un solo día de esos diez años. ¡Inés! Su hermosura, su mirada, única entre todas las mujeres, habían sido mías bien mías, porque me habían sido entregadas con adoración; también apreciará usted esto algún día.

Hice lo humanamente posible para olvidar, me rompí las muelas tratando de concentrar todo mi pensamiento en la escena. Pero la prodigiosa partitura de Wagner, ese grito de pasión enfermante, encendió en llama viva lo que quería olvidar. En el segundo o tercer acto no pude más y volví la cabeza. Ella también sufría la sugestión de Wagner, y me miraba. ¡Inés, mi vida! Durante medio minuto su boca, sus manos, estuvieron bajo mi boca, mis ojos, y durante ese tiempo ella concentró en su palidez la sensación de esa dicha muerta hacia diez años. ¡Y Tristán siempre, sus alaridos de pasión sobrehumana, sobre nuestra felicidad yerta!

Salí entonces, atravesé las butacas como un sonámbulo, aproximándome a ella sin verla, sin que me viera, como si durante diez años no hubiera yo sido un miserable...

Y como diez años atrás, sufrí la alucinación de que llevaba mi sombrero en la mano e iba a pasar delante de ella.

Pasé, la puerta del palco estaba abierta, y me detuve enloquecido. Como diez años antes sobre el sofá, ella, Inés, tendida en el diván del antepalco, sollozaba la pasión de Wagner y su dicha deshecha.

¡Inés!... Sentí que el destino me colocaba en un

momento decisivo. ¡Diez años!... ¿Pero habían pasado? ¡No, no, Inés mía!

Y como entonces, al ver su cuerpo todo amor, sacudido por los sollozos, murmuré:

—¡Inés!

Y como diez años antes, los sollozos redoblaron, y como entonces me respondió bajo sus brazos:

—No, no... ¡Es demasiado tarde!...

Los buques suicidantes

Resulta que hay pocas cosas más terribles que encontrar en el mar un buque abandonado. Si de día el peligro es menor, de noche no se ven ni hay advertencia posible: el choque se lleva a uno y otro.

Estos buques abandonados por a o por b, navegan obstinadamente a favor de las corrientes o del viento, si tienen las velas desplegadas. Recorren así los mares, cambiando caprichosamente de rumbo.

No pocos de los vapores que un buen día no llegaron a puerto, han tropezado en su camino con uno de estos buques silenciosos que viajan por su cuenta. Siempre hay probabilidad de hallarlos, a cada minuto. Por ventura las corrientes suelen enredarlos en los mares de sargazo. Los buques se detienen, por fin, aquí o allá, inmóviles para siempre en ese desierto de algas. Así, hasta que poco a poco se van deshaciendo. Pero otros llegan cada día, ocupan su lugar en silencio, de modo que el tranquilo y lúgubre puerto siempre está frecuentado.

El principal motivo de estos abandonos de buque son sin duda las tempestades y los incendios que dejan a la deriva negros esqueletos errantes. Pero hay otras causas singulares entre las que se puede incluir lo acaecido al María Margarita, que zarpó de Nueva York el 24 de agosto de 1903, y que el 26 de mañana se puso al habla con una corbeta, sin acusar novedad alguna. Cuatro horas más tarde, un paquete, no teniendo respuesta, desprendió una chalupa que abordó al María Margarita. En el buque no había nadie. Las camisetas de los marineros se secaban a proa. La cocina estaba prendida aún. Una máquina de coser tenía la aguja suspendida sobre la costura, como si hubiera sido dejada un momento antes. No había la menor señal de lucha ni de pánico, todo en perfecto orden; y faltaban todos. ¿Qué pasó?

La noche que aprendí esto estábamos reunidos en el puente. Íbamos a Europa, y el capitán nos contaba su historia marina, perfectamente cierta, por otro lado.

La concurrencia femenina, ganada por la sugestión del campo de batalla presente, oía estremecida. Las chicas nerviosas prestaban sin querer inquieto oído a la voz de los marineros en proa. Una señora recién casada se atrevió:

—¿No serán águilas?...

El capitán se sonrió bondadosamente:

—¿Qué, señora? ¿Águilas que se lleven a la tripulación?

Todos se rieron y la joven hizo lo mismo, un poco avergonzada.

Felizmente un pasajero sabía algo de eso. Lo miramos curiosamente. Durante el viaje había sido un excelente compañero, admirando por su cuenta y riesgo, y hablando poco.

—¡Ah! ¡si nos contara, señor! —suplicó la joven de las águilas.

—No tengo inconveniente —asintió el discreto individuo—. En dos palabras —y en los mares del norte, como el María Margarita del capitán— encontramos una vez un barco a vela. Nuestro rumbo —viajábamos también a vela— nos llevó casi a su lado. El singular aire de abandono que no engaña en un buque, llamó nuestra atención, y disminuimos la marcha observándolo. Al fin desprendimos una chalupa; abordo no se halló a nadie, y todo estaba también en perfecto orden. Pero la última anotación del diario databa de cuatro días atrás, de modo que no sentimos mayor impresión. Aún nos reímos un poco de las famosas desapariciones súbitas.

Ocho de nuestros hombres quedaron abordo para el gobierno del nuevo buque. Viajaríamos de conserva. Al anochecer nos tomó un poco de camino. Al día siguiente lo alcanzamos, pero no vimos a nadie sobre el puente. Desprendiose de nuevo la chalupa, y los que fueron recorrieron en vano el buque: todos habían desaparecido. Ni un objeto fuera de lugar. El mar estaba absolutamente terso en toda su extensión. En la cocina hervía aún una olla con papas.

Como ustedes comprenderán, el terror supersticioso de nuestra gente llegó a su colmo. A la larga, seis se animaron a llenar el vacío, y yo fui con ellos. Apenas abordo, mis nuevos compañeros se decidieron a beber para desterrar toda preocupación. Estaban sentados en rueda y a la hora la mayoría cantaba ya.

Llegó mediodía y pasó la siesta. A las cuatro, la

brisa cesó y las velas cayeron. Un marinero se acercó a la borda y miró el mar aceitoso. Todos se habían levantado, paseándose, sin ganas ya de hablar. Uno se sentó en un cabo y se sacó la camiseta para remendarla. Cosió un rato en silencio. De pronto se levantó y lanzó un largo silbido. Sus compañeros se volvieron. Él los miró vagamente, sorprendido también, y se sentó de nuevo. Un momento después dejó la camiseta en el cabo arrollado, avanzó a la borda y se tiró al agua. Al sentir el ruido, los otros dieron vuelta la cabeza, con el ceño ligeramente fruncido. En seguida se olvidaron, volviendo a la apatía común.

Al rato otro se desperezó, restregose los ojos caminando, y se tiró al agua. Pasó media hora; el sol iba cayendo. Sentí de pronto que me tocaban en el hombro.

—¿Qué hora es?

—Las cinco —respondí.

El viejo marinero me miró desconfiado, con las manos en los bolsillos, recostándose enfrente de mí. Miró largo rato mi pantalón, distraído. Al fin se tiró al agua.

Los tres que quedaban se acercaron rápidamente y observaron el remolino. Se sentaron en la borda, silbando despacio, con la vista perdida a lo lejos. Uno se bajó y se tendió en el puente, cansado. Los otros desaparecieron uno tras otro. A las seis, el último se levantó, se compuso la ropa, apartose el pelo de la frente, caminó con sueño aún, y se tiró al agua.

Entonces quedé solo, mirando como un idiota el mar desierto. Todos, sin saber lo que hacían, se habían arrojado al mar, envueltos en el sonambulismo moroso que flotaba en el buque. Cuando uno se tiraba al agua, los otros se volvían momentáneamente preocupados, como si recordaran algo, para olvidarse en seguida. Así habían desaparecido todos, y supongo que lo mismo los del día anterior, y los otros y los de los demás buques. Esto es todo.

Nos quedamos mirando al raro hombre con excesiva curiosidad.

—¿Y usted no sintió nada? —le preguntó mi vecino de camarote.

—Sí, un gran desgano y obstinación de las mismas ideas, pero nada más. No sé por qué no sentí nada más. Presumo que el motivo es este: en vez de agotarme en una defensa angustiosa y a toda costa contra lo que sentía, como deben de haber hecho todos, y aún los marineros sin darse cuenta, acepté sencillamente esa muerte hipnótica, como si estuviese anulado ya. Algo muy semejante ha pasado sin duda a los centinelas de aquella guardia célebre, que noche a noche se ahorcaban.

Como el comentario era bastante complicado, nadie respondió. Se fue al rato. El capitán lo siguió un rato de reojo.

—¡Farsante! —murmuró.

—Al contrario —dijo un pasajero enfermo, que iba a morir a su tierra—. Si fuera farsante no habría dejado de pensar en eso, y se hubiera tirado al agua.

Los mensú

Cayetano Maidana y Esteban Podeley, peones de obraje, volvían a Posadas en el Silex, con quince compañeros. Podeley, labrador de madera, tornaba a los nueve meses, la contrata concluida, y con pasaje gratis, por lo tanto. Cayé —mensualero— llegaba en iguales condiciones, mas al año y medio, tiempo necesario para cancelar su cuenta.

Flacos, despeinados, en calzoncillos, la camisa abierta en largos tajos, descalzos como la mayoría, sucios como todos ellos, los dos mensú devoraban con los ojos la capital del bosque, Jerusalén y Gólgota de sus vidas. ¡Nueve meses allá arriba! ¡Año y medio! Pero volvían por fin, y el hachazo aún doliente de la vida del obraje, era apenas un roce de astilla ante el rotundo goce que olfateaban allí.

De cien peones, solo dos llegan a Posadas con haber. Para esa gloria de una semana a que los arrastra el río aguas abajo, cuentan con el anticipo de una nueva contrata. Como intermediario y coadyuvante, espera en la playa un grupo de muchachas alegres de carácter y de profesión, ante las cuales los mensú sedientos lanzan su ¡ahijú! de urgente locura.

Cayé y Podeley bajaron tambaleantes de orgía pregustada, y rodeados de tres o cuatro amigas, se hallaron en un momento ante la cantidad suficiente de caña para colmar el hambre de eso de un mensú.

Un instante después estaban borrachos, y con nueva contrata sellada. ¿En qué trabajo? ¿En dónde? Lo ignoraban, ni les importaba tampoco. Sabían, sí, que tenían cuarenta pesos en el bolsillo, y facultad para llegar a mucho más en gastos. Babeantes de descanso y dicha alcohólica, dóciles y torpes, siguieron ambos a las muchachas a vestirse. Las avisadas doncellas condujéronlos a una tienda con la que tenían relaciones especiales de un tanto por ciento, o tal vez al almacén de la casa contratista. Pero en una u otro las muchachas renovaron el lujo detonante de sus trapos, anidáronse la cabeza de peinetones, ahorcáronse de cintas, robado todo con perfecta sangre fría al hidalgo alcohol de su compañero, pues lo único que el mensú realmente posee, es un desprendimiento brutal de su dinero.

Por su parte Cayé adquirió muchos más extractos y lociones y aceites de los necesarios para sahumar hasta la náusea su ropa nueva, mientras Podeley, más juicioso, insistía en un traje de paño. Posiblemente pagaron muy cara una cuenta entreoída y abonada con un montón de papeles tirados al mostrador. Pero de todos modos una hora después lanzaban a un coche descubierto sus flamantes personas, calzados de botas, poncho al hombro —y revólver 44 en el cinto, desde luego— repleta la ropa de cigarrillos que deshacían torpemente entre los dientes, dejando caer de cada bolsillo la punta de un pañuelo. Acompañábanlos dos muchachas, orgullosas de esa opulencia, cuya magnitud se acusaba en la expresión un tanto hastiada de los mensú, arrastrando consigo mañana y tarde por las calles caldeadas, una infección de tabaco negro y extracto de obraje.

La noche llegaba por fin, y con ella la bailanta, donde las mismas damiselas avisadas inducían a beber a los mensú, cuya realeza en dinero de anticipo les hacía lanzar 10 pesos por una botella de cerveza, para recibir en cambio 1.40, que guardaban sin ojear siquiera.

Así en constantes derroches de nuevos adelantos —necesidad irresistible de compensar con siete días de gran señor las miserias del obraje— el Silex volvió a remontar el río. Cayé llevó compañera, y ambos, borrachos como los demás peones, se instalaron en el puente, donde ya diez mulas se hacinaban en íntimo contacto con baúles, atados, perros, mujeres y hombres.

Al día siguiente, ya despejada las cabezas, Podeley y Cayé examinaron sus libretas: era la primera vez que lo hacían desde la contrata. Cayé había recibido 120 en efectivo, y 35 en gasto, y Podeley 130 y 75, respectivamente.

Ambos se miraron con expresión que pudiera haber sido de espanto, si un mensú no estuviera perfectamente curado de ese malestar. No recordaban haber gastado ni la quinta parte.

—¡Añá...! —murmuró Cayé—. No voy a cumplir nunca...

Y desde ese momento tuvo sencillamente —como justo castigo de su despilfarro— la idea de escaparse de allá.

La legitimidad de su vida en Posadas era, sin embargo, tan evidente para él, que sintió celos del mayor adelanto acordado a Podeley.

—Vos tenés suerte... —dijo—. Grande, tu anticipo...

—Vos traés compañera —objetó Podeley— eso te cuesta para tu bolsillo...

Cayé miró a su mujer, y aunque la belleza y otras cualidades de orden más moral pesan muy poco en la elección de un mensú, quedó satisfecho. La muchacha deslumbraba, efectivamente, con su traje de raso, falda verde y blusa amarilla; luciendo en el cuello sucio un triple collar de perlas; zapatos Luis XV, las mejillas brutalmente pintadas, y un desdeñoso cigarro de hoja bajo los párpados entornados.

Cayé consideró a la muchacha y su revólver 44: era realmente lo único que valía de cuanto llevaba con él. Y aún lo último corría el riesgo de naufragar tras el anticipo, por minúscula que fuera su tentación de tallar.

A dos metros de él, sobre un baúl de punta, los mensú jugaban concienzudamente al monte cuanto tenían. Cayé observó un rato riéndose, como se ríen siempre los peones cuando están juntos, sea cual fuere el motivo, y se aproximó al baúl, colocando a una carta, y sobre ella, cinco cigarros.

Modesto principio, que podía llegar a proporcionarle el dinero suficiente para pagar el adelanto en el obraje, y volverse en el mismo vapor a Posadas a derrochar un nuevo anticipo.

Perdió; perdió los demás cigarros, perdió cinco pesos, el poncho, el collar de su mujer, sus propias botas y su 44. Al día siguiente recuperó las botas, pero nada más, mientras la muchacha compensaba la desnudez de su pescuezo con incesantes cigarros despreciativos.

Podeley ganó, tras infinito cambio de dueño, el collar en cuestión, y una caja de jabones de olor que halló modo de jugar contra un machete y media docena de medias, quedando así satisfecho.

Habían llegado, por fin. Los peones treparon la interminable cinta roja que escalaba la barranca, desde cuya cima el Silex aparecía mezquino y hundido en el lúgubre río. Y con ahijús y terribles invectivas en guaraní, bien que alegres todos, despidieron al vapor, que debía ahogar, en una baldeada de tres horas, la nauseabunda atmósfera de desaseo, pachulí y mulas enfermas, que durante cuatro días remontó con él.

Para Podeley, labrador de madera, cuyo diario podía subir a siete pesos, la vida de obraje no era dura. Hecho a ella, domada su aspiración de estricta justicia en el cubicaje de la madera, compensando las rapiñas rutinarias con ciertos privilegios de buen peón, su nueva etapa comenzó al día siguiente, una vez demarcada su zona de bosque. Construyó con hojas de palmera su cobertizo —techo y pared sur— dio nombre de cama a ocho varas horizontales, nada más; y de un horcón colgó la provista semanal. Recomenzó, automáticamente, sus días de obraje:

silenciosos mates al levantarse, de noche aún, que se sucedían sin desprender la mano de la pava; la exploración en descubierta de madera; el desayuno a las ocho, harina, charque y grasa; el hacha luego, a busto descubierto, cuyo sudor arrastraba tábanos, barigüis y mosquitos; después el almuerzo, esta vez porotos y maíz flotando en la inevitable grasa, para concluir de noche, tras nueva lucha con las piezas de 8 por 30, con el yopará del mediodía.

Fuera de algún incidente con sus colegas labradores, que invadían su jurisdicción; del hastío de los días de lluvia que lo relegaban en cuclillas frente a la pava, la tarea proseguía hasta el sábado de tarde. Lavaba entonces su ropa, y el domingo iba al almacén a proveerse.

Era este el real momento de solaz de los mensú, olvidándolo todo entre los anatemas de la lengua natal, sobrellevando con fatalismo indígena la suba siempre creciente de la provista, que alcanzaba entonces a cinco pesos por machete, y ochenta centavos por kilo de galleta. El mismo fatalismo que aceptaba esto con un ¡añá! y una riente mirada a los demás compañeros, le dictaba, en elemental desagravio, el deber de huir del obraje en cuanto pudiera. Y si esta ambición no estaba en todos los pechos, todos los peones comprendían esa mordedura de contra-justicia, que iba, en caso de llegar, a clavar los dientes en la entraña misma del patrón. Este, por su parte, llevaba la lucha a su extremo final, vigilando día y noche a su gente, y en especial a los mensualeros.

Ocupábanse entonces los mensú en la planchada, tumbando piezas entre inacabable gritería, que subía de punto cuando las mulas, impotentes para contener la alzaprima, que bajaba a todo escape, rodaban unas sobre otras dando tumbos, vigas, animales, carretas, todo bien mezclado. Raramente se lastimaban las mulas; pero la algazara era la misma.

Cayé, entre risa y risa, meditaba siempre su fuga. Harto ya de revirados y yoparás, que el pregusto de la huída tornaba más indigestos, deteníase aún por falta de revólver, y ciertamente, ante el winchester del capataz. ¡Pero si tuviera un 44!...

La fortuna llegole esta vez en forma bastante desviada.

La compañera de Cayé, que desprovista ya de su lujoso atavío lavaba la ropa a los peones, cambió un día de domicilio. Cayé esperó dos noches, y a la tercera fue a casa de su reemplazante, donde propinó una soberbia paliza a la muchacha. Los dos mensú quedaron solos charlando, resultas de lo cual convinieron en vivir juntos, a cuyo efecto el seductor se instaló con la pareja. Esto era económico y bastante juicioso. Pero como el mensú parecía gustar realmente de la dama —cosa rara en el gremio— Cayé ofreciósela en venta por un revólver con balas, que él mismo sacaría del almacén. No obstante esta sencillez, el trato estuvo a punto de romperse, porque a última hora Cayé pidió se agregara un metro de tabaco en cuerda, lo que pareció excesivo al mensú. Concluyose por fin el mercado, y mientras el fresco matrimonio se instalaba en su rancho, Cayé cargaba concienzudamente su 44, para dirigirse a concluir la tarde lluviosa tomando mate con aquellos.

El otoño finalizaba, y el cielo, fijo en sequía con chubascos de cinco minutos, se descomponía por fin en mal tiempo constante, cuya humedad hinchaba el hombro de los mensú. Podeley, libre hasta entonces, sintiose un día con tal desgano al llegar a su viga, que se detuvo, mirando a todas partes qué podía hacer. No tenía ánimo para nada. Volvió a su cobertizo, y en el camino sintió un ligero cosquilleo en la espalda.

Sabía muy bien qué eran aquel desgano y aquel hormigueo a flor de estremecimiento. Sentose filosóficamente a tomar mate, y media hora después un hondo y largo escalofrío recorriole la espalda bajo la camisa.

No había nada que hacer. Se echó en la cama, tiritando de frío, doblado en gatillo bajo el poncho, mientras los dientes, incontenibles, castañeaban a más no poder.

Al día siguiente el acceso, no esperado hasta el crepúsculo, tornó a mediodía, y Podeley fue a la comisaría a pedir quinina. Tan claramente se denunciaba el chucho en el aspecto del mensú, que el dependiente bajó los paquetes sin mirar casi al enfermo, quien volcó tranquilamente sobre su lengua la terrible amargura aquella. Al volver al monte, halló al mayordomo.

—Vos también —le dijo este, mirándolo— y van cuatro. Los otros no importa... poca cosa. Vos sos cumplidor... ¿Cómo está tu cuenta?

—Falta poco... pero no voy a poder trabajar...

—¡Bah! Curate bien y no es nada... Hasta mañana.

—Hasta mañana —se alejó Podeley apresurando

el paso, porque en los talones acababa de sentir un leve cosquilleo.

El tercer ataque comenzó una hora después, quedando Podeley aplomado en una profunda falta de fuerzas, y la mirada fija y opaca, como si no pudiera ir más allá de uno o dos metros.

El descanso absoluto a que se entregó por tres días —bálsamo específico para el mensú, por lo inesperado— no hizo sino convertirle en un bulto castañeteante y arrebujado sobre un raigón. Podeley, cuya fiebre anterior había tenido honrado y periódico ritmo, no presagió nada bueno para él de esa galopada de accesos casi sin intermitencia. Hay fiebre y fiebre. Si la quinina no había cortado a ras el segundo ataque, era inútil que se quedara allá arriba, a morir hecho un ovillo en cualquier vuelta de picada. Y bajó de nuevo al almacén.

—¡Otra vez vos! —lo recibió el mayordomo—. Eso no anda bien... ¿No tomaste quinina?

—Tomé... No me hallo con esta fiebre... No puedo trabajar. Si querés darme para mi pasaje, te voy a cumplir en cuanto me sane...

El mayordomo contempló aquella ruina, y no estimó en gran cosa la vida que quedaba allí.

—¿Cómo está tu cuenta? —preguntó otra vez.

—Debo veinte pesos todavía... El sábado entregué... Me hallo muy enfermo...

—Sabés bien que mientras tu cuenta no esté pagada, debés quedar. Abajo... podés morirte. Curate aquí, y arreglás tu cuenta en seguida.

¿Curarse de una fiebre perniciosa, allí donde se

la adquirió? No, por cierto; pero el mensú que se va puede no volver, y el mayordomo prefería hombre muerto a deudor lejano.

Podeley jamás había dejado de cumplir nada, única altanería que se permite ante su patrón un mensú de talla.

—¡No me importa que hayas dejado o no de cumplir! —replicó el mayordomo—. ¡Pagá tu cuenta primero, y después veremos!

Esta injusticia para con él creó lógica y velozmente el deseo de desquite. Fue a instalarse con Cayé, cuyo espíritu conocía bien, y ambos decidieron escaparse el próximo domingo.

Pero al día siguiente, viernes, hubo en el obraje inusitado movimiento.

—¡Ahí tenés! —gritó el mayordomo, tropezando con Podeley—. Anoche se han escapado tres... ¿Eso es lo que te gusta, no? ¡Esos también eran cumplidores! ¡Como vos! ¡Pero antes vas a reventar aquí, que salir de la planchada! ¡Y mucho cuidado, vos y todos los que están oyendo! ¡Ya saben!

La decisión de huir, y sus peligros, para los que el mensú necesita todas sus fuerzas, es capaz de contener algo más que una fiebre perniciosa. El domingo, por lo demás, había ya llegado; y con falsas maniobras de lavaje de ropa, simulados guitarreos en el rancho de tal o cual, la vigilancia pudo ser burlada, y Podeley y Cayé se encontraron de pronto a mil metros de la comisaría.

Mientras no se sintieran perseguidos, no abandonarían la picada; Podeley caminaba mal. Y aún así...

La resonancia peculiar del bosque trájoles, lejana, una voz ronca:

—¡A la cabeza! ¡A los dos!

Y un momento después surgían de un recodo de la picada, el capataz y tres peones corriendo. La cacería comenzaba.

Cayé amartilló su revólver sin dejar de avanzar.

—¡Entregate, añá!—gritóles el capataz.

—Entremos en el monte —dijo Podeley—. Yo no tengo fuerza para mi machete.

—¡Volvé o te tiro! —llegó otra voz.

—Cuando estén más cerca... —comenzó Cayé—. Una bala de winchester pasó silbando por la picada.

—¡Entrá! —gritó Cayé a su compañero—. Y parapetándose tras un árbol, descargó hacia allá los cinco tiros de su revólver.

Una gritería aguda respondioles, mientras otra bala de winchester hacía saltar la corteza del árbol.

—¡Entregate o te voy a dejar la cabeza...!

—¡Andá no más! —instó Cayé a Podeley—. Yo voy a...

Y tras nueva descarga, entró en el monte.

Los perseguidores, detenidos un momento por las explosiones, lanzáronse rabiosos adelante, fusilando, golpe tras golpe de winchester, el derrotero probable de los fugitivos.

A 100 metros de la picada, y paralelos a ella, Cayé y Podeley se alejaban, doblados hasta el suelo para evitar las lianas. Los perseguidores lo presumían; pero como dentro del monte, el que ataca tiene cien probabilidades contra una de ser detenido por una bala en mitad de la frente, el capataz se contentaba con salvas de winchester y aullidos desafiantes. Por lo demás, los tiros errados hoy habían hecho lindo blanco la noche del jueves...

El peligro había pasado. Los fugitivos se sentaron, rendidos. Podeley se envolvió en el poncho, y recostado en la espalda de su compañero, sufrió con dos terribles horas de chucho, el contragolpe de aquel esfuerzo.

Prosiguieron la fuga, siempre a la vista de la picada, y cuando la noche llegó, por fin, acamparon.

Cayé había llevado chipas, y Podeley encendió fuego, no obstante los mil inconvenientes en un país donde, fuera de los pavones, hay otros seres que tienen debilidad por la luz, sin contar los hombres.

El sol estaba muy alto ya, cuando a la mañana siguiente encontraron al riacho, primera y última esperanza de los escapados. Cayé cortó doce tacuaras sin más prolija elección, y Podeley, cuyas últimas fuerzas fueron dedicadas a cortar los isipós, tuvo apenas tiempo de hacerlo antes de enroscarse a tiritar.

Cayé, pues, construyó solo la jangada, diez tacuaras atadas longitudinalmente con lianas, llevando en cada extremo una atravesada.

A los diez segundos de concluida se embarcaron. Y la hangadilla, arrastrada a la deriva, entró en el Paraná.

Las noches son esa época excesivamente frescas, y los dos mensú, con los pies en el agua, pasaron la noche helados, uno junto al otro. La corriente del Paraná que llegaba cargado de inmensas lluvias, retorcía la jangada en el borbollón de sus remolinos, y aflojaba lentamente los nudos de isipó.

En todo el día siguiente comieron dos chipas, último resto de provisión, que Podeley probó apenas. Las tacuaras taladradas por los tambús se hundían, y al caer la tarde, la jangada había descendido a una cuarta del nivel del agua.

Sobre el río salvaje, encajonado en los lúgubres murallones de bosque, desierto del más remoto ¡ay!, los dos hombres, sumergidos hasta la rodilla, derivaban girando sobre sí mismos, detenidos un momento inmóviles ante un remolino, siguiendo de nuevo, sosteniéndose apenas sobre las tacuaras casi sueltas que se escapaban de sus pies, en una noche de tinta que no alcanzaban a romper sus ojos desesperados.

El agua llegábales ya al pecho cuando tocaron tierra. ¿Dónde? No sabían... un pajonal. Pero en la misma orilla quedaron inmóviles, tendidos de espaldas.

Ya deslumbraba el sol cuando despertaron. El pajonal se extendía veinte metros tierra adentro, sirviendo de litoral a río y bosque. A media cuadra al sur, el riacho Paranaí, que decidieron vadear cuando hubieran recuperado las fuerzas. Pero estas no volvían tan rápidamente como era de desear, dado que los cogollos y gusanos de tacuara son tardos fortificantes. Y durante veinte horas la lluvia transformó al Paraná en aceite blanco, y al Paranaí en furiosa avenida. Todo imposible. Podeley se incorporó de pronto chorreando agua, apoyándose en el revólver para levantarse, y apuntó. Volaba de fiebre.

—¡Pasá, añá!...

Cayé vio que poco podía esperar de aquel delirio, y se inclinó disimuladamente para alcanzar a su compañero de un palo. Pero el otro insistió:

—¡Andá al agua! ¡Vos me trajiste! ¡Bandeá el río!

Los dedos lívidos temblaban sobre el gatillo.

Cayé obedeció; dejose llevar por la corriente, y desapareció tras el pajonal, al que pudo abordar con terrible esfuerzo.

Desde allí, y de atrás, acechó a su compañero, recogiendo el revólver caído; pero Podeley yacía de nuevo de costado, con las rodillas recogidas hasta el pecho, bajo la lluvia incesante. Al aproximarse Cayé alzó la cabeza, y sin abrir casi los ojos, cegados por el agua, murmuró:

—Cayé... caray... Frío muy grande...

Llovió aún toda la noche sobre el moribundo, la lluvia blanca y sorda de los diluvios otoñales, hasta que a la madrugada Podeley quedó inmóvil para siempre en su tumba de agua.

Y en el mismo pajonal, sitiado siete días por el bosque, el río y la lluvia, el mensú agotó las raíces y gusanos posible; perdió poco a poco sus fuerzas, hasta quedar sentado, muriéndose de frío y hambre, con los ojos fijos en el Paraná.

El Silex, que pasó por allí al atardecer, recogió al mensú ya casi moribundo. Su felicidad transformose en terror, al darse cuenta al día siguiente de que el vapor remontaba el río.

—¡Por favor te pido! —lloriqueó ante el capitán—. ¡No me bajen en Puerto X! ¡Me van a matar!... ¡Te lo pido de veras!...

El Silex volvió a Posadas, llevando con él al mensú empapado aún en pesadillas nocturnas.

Pero a los diez minutos de bajar a tierra, estaba ya borracho, con nueva contrata, y se encaminaba tambaleando a comprar extractos.

Los ojos sombríos

Después de las primeras semanas de romper con Elena, una noche no pude evitar asistir a un baile. Hallábame hacía largo rato sentado y aburrido en exceso, cuando Julio Zapiola, viéndome allí, vino a saludarme. Es un hombre joven, dotado de rara elegancia y virilidad de carácter. Lo había estimado muchos años atrás, y entonces volvía de Europa, después de larga ausencia.

Así nuestra charla, que en otra ocasión no hubiera pasado de ocho o diez frases, se prolongó esta vez en larga y desahogada sinceridad. Supe que se había casado; su mujer estaba allí mismo esa noche. Por mi parte, le informé de mi noviazgo con Elena —y su reciente ruptura. Posiblemente me quejé de la amarga situación, pues recuerdo haberle dicho que creía de todo punto imposible cualquier arreglo.

—No crea en esas sacudidas —me dijo Zapiola con aire tranquilo y serio—. Casi nunca se sabe al principio lo que pasará o se hará después. Yo tengo en mi matrimonio una novela infinitamente más complicada que la suya; lo cual no obsta para que yo sea hoy el marido más feliz de la tierra. Óigala, porque a usted podrá serle de gran provecho. Hace cinco años me vi con gran frecuencia con Vezzera, un amigo del colegio a quien había querido mucho antes, y sobre todo él a mí. Cuanto prometía el muchacho se realizó plenamente en el hombre; era como antes inconstante, apasionado, con depresiones y exaltamientos femeniles. Todas sus ansias y suspicacias eran enfermizas, y usted no ignora de qué modo se sufre y se hace sufrir con este modo de ser.

Un día me dijo que estaba enamorado, y que posiblemente se casaría muy pronto. Aunque me habló con loco entusiasmo de la belleza de su novia, esta apreciación suya de la hermosura en cuestión no tenía para mí ningún valor. Vezzera insistió, irritándose con mi orgullo.

—No sé qué tiene que ver el orgullo con esto —le observé.

—¡Si es eso! Yo soy enfermizo, excitable, expuesto a continuos mirajes y debo equivocarme siempre. ¡Tú, no! ¡Lo que dices es la ponderación justa de lo que has visto!

—Te juro...

—¡Bah; déjame en paz! —concluyó cada vez más irritado con mi tranquilidad, que era para él otra manifestación de orgullo.

Cada vez que volví a verlo en los días sucesivos, lo hallé más exaltado con su amor. Estaba más delgado, y sus ojos cargados de ojeras brillaban de fiebre.

—¿Quiere hacer una cosa? Vamos esta noche a su casa. Ya le he hablado de ti. Vas a ver si es o no como te he dicho.

Fuimos. No sé si usted ha sufrido una impresión semejante; pero cuando ella me extendió la mano y nos miramos, sentí que por ese contacto tibio, la espléndida belleza de aquellos ojos sombríos y de aquel cuerpo mudo, se infiltraba en una caliente onda en todo mi ser.

Cuando salimos, Vezzera me dijo:

—¿Y?... ¿es como te he dicho?

—Sí —le respondí.

—¿La gente impresionable puede entonces comunicar una impresión conforme a la realidad?

—Esta vez, sí— no pude menos de reírme.

Vezzera me miró de reojo y se calló por largo rato.

—¡Parece —me dijo de pronto— que no hicieras sino concederme por suma gracia su belleza!

—¿Pero estás loco? —le respondí.

Vezzera se encogió de hombros como si yo hubiera esquivado su respuesta. Siguió sin hablarme, visiblemente disgustado, hasta que al fin volvió otra vez a mí sus ojos de fiebre.

—¿De veras, de veras me juras que te parece linda?

—¡Pero claro, idiota! Me parece lindísima; ¿quieres más?

Se calmó entonces, y con la reacción inevitable de sus nervios femeninos, pasó conmigo una hora de loco entusiasmo, abrasándose al recuerdo de su novia.

Fui varias veces más con Vezzera. Una noche, a

una nueva invitación, respondí que no me hallaba bien y que lo dejaríamos para otro momento. Diez días más tarde respondí lo mismo, y de igual modo en la siguiente semana. Esta vez Vezzera me miró fijamente a los ojos:

—¿Por qué no quieres ir?

—No es que no quiera ir, sino que me hallo hoy con poco humor para esas cosas.

—¡No es eso! ¡Es que no quieres ir más!

—¿Yo?

—Sí; y te exijo como a un amigo, o como a ti, que me digas justamente esto: ¿Por qué no quieres ir más?

—¡No tengo ganas!... ¿Te gusta?

Vezzera me miró como miran los tuberculosos condenados al reposo, a un hombre fuerte que no se jacta de ello. Y en realidad, creo que ya se precipitaba su tisis.

Se observó en seguida las manos sudorosas, que le temblaban.

—Hace días que las noto más flacas... ¿Sabes por qué no quieres ir más? ¿Quieres que te lo diga?

Tenía las ventanas de la nariz contraídas, y su respiración acelerada le cerraba los labios.

—¡Vamos! No seas... cálmate, que es lo mejor.

—¡Es que te lo voy a decir!

—¿Pero no ves que estás delirando, que estás muerto de fiebre? —le interrumpí. Por dicha, un violento acceso de tos lo detuvo. Lo empujé cariñosamente.

—Acuéstate un momento... estás mal.

Vezzera se recostó en mi cama y cruzó sus dos manos sobre la frente.

Pasó un largo rato en silencio. De pronto me llegó su voz, lenta:

—¿Sabes lo que te iba a decir?... Que no querías que María se enamorara de ti... Por eso no ibas.

—¡Qué estúpido! —me sonreí.

—Sí, estúpido! ¡Todo, todo lo que quieras!

Quedamos mudos otra vez. Al fin me acerqué a él.

—Esta noche vamos —le dije—. ¿Quieres?

—Sí, quiero.

Cuatro horas más tarde llegábamos allá. María me saludó como si hubiera dejado de verme el día anterior, sin parecer en lo más mínimo preocupada de mi larga ausencia.

—Pregúntale siquiera —se rió Vezzera con visible afectación— por qué ha pasado tanto tiempo sin venir.

María arrugó imperceptiblemente el ceño, y se volvió a mí con risueña sorpresa:

—¡Pero supongo que no tendría deseo de visitarnos!

Aunque el tono de la exclamación no pedía respuesta, María quedó un instante en suspenso, como si la esperara. Vi que Vezzera me devoraba con los ojos.

—Aunque deba avergonzarme eternamente —repuse— confieso que hay algo de verdad...

—¿No es verdad? —se rió ella.

Pero ya en el movimiento de los pies y en la dilatación de las narices de Vezzera, conocí su tensión de nervios.

—Dile que te diga —se dirigió a María— por qué realmente no quería venir.

Era tan perverso y cobarde el ataque, que lo

miré con verdadera rabia. Vezzera afectó no darse cuenta, y sostuvo la tirante expectativa con el convulsivo golpeteo del pie, mientras María tornaba a contraer las cejas.

—¿Hay otra cosa? —se sonrió con esfuerzo.

—Sí, Zapiola te va a decir...

—¡Vezzera!—exclamé.

—... Es decir, no el motivo suyo, sino el que yo le atribuía para no venir más aquí... ¿sabes por qué?

—Porque él cree que usted se va a enamorar de mí —me adelanté, dirigiéndome a María.

Ya antes de decir esto, vi bien claro la ridiculez en que iba a caer; pero tuve que hacerlo. María soltó la risa, notándose así mucho más el cansancio de sus ojos.

—¿Sí? ¿Pensabas eso, Antenor?

—No, supondrás... era una broma —se rió él también.

La madre entró de nuevo en la sala, y la conversación cambió de rumbo.

—Eres un canalla —me apresuré a decirle en los ojos a Vezzera, cuando salimos.

—Sí —me respondió mirándome claramente—. Lo hice a propósito.

—¿Querías ridiculizarme?

—Sí... quería.

—¿Y no te da vergüenza? ¿Pero qué diablos te pasa? ¿Qué tienes contra mí?

No me contestó, encogiéndose de hombros.

—¡Anda al demonio! —murmuré. Pero un momento después, al separarme, sentí su mirada cruel y desconfiada fija en la mía.

—¿Me juras por lo que más quieras, por lo que quieras más, que no sabes lo que pienso?

—No —le respondí secamente.

—¡No mientes, no estás mintiendo?

—No miento.

Y mentía profundamente.

—Bueno, me alegro... Dejemos esto. Hasta mañana. ¿Cuándo quieres que volvamos allá?

—¡Nunca! Se acabó.

Vi que verdadera angustia le dilataba los ojos.

—¿No quieres ir más? —me dijo con voz ronca y extraña.

—No, nunca más.

—Como quieras, mejor... No estás enojado, ¿verdad?

—¡Oh, no seas criatura! —me reí.

Y estaba verdaderamente irritado contra Vezzera, contra mí...

Al día siguiente Vezzera entró al anochecer en mi cuarto. Llovía desde la mañana, con fuerte temporal, y la humedad y el frío me agobiaban. Desde el primer momento noté que Vezzera ardía en fiebre.

—Vengo a pedirte una cosa —comenzó.

—¡Déjate de cosas! —interrumpí—. ¿Por qué has salido con esta noche? ¿No ves que estás jugando tu vida con esto?

—La vida no me importa... dentro de unos meses esto se acaba... mejor. Lo que quiero es que vayas otra vez allá.

—¡No! ya te dije.

—¡No, vamos! ¡No quiero que no quieras ir! ¡Me mata esto! ¿Por qué no quieres ir?

—Ya te he dicho: ¡no-qui-e-ro! Ni una palabra más sobre esto, ¿oyes?

La angustia de la noche anterior tornó a desmesurarle los ojos.

—Entonces —articuló con voz profundamente tomada— es lo que pienso, lo que tú sabes que yo pensaba cuando mentiste anoche. De modo... Bueno, dejemos, no es nada. Hasta mañana.

Lo detuve del hombro y se dejó caer en seguida en la silla, con la cabeza sobre sus brazos en la mesa.

—Quédate —le dije—. Vas a dormir aquí conmigo. No estés solo.

Durante un rato nos quedamos en profundo silencio. Al fin articuló sin entonación alguna:

—Es que me dan unas ganas locas de matarme...

—¡Por eso! ¡Quédate aquí!... No estés solo.

Pero no pude contenerlo, y pasé toda la noche inquieto.

Usted sabe qué terrible fuerza de atracción tiene el suicidio, cuando la idea fija se ha enredado en una madeja de nervios enfermos. Habría sido menester que a toda costa Vezzera no estuviera solo en su cuarto. Y aún así, persistía siempre el motivo.

Pasó lo que temía. A las siete de la mañana me trajeron una carta de Vezzera, muerto ya desde cuatro horas atrás. Me decía en ella que era demasiado claro que yo estaba enamorado de su novia, y ella de mí. Que en cuanto a María, tenía la más completa certidumbre y que yo no había hecho sino confirmarle mi amor con mi negativa a ir más allá. Que estuviera yo lejos de creer que se mataba de dolor, absolutamente no. Pero él no era hombre capaz de sacrificar a nadie a su egoísta felicidad, y por eso nos dejaba libre a mí y a ella. Además, sus pulmones no daban más... era cuestión de tiempo. Que hiciera feliz a María, como él hubiera deseado..., etc.

Y dos o tres frases más. Inútil que le cuente en detalle mi turbación de esos días. Pero lo que resaltaba claro para mí en su carta —para mí que lo conocía— era la desesperación de celos que lo llevó al suicidio. Ese era el único motivo; lo demás: sacrificio y conciencia tranquila, no tenía ningún valor.

En medio de todo quedaba vivísima, radiante de brusca felicidad, la imagen de María. Yo sé el esfuerzo que debí hacer, cuando era de Vezzera, para dejar de ir a verla. Y había creído adivinar también que algo semejante pasaba en ella. Y ahora, ¡libres! sí, solos los dos, pero con un cadáver entre nosotros.

Después de quince días fui a su casa. Hablamos vagamente, evitando la menor alusión. Apenas me respondía; y aunque se esforzaba en ello, no podía sostener mi mirada un solo momento.

—Entonces —le dije al fin levantándome— creo que lo más discreto es que no vuelva más a verla.

—Creo lo mismo —me respondió.

Pero no me moví.

—¿Nunca más? —añadí.

—No, nunca... como usted quiera —rompió en un sollozo, mientras dos lágrimas vencidas rodaban por sus mejillas.

Al acercarme se llevó las manos a la cara, y apenas sintió mi contacto se estremeció violentamente y rompió en sollozos. Me incliné detrás de ella y le abracé la cabeza.

—Sí, mi alma querida... ¿quieres? Podremos ser muy felices. Eso no importa nada... ¿quieres?

—¡No, no! —me respondió— no podríamos... no, ¡imposible!

—¡Después, sí, mi amor!... ¿Sí, después?

—¡No, no, no! —redobló aún sus sollozos.

Entonces salí desesperado, y pensando con rabiosa amargura que aquel imbécil, al matarse, nos había muerto también a nosotros dos.

Aquí termina mi novela. Ahora, ¿quiere verla?

—¡María!—se dirigió a una joven que pasaba del brazo—. Es hora ya; son las tres.

—¿Ya? ¿las tres?—se volvió ella—. No hubiera creído. Bueno, vamos. Un momentito.

Zapiola me dijo entonces:

—Ya ve, amigo mío, cómo se puede ser feliz después de lo que le he contado. Y su caso... Espere un segundo.

Y mientras me presentaba a su mujer:

—Le contaba a X cómo estuvimos nosotros a punto de no ser felices.

La joven sonrió a su marido, y reconocí aquellos ojos sombríos de que él me había hablado, y que como todos los de ese carácter, al reír destellan felicidad.

—Sí —repuso sencillamente— sufrimos un poco...

—¡Ya ve!—se rió Zapiola despidiéndose—. Yo en lugar suyo volvería al salón.

Me quedé solo. El pensamiento de Elena volvió otra vez; pero en medio de mi disgusto me acordaba a cada instante de la impresión que recibió Zapiola al ver por primera vez los ojos de María.

Y yo no hacía sino recordarlos.

Los pescadores de vigas

El motivo fue cierto juego de comedor que míster Hall no tenía aún, y su fonógrafo fue quien le sirvió de anzuelo.

Candiyú lo vio en la oficina provisoria de la “Yerba Company”, donde míster Hall maniobraba su fonógrafo a puerta abierta.

Candiyú, como buen indígena, no manifestó sorpresa alguna, contentándose con detener su caballo un poco al través delante del chorro de luz, y mirar a otra parte. Pero como un inglés, a la caída de la noche, en mangas de camisa por el calor, y con una botella de whisky al lado, es cien veces más circunspecto que cualquier mestizo, míster Hall no levantó la vista del disco. Con lo que vencido y conquistado, Candiyú concluyó por arrimar su caballo a la puerta, en cuyo umbral apoyó el codo.

—Buenas noches, patrón ¡Linda música!

—Sí, linda—repuso míster Hall.

—¡Linda! —repitió el otro—. ¡Cuánto ruido!

—Sí, mucho ruido —asintió míster Hall, que hallaba no desprovistas de profundidad las observaciones de su visitante.

Candiyú admiraba los nuevos discos:

—¿Te costó mucho a usted, patrón?

—Costó... ¿qué?

—Ese hablero... los mozos que cantan.

La mirada turbia, inexpresiva e insistente de míster Hall, se aclaró. El contador comercial surgía.

—¡Oh, cuesta mucho!... ¿Usted quiere comprar?

—Si usted querés venderme... —contestó llanamente Candiyú, convencido de la imposibilidad de tal compra. Pero míster Hall proseguía mirándolo con pesada fijeza, mientras la membrana saltaba del disco a fuerza de marchas metálicas.

—Vendo barato a usted... ¡cincuenta pesos!

Candiyú sacudió la cabeza, sonriendo al aparato y a su maquinista, alternativamente:

—¡Mucha plata! No tengo.

—¿Usted qué tiene, entonces?

El hombre se sonrió de nuevo, sin responder.

—¿Dónde usted vive? —prosiguió míster Hall, evidentemente decidido a desprenderse de su gramófono.

—En el puerto.

—¡Ah! yo conozco usted... ¿Usted llama Candiyú?

—Así es.

—¿Y usted pesca vigas?

—A veces, alguna viguita sin dueño...

—¡Vendo por vigas!... Tres vigas aserradas. Yo mando carreta. ¿Conviene?

Candiyú se reía.

—No tengo ahora. Y esa... maquinaria, ¿tiene mucha delicadeza?

—No; botón acá, y botón acá... yo enseño. ¿Cuándo tiene madera?

—Alguna creciente... Ahora debe venir una. ¿Y qué palo querés usted?

—Palo rosa. ¿Conviene?

—¡Hum!... No baja ese palo casi nunca... Mediante una creciente grande, solamente. ¡Lindo palo! Te gusta palo bueno, a usted.

—Y usted lleva buen gramófono. ¿Conviene?

El mercado prosiguió a son de cantos británicos, el indígena esquivando la vía recta, y el contador acorralándolo en el pequeño círculo de la precisión. En el fondo, y descontados el calor y el whisky, el ciudadano inglés no hacía un mal negocio, cambiando un perro gramófono por varias docenas de bellas tablas, mientras el pescador de vigas, a su vez, entregaba algunos días de habitual trabajo a cuenta de una maquinita prodigiosamente ruidera.

Por lo cual el mercado se realizó, a tanto tiempo de plazo.

Candiyú vive en la costa del Paraná, desde hace treinta años; y si su hígado es aún capaz de combinar cualquier cosa después del último ataque de fiebre, en diciembre pasado, debe vivir todavía unos meses más. Pasa ahora los días sentado en su catre de varas, con el sombrero puesto. Solo sus manos, lívidas zarpas veteadas de verde que penden inmensas de las muñecas, como proyectadas en primer término en una fotografía, se mueven monótonamente sin cesar, con temblor de loro implume.

Pero en aquel tiempo Candiyú era otra cosa. Tenía entonces por oficio honorable el cuidado de un bananal ajeno, y –poco menos lícito– el de pescar vigas. Normalmente, y sobre todo en época de creciente, derivan vigas escapadas de los obrajes, bien que se desprendan de una jangada en formación, bien que un peón bromista corte de un machetazo la soga que las retiene. Candiyú era poseedor de un anteojo telescopado, y pasaba las mañanas apuntando al agua, hasta que la línea blanquecina de una viga, destacándose en el horizonte montuoso, lo lanzaba en su chalana al encuentro de la presa. Vista la viga

a tiempo, la empresa no es extraordinaria, porque la pala de un hombre de coraje, recostado o halando de una pieza de 10 x 40, vale cualquier remolcador.

* * * * *

Allá en el obraje de Castelhum, más arriba de Puerto Felicidad, las lluvias habían comenzado después de setenta y cinco días de seca absoluta que no dejó llanta en las alzaprimas. El haber realizable del obraje consistía en ese momento en siete mil vigas —bastante más que una fortuna. Pero como las dos toneladas de una viga, mientras no están en el puerto, no pesan dos escrúpulos en caja, Castelhum y Compañía. distaban muchísimas leguas de estar contentos.

De Buenos Aires llegaron órdenes de movilización inmediata; el encargado del obraje pidió mulas y alzaprimas; le respondieron que con el dinero de la primera jangada a recibir le remitirían las mulas, y el gerente contestó que con esas mulas anticipadas, les mandaría la primer jangada.

No había modo de entenderse. Castelhum subió

hasta el obraje y vio el stock de madera en el campamento, sobre la barranca del Ñacanguazú al norte.

—¿Cuánto? —preguntó Castelhum a su encargado.

—Treinta y cinco mil pesos —repuso este.

Era lo necesario para trasladar las vigas al Paraná. Y sin contar la estación impropia. Bajo la lluvia que unía en un solo hilo de agua su capa de goma y su caballo, Castelhum consideró largo rato el arroyo arremolinado. Señalando luego el torrente con un movimiento del capuchón:

—¿Las aguas llegarán a cubrir el salto? —preguntó a su compañero.

—Si llueve mucho, sí.

—¿Tiene todos los hombres en el obraje?

—Hasta este momento; esperaba órdenes suyas.

—Bien —dijo Castelhum.

—Creo que vamos a salir bien. Míster Fernández: Esta misma tarde refuerce la maroma en la barra, y comience a arrimar todas las vigas aquí a la barranca. El arroyo está limpio, según me dijo. Mañana de mañana bajo a Posadas, y desde entonces, con el primer temporal que venga, eche los palos al arroyo. ¿Entiende?

Una buena lluvia. El encargado lo miró abriendo cuanto pudo los ojos.

—La maroma va a ceder antes que lleguen cien vigas.

—Ya sé, no importa. Y nos costará muchísimos miles. Volvamos y hablaremos más largo.

Fernández se encogió de hombros y silbó a los capataces.

En el resto del día, sin lluvia pero empapado en calma de agua, los peones tendieron de una orilla a otra en la barra del arroyo, la cadena de vigas, y el tumbaje de palos comenzó en el campamento. Castelhum bajó a Posadas sobre una agua de inundación que iba corriendo nueve millas, y que al salir del Guayrá se había alzado siete metros la noche anterior.

Tras gran sequía, grandes lluvias. A mediodía comenzó el diluvio, y durante cincuenta y dos horas consecutivas el monte tronó de agua. El arroyo, venido a torrente, pasó a rugiente avalancha de agua roja. Los peones, calados hasta los huesos, con su flacura en relieve por la ropa pegada al cuerpo, despeñaban las vigas por la barranca. Cada esfuerzo arrancaba un unísono grito de ánimo, y cuando la monstruosa viga rodaba dando tumbos y se hundía con un cañonazo en el agua, todos los peones lanzaban su ¡a... hijú! de triunfo. Y luego, los esfuerzos malgastados en el barro líquido, la zafadura de las palancas, las costaladas bajo la lluvia torrencial. Y la fiebre.

Bruscamente, por fin, el diluvio cesó. En el súbito silencio circunstante, se oyó el tronar de la lluvia todavía sobre el bosque inmediato. Más sordo y más hondo, el retumbo del Ñacanguazú. Algunas gotas, distanciadas y livianas, caían aún del cielo exhausto. Pero el tiempo proseguía cargado, sin el más ligero soplo. Se respiraba agua, y apenas los peones hubieron descansado un par de horas, la lluvia recomenzó —la lluvia a plomo, maciza y blanca de las crecidas. El trabajo urgía —los sueldos habían subido valientemente—, y mientras el temporal siguió, los peones continuaron gritando, cayéndose y tumbando bajo el agua helada.

En la barra del Ñacanguazú, la barrera flotante contuvo a los primeros palos que llegaron, y resistió arqueada y gimiendo a muchas más; hasta que al empuje incontrastable de las vigas que llegaban como catapultas contra la maroma, el cable cedió.

* * * * *

Candiyú observaba el río con su anteojo, considerando que la creciente actual, que allí en San Ignacio había subido dos metros más el día anterior —llevándose por lo demás su chalana— sería más allá de Posadas, formidable inundación. Las maderas habían comenzado a descender, pero todas ellas, a juzgar por su alta flotación, eran cedros o poco menos, y el pescador reservaba prudentemente sus fuerzas.

Esa noche el agua subió un metro aún, y a la tarde siguiente Candiyú tuvo la sorpresa de ver en el extremo de su anteojo una barra, una verdadera jangada de vigas sueltas que doblaban la punta de Itacurubí. Madera de lomo blanquecino, y perfectamente seca.

Allí estaba su lugar. Saltó en su guabiroba, y paleó al encuentro de la caza.

Ahora bien, en una creciente del Alto Paraná se encuentran muchas cosas antes de llegar a la viga elegida. Árboles enteros, desde luego, arrancados de cuajo y con las raíces negras al aire, como pulpos. Vacas y mulas muertas, en compañía de buen lote de animales salvajes ahogados, fusilados o con una flecha plantada aún en el vientre. Altos conos de hormigas amontonadas sobre un raigón. Algún tigre, tal vez; camalotes y espuma a discreción, —sin contar, claro está, las víboras.

Candiyú esquivó, derivó, tropezó y volcó muchas veces más de las necesarias para llegar a la presa. Al fin la tuvo; un machetazo puso al vivo la veta sanguínea del palo rosa, y recostándose a la viga pudo derivar con ella oblicuamente algún trecho. Pero las ramas, los árboles, pasaban sin cesar arrastrándolo. Cambió de táctica; enlazó su presa, y comenzó entonces la lucha muda y sin tregua, echando silenciosamente el alma a cada palada.

Una viga, derivando con una gran creciente, lleva un impulso suficientemente grande para que tres hombres titubeen antes de atreverse con ella. Pero Candiyú unía a su gran aliento, treinta años de piraterías en río bajo o alto, deseando —además— ser dueño de un gramófono.

La noche que caía le deparó incidentes a su plena satisfacción. El río, a flor de ojo casi, corría velozmente con untuosidad de aceite. A ambos lados pasaban y pasaban sin cesar sombras densas. Un hombre ahogado tropezó con la guabiroba; Candiyú se inclinó y vio que tenía la garganta abierta. Luego visitantes incómodos, víboras al asalto, las mismas que en las crecidas trepan por las ruedas de los vapores hasta los camarotes.

El hercúleo trabajo proseguía, la pala temblaba bajo el agua, pero era arrastrado a pesar de todo. Al fin se rindió; cerró más el ángulo de abordaje, y sumó sus últimas fuerzas para alcanzar el borde de la canal, que rasaba los peñascos del Teyucuaré. Durante diez minutos el pescador de vigas, los tendones del cuello duros y los pectorales como piedra, hizo lo que jamás volverá a hacer nadie para salir de la canal en una creciente, con una viga a remolque. La guabiroba se estrelló por fin contra las piedras, se tumbó, justamente cuando a Candiyú quedaba la fuerza suficiente —y nada más—, para sujetar la soga y desplomarse de boca.

Solamente un mes más tarde tuvo míster Hall sus tres docenas de tablas, y veinte segundos después —ni más ni menos—, entregó a Candiyú el gramófono, incluso veinte discos.

La firma Castelhum y Compañía., no obstante la flotilla de lanchas a vapor que lanzó contra las vigas —y esto por bastante más de treinta días— perdió muchas. Y si alguna vez Castelhum llega a San Ignacio y visita a míster Hall, admirará sinceramente los muebles del citado contador, hechos de palo rosa.

Nuestro primer cigarro

Ninguna época de mayor alegría que la que nos proporcionó a María y a mí, nuestra tía con su muerte.

Inés volvía de Buenos Aires, donde había pasado tres meses. Esa noche, cuando nos acostábamos, oímos que Inés decía a mamá:

—¡Qué extraño!... Tengo las cejas hinchadas.

Mamá examinó seguramente las cejas de tía, pues después de un rato contestó:

—Es cierto... ¿No sientes nada?

—No... sueño.

Al día siguiente, hacia las dos de la tarde, notamos de pronto fuerte agitación en casa, puertas que se abrían y no se cerraban, diálogos cortados de exclamaciones, y semblantes asustados. Inés tenía viruela, y de cierta especie hemorrágica que vivía en Buenos Aires.

Desde luego, a mi hermana y a mí nos entusiasmó el drama. Las criaturas tienen casi siempre la desgracia de que las grandes cosas no pasen en su casa. Esta vez nuestra tía —¡casualmente nuestra tía!— ¡enferma de viruela! Yo, chico feliz, contaba ya en mi orgullo la amistad de un agente de policía, y el contacto con un payaso que saltando las gradas había tomado asiento a mi lado. Pero ahora el gran acontecimiento pasaba en nuestra propia casa; y al comunicarlo al primer chico que se detuvo en la puerta de calle a mirar, había ya en mis ojos la vanidad con que una criatura de riguroso luto pasa por primera vez ante sus vecinillos atónitos y envidiosos.

Esa misma tarde salimos de casa, instalándonos en la única que pudimos hallar con tanta premura, una vieja quinta de los alrededores. Una hermana de mamá, que había tenido viruela en su niñez, quedó al lado de Inés.

Seguramente en los primeros días mamá pasó crueles angustias por sus hijos que habían besado a la virolenta. Pero en cambio nosotros, convertidos en furiosos robinsones, no teníamos tiempo para acordarnos de nuestra tía. Hacía mucho tiempo que la quinta dormía en su sombrío y húmedo sosiego. Naranjos blanquecinos de diaspis; duraznos rajados en la horqueta; membrillos con aspecto de mimbres; higueras rastreantes a fuerza de abandono, aquello daba, en su tupida hojarasca que ahogaba los pasos, fuerte sensación de paraíso.

Nosotros no éramos precisamente Adán y Eva; pero sí heroicos robinsones, arrastrados a nuestro destino por una gran desgracia de familia: la muerte de nuestra tía, acaecida cuatro días después de comenzar nuestra exploración.

Pasábamos el día entero huroneando por la quinta bien que las higueras, demasiado tupidas al pie, nos inquietaran un poco. El pozo también suscitaba nuestras preocupaciones geográficas. Era este un viejo pozo inconcluso, cuyos trabajos se habían detenido a los catorce metros sobre el fondo de piedra, y que desaparecía ahora entre los culantrillos y doradillas de sus paredes. Era, sin embargo, menester explorarlo, y por vía de avanzada logramos con infinitos esfuerzos llevar hasta su borde una gran piedra. Como el pozo quedaba oculto tras un macizo de cañas, nos fue permitida esta maniobra sin que mamá se enterase. No obstante, María, cuya inspiración poética primó siempre en nuestras empresas, obtuvo que aplazáramos el fenómeno hasta que una gran lluvia, llenando el pozo, nos proporcionara satisfacción artística, a la par que científica.

Pero lo que sobre todo atrajo nuestros asaltos diarios fue el cañaveral. Tardamos dos semanas enteras en explorar como era debido aquel diluviano enredo de varas verdes, varas secas, varas verticales, varas dobladas, atravesadas, rotas hacia tierra. Las hojas secas, detenidas en su caída, entretejían el macizo, que llenaba el aire de polvo y briznas al menor contacto.

Aclaramos el secreto, sin embargo; y sentados con mi hermana en la sombría guarida de algún rincón, bien juntos y mudos en la semioscuridad, gozamos horas enteras el orgullo de no sentir miedo.

Fue allí donde una tarde, avergonzados de nuestra poca iniciativa, inventamos fumar. Mamá era viuda; con nosotros vivían habitualmente dos hermanas suyas, y en aquellos momentos un hermano, precisamente el que había venido con Inés de Buenos Aires.

Este nuestro tío de veinte años, muy elegante y presumido, habíase atribuido sobre nosotros dos cierta potestad que mamá, con el disgusto actual y su falta de carácter, fomentaba.

María y yo, por de pronto, profesábamos cordialísima antipatía al padrastrillo.

—Te aseguro —decía él a mamá, señalándonos con el mentón— que desearía vivir siempre contigo para vigilar a tus hijos. Te van a dar mucho trabajo.

—¡Déjalos! —respondía mamá cansada.

Nosotros no decíamos nada; pero nos mirábamos por encima del plato de sopa.

A este severo personaje, pues, habíamos robado un paquete de cigarrillos; y aunque nos tentaba iniciarnos súbitamente en la viril virtud, esperamos el artefacto. Este consistía en una pipa que yo había fabricado con un trozo de caña, por depósito; una varilla de cortina, por boquilla; y por cemento, masilla de un vidrio recién colocado. La pipa era perfecta: grande, liviana y de varios colores.

En nuestra madriguera del cañaveral cargámosla María y yo con religiosa y firme unción. Cinco cigarrillos dejaron su tabaco adentro; y sentándonos entonces con las rodillas altas, encendí la pipa y aspiré. María, que devoraba mi acto con los ojos, notó que los míos se cubrían de lágrimas: jamás se ha visto ni verá cosa más abominable. Deglutí, sin embargo, valerosamente la nauseosa saliva.

—¿Rico? —me preguntó María ansiosa, tendiendo la mano.

—Rico —le contesté pasándole la horrible máquina.

María chupó, y con más fuerza aún. Yo, que la observaba atentamente, noté a mi vez sus lágrimas y el movimiento simultáneo de labios, lengua y garganta, rechazando aquello. Su valor fue mayor que el mío.

—Es rico —dijo con los ojos llorosos y haciendo casi un puchero. Y se llevó heroicamente otra vez a la boca la varilla de bronce.

Era inminente salvarla. El orgullo, solo él, la precipitaba de nuevo a aquel infernal humo con gusto a sal de Chantaud, el mismo orgullo que me había hecho alabarle la nausebunda fogata.

—¡Psht! —dije bruscamente, prestando oído— me parece el gargantilla del otro día... debe de tener nido aquí...

María se incorporó, dejando la pipa de lado; y con el oído atento y los ojos escrudiñantes, nos alejamos de allí, ansiosos aparentemente de ver al animalito, pero en verdad asidos como moribundos a aquel honorable pretexto de mi invención, para retirarnos prudentemente del tabaco, sin que nuestro orgullo sufriera.

Un mes más tarde volví a la pipa de caña, pero entonces con muy distinto resultado.

Por alguna que otra travesura nuestra, el padrastrillo habíanos ya levantado la voz mucho más duramente de lo que podíamos permitirle mi hermana y yo. Nos quejamos a mamá.

—¡Bah!, no hagan caso —nos respondió, sin oírnos casi— él es así.

—¡Es que nos va a pegar un día! —gimoteó María.

—Si ustedes no le dan motivos, no. ¿Qué le han hecho? —añadió dirigiéndose a mí.

—Nada, mamá... ¡Pero yo no quiero que me toque! —objeté a mi vez.

En este momento entró nuestro tío.

—¡Ah! aquí está el buena pieza de tu Eduardo... ¡Te va a sacar canas este hijo, ya verás!

—Se quejan de que quieres pegarles.

—¿Yo? —exclamó el padrastrillo midiéndome—. No lo he pensado aún. Pero en cuanto me faltes al respeto...

—Y harás bien —asintió mamá.

—¡Yo no quiero que me toque! —repetí enfurruñado y rojo—. ¡Él no es papá!

—Pero a falta de tu pobre padre, es tu tío. ¡En fin, déjenme tranquila! —concluyó apartándonos.

Solos en el patio, María y yo nos miramos con altivo fuego en los ojos.

—¡Nadie me va a pegar a mí! —asenté.

—¡No... ni a mí tampoco! —apoyó ella, por la cuenta que le iba.

—¡Es un zonzo!

Y la inspiración vino bruscamente, y como siempre, a mi hermana, con furibunda risa y marcha triunfal:

—¡Tío Alfonso... es un zonzo! ¡Tío Alfonso... es un zonzo!

Cuando un rato después tropecé con el padrastrillo, me pareció, por su mirada, que nos había oído. Pero ya habíamos planteado la historia del Cigarro Pateador, epíteto este a la mayor gloria de la mula Maud.

El cigarro pateador consistió, en sus líneas elementales, en un cohete que rodeado de papel de fumar, fue colocado en el atado de cigarrillos que tío

Alfonso tenía siempre en su velador, usando de ellos a la siesta.

Un extremo había sido cortado a fin de que el cigarro no afectara excesivamente al fumador. Con el violento chorro de chispas había bastante, y en su total, todo el éxito estribaba en que nuestro tío, adormilado, no se diera cuenta de la singular rigidez de su cigarrillo.

Las cosas se precipitan a veces de tal modo, que no hay tiempo ni aliento para contarlas. Solo sé que una siesta el padrastrillo salió como una bomba de su cuarto, encontrando a mamá en el comedor.

—¡Ah, estás acá! ¿Sabes lo que han hecho? ¡Te juro que esta vez se van a acordar de mí!

—¡Alfonso!

—¿Qué? ¡No faltaba más que tú también!... ¡Si no sabes educar a tus hijos, yo lo voy a hacer!

Al oír la voz furiosa del tío, yo, que me ocupaba inocentemente con mi hermana en hacer rayitas en el brocal del aljibe, evolucioné hasta entrar por la segunda puerta en el comedor, y colocarme detrás de mamá. El padrastrillo me vio entonces y se lanzó sobre mí.

—¡Yo no hice nada! —grité.

—¡Espérate! —rugió mi tío, corriendo tras de mí alrededor de la mesa.

—¡Alfonso, déjalo!

—¡Después te lo dejaré!

—¡Yo no quiero que me toque!

—¡Vamos, Alfonso! ¡Pareces una criatura!

Esto era lo último que se podía decir al padrastrillo. Lanzó un juramento y sus piernas en mi persecución con tal velocidad, que estuvo a punto de alcanzarme. Pero en ese instante salía yo como de una honda por la puerta abierta, y disparaba hacia la quinta, con mi tío detrás.

En cinco segundos pasamos como una exhalación por los durazneros, los naranjos y los perales, y fue en este momento cuando la idea del pozo, y su piedra, surgió terriblemente nítida.

—¡No quiero que me toque! —grité aún.

—¡Espérate!

En ese instante llegamos al cañaveral.

—¡Me voy a tirar al pozo! —aullé para que mamá me oyera.

—¡Yo soy el que te voy a tirar!

Bruscamente desaparecí a sus ojos tras las cañas; corriendo siempre, di un empujón a la piedra exploradora que esperaba una lluvia, y salté de costado, hundiéndome bajo la hojarasca.

Tío desembocó en seguida, a tiempo que dejando de verme, sentía allá en el fondo del pozo el abominable zumbido de un cuerpo que se aplastaba.

El padrastrillo se detuvo, totalmente lívido; volvió a todas partes sus ojos dilatados, y se aproximó al pozo. Trató de mirar adentro, pero los culantrillos se lo impidieron. Entonces pareció reflexionar, y después de una atenta mirada al pozo y sus alrededores, comenzó a buscarme.

Como desgraciadamente para el caso, hacía poco tiempo que el tío Alfonso cesara a su vez de esconderse para evitar los cuerpo a cuerpo con sus padres, conservaba aún muy frescas las estrategias subsecuentes, e hizo por mi persona cuanto era posible hacer para hallarme.

Descubrió en seguida mi cubil, volviendo pertinazmente a él con admirable olfato; pero fuera de que la hojarasca diluviana me ocultaba del todo, el ruido de mi cuerpo estrellándose obsediaba a mi tío, que no buscaba bien, en consecuencia.

Fue pues resuelto que yo yacía aplastado en el fondo del pozo, dando entonces principio a lo que llamaríamos mi venganza póstuma. El caso era bien claro: ¿con qué cara mi tío contaría a mamá que yo me había suicidado para evitar que él me pegara?

Pasaron diez minutos.

—¡Alfonso! —sonó de pronto la voz de mamá en el patio.

—¿Mercedes? —respondió aquel tras una brusca sacudida.

Seguramente mamá presintió algo, porque su voz sonó de nuevo, alterada.

—¿Y Eduardo? ¿Dónde está? —agregó avanzando.

—¡Aquí, conmigo! —contestó riendo—. Ya hemos hecho las paces.

Como de lejos mamá no podía ver su palidez ni la ridícula mueca que él pretendía ser beatífica sonrisa, todo fue bien.

—¿No le pegaste, no? —insistió aún mamá.

—No. ¡Si fue una broma!

Mamá entró de nuevo. ¡Broma! Broma comenzaba a ser la mía para el padrastrillo.

Celia, mi tía mayor, que había concluido de dormir la siesta, cruzó el patio y Alfonso la llamó en silencio con la mano. Momentos después Celia lanzaba un ¡oh! ahogado, llevándose las manos a la cabeza.

—¡Pero, cómo! ¡Qué horror! ¡Pobre, pobre Mercedes! ¡Qué golpe!

Era menester resolver algo antes que Mercedes se enterara. ¿Sacarme, con vida aún?... El pozo tenía catorce metros sobre piedra viva. Tal vez, quién sabe... Pero para ello sería preciso traer sogas, hombres; y Mercedes...

—¡Pobre, pobre madre! —repetía mi tía.

Justo es decir que para mí, el pequeño héroe, mártir de su dignidad corporal, no hubo una sola lágrima. Mamá acaparaba todos los entusiasmos de aquel dolor, sacrificándole ellos la remota probabilidad de vida que yo pudiera aún conservar allá abajo. Lo cual, hiriendo mi doble vanidad de muerto y de vivo, avivó mi sed de venganza.

Media hora después mamá volvió a preguntar por mí, respondiéndole Celia con tan pobre diplomacia, que mamá tuvo en seguida la seguridad de una catástrofe.

—¡Eduardo, mi hijo! —clamó arrancándose de las manos de su hermana que pretendía sujetarla, y precipitándose a la quinta.

—¡Mercedes! ¡Te juro que no! ¡Ha salido!

—¡Mi hijo! ¡mi hijo! ¡Alfonso!

Alfonso corrió a su encuentro, deteniéndola al ver que se dirigía al pozo. Mamá no pensaba en nada concreto; pero al ver el gesto horrorizado de su hermano, recordó entonces mi exclamación de una hora antes, y lanzó un espantoso alarido.

—¡Ay! ¡Mi hijo! ¡Se ha matado! ¡Déjame, déjenme! ¡Mi hijo, Alfonso! ¡Me lo has muerto!

Se llevaron a mamá sin sentido. No me había conmovido en lo más mínimo la desesperación de mamá, puesto que yo —motivo de aquella— estaba en verdad vivo y bien vivo, jugando simplemente en mis ocho años con la emoción, a manera de los grandes que usan de las sorpresas semitrágicas: ¡el gusto que va a tener cuando me vea!

Entretanto, gozaba yo íntimo deleite con el fracaso del padrastrillo.

—¡Hum!... ¡Pegarme! —rezongaba yo, aún bajo la hojarasca. Levantándome entonces con cautela, senteme en cuclillas en mi cubil y recogí la famosa pipa bien guardada entre el follaje. Aquel era el momento de dedicar toda mi seriedad a agotar la pipa.

El humo de aquel tabaco humedecido, seco, vuelto a humedecer y resecar infinitas veces, tenía en aquel momento un gusto a cumbarí, solución Coirre y sulfato de soda, mucho más ventajoso que la primera vez. Emprendí, sin embargo, la tarea que sabía dura, con el ceño contraído y los dientes crispados sobre la boquilla.

Fumé, quiero creer que cuarta pipa. Solo recuerdo que al final el cañaveral se puso completamente azul y comenzó a danzar a dos dedos de mis ojos. Dos o tres martillos de cada lado de la cabeza comenzaron a destrozarme las sienes, mientras el estómago, instalado en plena boca, aspiraba él mismo directamente las últimas bocanadas de humo.

Volví en mí cuando me llevaban en brazos a casa. A pesar de lo horriblemente enfermo que me encontraba, tuve el tacto de continuar dormido, por lo que pudiera pasar. Sentí los brazos delirantes de mamá sacudiéndome.

—¡Mi hijo querido! ¡Eduardo, mi hijo! ¡Ah, Alfonso, nunca te perdonaré el dolor que me has causado!

—¡Pero, vamos! —decíale mi tía mayor— ¡no seas loca, Mercedes! ¡Ya ves que no tiene nada!

—¡Ah! —repuso mamá llevándose las manos al corazón en un inmenso suspiro—. ¡Sí, ya pasó!... Pero dime, Alfonso, ¿cómo pudo no haberse hecho nada? ¡Ese pozo, Dios mío!...

El padrastrillo, quebrantado a su vez, habló vagamente de desmoronamiento, tierra blanda, prefiriendo para un momento de mayor calma la solución verdadera, mientras la pobre mamá no se percataba de la horrible infección de tabaco que exhalaba su suicida.

Abrí al fin los ojos, me sonreí y volví a dormirme, esta vez honrada y profundamente.

Tarde ya, el tío Alfonso me despertó.

—¿Qué merecerías que te hiciera? —me dijo con sibilante rencor—. ¡Lo que es mañana, le cuento todo a tu madre, y ya verás lo que son gracias!

Yo veía aún bastante mal, las cosas bailaban un poco, y el estómago continuaba todavía adherido a la garganta. Sin embargo, le respondí:

—¡Si le cuentas algo a mamá, lo que es esta vez te juro que me tiro!

¿Los ojos de un joven suicida que fumó heroicamente su pipa, expresan acaso desesperado valor?

Es posible. De todos modos, el padrastrillo, después de mirarme fijamente, se encogió de hombros, levantando hasta mi cuello la sábana un poco caída.

—Me parece que mejor haría en ser amigo de este microbio —murmuró.

—Creo lo mismo —le respondí.

Y me dormí.

Una estación de amor

Primavera

Era el martes de carnaval. Nébel acababa de entrar en el corso, ya al oscurecer, y mientras deshacía un paquete de serpentinas, miró al carruaje de delante. Extrañado de una cara que no había visto la tarde anterior, preguntó a sus compañeros:

—¿Quién es? No parece fea.

—¡Un demonio! Es lindísima. Creo que sobrina, o cosa así, del doctor Arrizabalaga. Llegó ayer, me parece...

Nébel fijó entonces atentamente los ojos en la hermosa criatura. Era una chica muy joven aún, acaso no más de catorce años, pero completamente núbil. Tenía, bajo el cabello muy oscuro, un rostro de suprema blancura, de ese blanco mate y raso que es patrimonio exclusivo de los cutis muy finos. Ojos azules, largos, perdiéndose hacia las sienes en el cerco de sus negras pestañas. Acaso un poco separados, lo que da, bajo una frente tersa, aire de mucha nobleza o de gran terquedad. Pero sus ojos, así, llenaban aquel semblante en flor con la luz de su belleza. Y al sentirlos Nébel detenidos un momento en los suyos, quedó deslumbrado.

—¡Qué encanto! —murmuró, quedando inmóvil

con una rodilla sobre al almohadón del surrey. Un momento después las serpentinas volaban hacia la victoria. Ambos carruajes estaban ya enlazados por el puente colgante de cintas, y la que lo ocasionaba sonreía de vez en cuando al galante muchacho.

Mas aquello llegaba ya a la falta de respeto a personas, cochero y aún carruaje: sobre el hombro, la cabeza, látigo, guardabarros, las serpentinas llovían sin cesar. Tanto fue, que las dos personas sentadas atrás se volvieron y, bien que sonriendo, examinaron atentamente al derrochador.

—¿Quiénes son? —preguntó Nébel en voz baja.

—El doctor Arrizabalaga; cierto que no lo conoces. La otra es la madre de tu chica... Es cuñada del doctor.

Como en pos del examen, Arrizabalaga y la señora se sonrieran francamente ante aquella exuberancia de juventud, Nébel se creyó en el deber de saludarlos, a lo que respondió el terceto con jovial condescencia.

Este fue el principio de un idilio que duró tres meses, y al que Nébel aportó cuanto de adoración cabía en su apasionada adolescencia. Mientras continuó el corso, y en Concordia se prolonga hasta horas increíbles, Nébel tendió incesantemente su brazo hacia adelante, tan bien, que el puño de su camisa, desprendido, bailaba sobre la mano.

Al día siguiente se reprodujo la escena; y como esta vez el corso se reanudaba de noche con batalla de flores, Nébel agotó en un cuarto de hora cuatro inmensas canastas. Arrizabalaga y la señora se reían, volviéndose a menudo, y la joven no apartaba casi sus ojos de Nébel. Este echó una mirada de desesperación a sus canastas vacías; mas sobre el almohadón del surrey quedaban aún uno, un pobre ramo de siemprevivas y jazmines del país. Nébel saltó con él por sobre la rueda del surrey, dislocose casi un tobillo, y corriendo a la victoria, jadeante, empapado en sudor y el entusiasmo a flor de ojos, tendió el ramo a la joven. Ella buscó atolondradamente otro, pero no lo tenía. Sus acompañantes se reían.

—¡Pero loca! —le dijo la madre, señalándole el pecho— ¡ahí tienes uno!

El carruaje arrancaba al trote. Nébel, que había descendido del estribo, afligido, corrió y alcanzó el ramo que la joven le tendía, con el cuerpo casi fuera del coche.

Nébel había llegado tres días atrás de Buenos Aires, donde concluía su bachillerato. Había permanecido allá siete años, de modo que su conocimiento de la sociedad actual de Concordia era mínimo. Debía quedar aún quince días en su ciudad natal, disfrutados en pleno sosiego de alma, si no de cuerpo; y he ahí que desde el segundo día perdía toda su serenidad. Pero en cambio ¡qué encanto!

—¡Qué encanto! —se repetía pensando en aquel rayo de luz, flor y carne femenina que había llegado a él desde el carruaje. Se reconocía real y profundamente deslumbrado —y enamorado, desde luego.

¡Y si ella lo quisiera!... ¿Lo querría? Nébel, para dilucidarlo, confiaba mucho más que en el ramo de su pecho, en la precipitación aturdida con que la joven había buscado algo para darle. Evocaba claramente el brillo de sus ojos cuando lo vio llegar corriendo, la inquieta expectativa con que lo esperó, y, en otro orden, la morbidez del joven pecho, al tenderle el ramo.

¡Y ahora, concluido! Ella se iba al día siguiente a Montevideo. ¿Qué le importaba lo demás, Concordia, sus amigos de antes, su mismo padre? Por lo menos iría con ella hasta Buenos Aires.

Hicieron, efectivamente, el viaje juntos, y durante él, Nébel llegó al más alto grado de pasión que puede alcanzar un romántico muchacho de dieciocho años, que se siente querido. La madre acogió el casi infantil idilio con afable complacencia, y se reía a menudo al verlos, hablando poco, sonriendo sin cesar, y mirándose infinitamente.

La despedida fue breve, pues Nébel no quiso perder el último vestigio de cordura que le quedaba, cortando su carrera tras ella.

Volverían a Concordia en el invierno, acaso una temporada. ¿Iría él? "¡Oh, no volver yo!" Y mientras Nébel se alejaba, tardo, por el muelle, volviéndose a cada momento, ella, de pecho sobre la borda, la cabeza un poco baja, lo seguía con los ojos, mientras en la planchada los marineros levantaban los suyos risueños a aquel idilio —y al vestido, corto aún, de la tiernísima novia.

Verano

I

El 13 de junio Nébel volvio a Concordia, y aunque supo desde el primer momento que Lidia estaba allí, pasó una semana sin inquietarse poco ni mucho por ella. Cuatro meses son plazo sobrado para un relámpago de pasión, y apenas si en el agua dormida de su alma, el último resplandor alcanzaba a rizar su amor propio. Sentía, sí, curiosidad de verla. Pero un nimio incidente, punzando su vanidad, lo arrastró de nuevo. El primer domingo, Nébel, como todo buen chico de pueblo, esperó en la esquina la salida de misa. Al fin, las últimas acaso, erguidas y mirando adelante, Lidia y su madre avanzaron por entre la fila de muchachos.

Nébel, al verla de nuevo, sintió que sus ojos se dilataban para sorber en toda su plenitud la figura bruscamente adorada. Esperó con ansia casi dolorosa el instante en que los ojos de ella, en un súbito resplandor de dichosa sorpresa, lo reconocerían entre el grupo.

Pero pasó, con su mirada fría fija adelante.

—Parece que no se acuerda más de ti —le dijo un amigo, que a su lado había seguido el incidente.

—¡No mucho! —se sonrió él—. Y es lástima, porque la chica me gustaba en realidad.

Pero cuando estuvo solo se lloró a sí mismo su desgracia. ¡Y ahora que había vuelto a verla! ¡Cómo, cómo la había querido siempre, él que creía no acordarse más! ¡Y acabado! ¡Pum, pum, pum! —repetía sin darse cuenta, con la costumbre del chico—. ¡Pum! ¡todo concluido!

De golpe: ¿Y si no me hubiera visto?... ¡Claro! ¡pero claro! Su rostro se animó de nuevo, acogiéndose con plena convicción a una probabilidad como esa, profundamente razonable.

A las tres golpeaba en casa del doctor Arrizabalaga. Su idea era elemental: consultaría con cualquier mísero pretexto al abogado, y entretanto acaso la viera. Una súbita carrera por el patio respondió al timbre, y Lidia, para detener el impulso, tuvo que cogerse violentamente a la puerta vidriera. Vio a Nébel, lanzó una exclamación, y ocultando con sus brazos la liviandad doméstica de su ropa, huyó más velozmente aún.

Un instante después la madre abría el consul-

torio, y acogía a su antiguo conocido con más viva complacencia que cuatro meses atrás. Nébel no cabía en sí de gozo, y como la señora no parecía inquietarse por las preocupaciones jurídicas de Nébel, este prefirió también un millón de veces tal presencia a la del abogado.

Con todo, se hallaba sobre ascuas de una felicidad demasiado ardiente y, como tenía dieciocho años, deseaba irse de una vez para gozar a solas, y sin cortedad, su inmensa dicha.

—¡Tan pronto, ya! —le dijo la señora—. Espero que tendremos el gusto de verlo otra vez... ¿No es verdad?

—¡Oh, sí, señora!

—En casa todos tendríamos mucho placer... ¡supongo que todos! ¿Quiere que consultemos? —se sonrió con maternal burla.

—¡Oh, con toda el alma! —repuso Nébel.

—¡Lidia! ¡Ven un momento! Hay aquí una persona a quien conoces.

Nébel había sido visto ya por ella; pero no importaba.

Lidia llegó cuando él estaba de pie. Avanzó a su encuentro, los ojos centelleantes de dicha, y le tendió un gran ramo de violetas, con adorable torpeza.

—Si a usted no le molesta —prosiguió la madre— podría venir todos los lunes... ¿qué le parece?

—¡Que es muy poco, señora! —repuso el muchacho—. Los viernes también... ¿me permite?

La señora se echó a reír.

—¡Qué apurado! Yo no sé... veamos qué dice Lidia. ¿Qué dices, Lidia?

La criatura, que no apartaba sus ojos rientes de Nébel, le dijo ¡sí! en pleno rostro, puesto que a él debía su respuesta.

—Muy bien: entonces hasta el lunes, Nébel.

Nébel objetó:

—¿No me permitiría venir esta noche? Hoy es un día extraordinario...

—¡Bueno! ¡Esta noche también! Acompáñalo, Lidia.

Pero Nébel, en loca necesidad de movimiento, se despidió allí mismo, y huyó con su ramo cuyo cabo había deshecho casi, y con el alma proyectada al último cielo de la felicidad.

II

Durante dos meses, todos los momentos en que se veían, todas las horas que los separaban, Nébel y Lidia se adoraron. Para él, romántico hasta sentir el estado de dolorosa melancolía que provoca una simple garúa que agrisa el patio, la criatura aquella, con su cara angelical, sus ojos azules y su temprana plenitud, debía encarnar la suma posible de ideal. Para ella, Nébel era varonil, buen mozo e inteligente. No había en su mutuo amor más nube para el porvenir que la minoría de edad de Nébel. El muchacho, dejando de lado estudios, carreras y superfluidades por el estilo, quería casarse. Como probado, no había sino dos cosas: que a él le era absolutamente imposible vivir sin su Lidia, y que llevaría por delante cuanto se opusiese a ello. Presentía —o más bien dicho, sentía— que iba a escollar rudamente.

Su padre, en efecto, a quien había disgustado profundamente el año que perdía Nébel tras un amorío de carnaval, debía apuntar las íes con terrible vigor. A fines de agosto, habló un día definitivamente a su hijo:

—Me han dicho que sigues tus visitas a lo de Arrizabalaga. ¿Es cierto? Porque tú no te dignas decirme una palabra.

Nébel vio toda la tormenta en esa forma de dignidad, y la voz le tembló un poco.

—Si no te dije nada, papá, es porque sé que no te gusta que hable de eso.

—¡Bah! cómo gustarme, puedes, en efecto, ahorrarte el trabajo... Pero quisiera saber en qué estado estás. ¿Vas a esa casa como novio?

—Sí.

—¿Y te reciben formalmente?

—Creo que sí.

El padre lo miró fijamente y tamborileó sobre la mesa.

—¡Está bueno! ¡Muy bien!... Óyeme, porque tengo el deber de mostrarte el camino. ¿Sabes tú bien lo que haces? ¿Has pensado en lo que puede pasar?

—¿Pasar?... ¿qué?

—Que te cases con esa muchacha. Pero fíjate: ya tienes edad para reflexionar, al menos. ¿Sabes quién es? ¿De dónde viene? ¿Conoces a alguien que sepa qué vida lleva en Montevideo?

—¡Papá!

—¡Sí, qué hacen allá! ¡Bah! no pongas esa cara... No me refiero a tu... novia. Esa es una criatura, y como tal no sabe lo que hace. ¿Pero sabes de qué viven?

—¡No! Ni me importa, porque aunque seas mi padre...

—¡Bah, bah, bah! Deja eso para después. No te hablo como padre sino como cualquier hombre honrado pudiera hablarte. Y puesto que te indigna tanto lo que te pregunto, averigua a quien quiera contarte, qué clase de relaciones tiene la madre de tu novia con su cuñado, pregunta!

—¡Sí! Ya sé que ha sido...

—Ah, ¿sabes que ha sido la querida de Arrizabalaga? ¿Y que él u otro sostienen la casa en Montevideo? ¡Y te quedas tan fresco!

—¡...!

—¡Sí, ya sé, tu novia no tiene nada que ver con esto, ya sé! No hay impulso más bello que el tuyo... Pero anda con cuidado, ¡porque puedes llegar tarde!... ¡No, no, cálmate! No tengo ninguna idea de ofender a tu novia, y creo, como te he dicho, que no está contaminada aún por la podredumbre que la rodea. Pero si la madre te la quiere vender en matrimonio, o más bien a la fortuna que vas a heredar cuando yo muera, dile que el viejo Nébel no está dispuesto a esos tráficos, y que antes se lo llevará el diablo que consentir en eso. Nada más te quería decir.

El muchacho quería mucho a su padre a pesar del carácter duro de este; salió lleno de rabia por no haber podido desahogar su ira, tanto más violenta cuanto que él mismo la sabía injusta. Hacía tiempo ya que no ignoraba esto: la madre de Lidia había sido querida de Arrizabalaga en vida de su marido, y aún cuatro o cinco años después. Se veían aún de tarde en tarde, pero el viejo libertino, arrebujado ahora en sus artritis de enfermizo solterón, distaba mucho de ser respecto de su cuñada lo que se pretendía; y si mantenía el tren de madre e hija, lo hacía por

una especie de compasión de examante, rayana en vil egoísmo, y sobre todo para autorizar los chismes actuales que hinchaban su vanidad.

Nébel evocaba a la madre; y con un estremecimiento de muchacho loco por las mujeres casadas, recordaba cierta noche en que hojeando juntos y reclinados una *Illustration*, había creído sentir sobre sus nervios súbitamente tensos, un hondo hálito de deseo que surgía del cuerpo pleno que rozaba con él. Al levantar los ojos, Nébel había visto la mirada de ella, en lánguida imprecisión de mareo, posarse pesadamente sobre la suya.

¿Se había equivocado? Era terriblemente histérica, pero con rara manifestación desbordante; los nervios desordenados repiqueteaban hacia adentro, y de aquí la súbita tenacidad en un disparate, el brusco abandono de una convicción; y en los pródromos de las crisis, la obstinación creciente, convulsiva, edificándose a grandes bloques de absurdos. Abusaba de la morfina, por angustiosa necesidad y por elegancia. Tenía treinta y siete años; era alta, con labios muy gruesos y encendidos, que humedecía sin cesar. Sin ser grandes, los ojos lo parecían por un poco hundidos y tener pestañas muy largas; pero eran admirables de sombra y fuego. Se pintaba. Vestía, como la hija, con perfecto buen gusto, y era esta, sin duda, su mayor seducción. Debía de haber tenido, como mujer, profundo encanto; ahora la histeria había trabajado mucho su cuerpo —siendo, desde luego, enferma del vientre. Cuando el latigazo de la morfina pasaba, sus ojos se empañaban, y de la comisura de los labios, del párpado globoso, pendía una fina redecilla de arrugas. Pero a pesar de ello, la misma histeria que le deshacía los nervios era el alimento, un poco mágico, que sostenía su tonicidad.

Quería entrañablemente a Lidia; y con la moral de las histéricas burguesas, hubiera envilecido a su hija para hacerla feliz —esto es, para proporcionarle aquello que habría hecho su propia felicidad.

Así, la inquietud del padre de Nébel a este respecto tocaba a su hijo en lo más hondo de sus cuerdas de amante. ¿Cómo había escapado Lidia? Porque la limpidez de su cutis, la franqueza de su pasión de chica que surgía con adorable libertad de sus ojos brillantes, eran, ya no prueba de pureza, sino de escalón de noble gozo por el que Nébel ascendía triunfal a arrancar de una manotada a la planta podrida la flor que pedía por él.

Esta convicción era tan intensa, que Nébel jamás la había besado. Una tarde, después de almorzar, en que pasaba por lo de Arrizabalaga, había sentido loco deseo de verla. Su dicha fue completa, pues la halló sola, en batón, y los rizos sobre las mejillas. Como Nébel la retuvo contra la pared, ella, riendo y cortada, se recostó en el muro. Y el muchacho, a su frente, tocándola casi, sintió en sus manos inertes la alta felicidad de un amor inmaculado, que tan fácil le habría sido manchar.

¡Pero luego, una vez su mujer! Nébel precipitaba cuanto le era posible su casamiento. Su habilitación de edad, obtenida en esos días, le permitía por su legítima materna afrontar los gastos. Quedaba el consentimiento del padre, y la madre apremiaba este detalle.

La situación de ella, sobrado equívoca en Concordia, exigía una sanción social que debía comenzar, desde luego, por la del futuro suegro de su hija. Y sobre todo, la sostenía el deseo de humillar, de forzar a la moral burguesa, a doblar las rodillas ante la misma inconveniencia que despreció.

Ya varias veces había tocado el punto con su futuro yerno, con alusiones a “mi suegro”... “mi nueva familia”... “la cuñada de mi hija”. Nébel se callaba, y los ojos de la madre brillaban entonces con más fuego.

Hasta que un día la llama se levantó. Nébel había fijado el 18 de octubre para su casamiento. Faltaba más de un mes aún, pero la madre hizo entender claramente al muchacho que quería la presencia de su padre esa noche.

—Será difícil —dijo Nébel después de un mortificante silencio—. Le cuesta mucho salir de noche... No sale nunca.

—¡Ah! —exclamó solo la madre, mordiéndose rápidamente el labio. Otra pausa siguió, pero esta ya de presagio.

—Porque usted no hace un casamiento clandestino ¿verdad?

—¡Oh! —se sonrió difícilmente Nébel—. Mi padre tampoco lo cree.

—¿Y entonces?

Nuevo silencio cada vez más tempestuoso.

—¿Es por mí que su señor padre no quiere asistir?

—¡No, no señora! —exclamó al fin Nébel, impaciente—. Está en su modo de ser... Hablaré de nuevo con él, si quiere.

—¿Yo, querer? —se sonrió la madre dilatando las narices—. Haga lo que le parezca... ¿Quiere irse, Nébel, ahora? No estoy bien.

Nébel salió, profundamente disgustado. ¿Qué iba a decir a su padre? Este sostenía siempre su rotunda oposición a tal matrimonio, y ya el hijo había emprendido las gestiones para prescindir de ella.

—Puedes hacer eso, mucho más, y todo lo que te dé la gana. ¡Pero mi consentimiento para que esa entretenida sea tu suegra, ¡jamás!

Después de tres días Nébel decidió aclarar de una vez ese estado de cosas, y aprovechó para ello un momento en que Lidia no estaba.

—Hablé con mi padre —comenzó Nébel— y me ha dicho que le será completamente imposible asistir.

La madre se puso un poco pálida, mientras sus ojos, en un súbito fulgor, se estiraban hacia las sienes.

—¡Ah! ¿Y por qué?

—No sé —repuso con voz sorda Nébel.

—Es decir... ¿que su señor padre teme mancharse si pone los pies aquí?

—No sé —repitió él con inconsciente obstinación.

—¡Es que es una ofensa gratuita la que nos hace ese señor! ¿Qué se ha figurado? —añadió con voz ya alterada y los labios temblantes—. ¿Quién es él para darse ese tono?

Nébel sintió entonces el fustazo de reacción en la cepa profunda de su familia.

—¡Qué es, no sé! —repuso con la voz precipitada a su vez— pero no solo se niega a asistir, sino que tampoco da su consentimiento.

—¿Qué? ¿qué se niega? ¿Y por qué? ¿Quién es él? ¡El más autorizado para esto!

Nébel se levantó:

—Señora...

Pero ella se había levantado también.

—¡Sí, él! ¡Usted es una criatura! ¡Pregúntele de dónde ha sacado su fortuna, robada a sus clientes! ¡Y con esos aires! ¡Su familia irreprochable, sin mancha, se llena la boca con eso! ¡Su familia!... ¡Dígale que le diga cuántas paredes tenía que saltar para ir a dormir con su mujer, antes de casarse! ¡Sí, y me viene con su familia!... ¡Muy bien, váyase; estoy hasta aquí de hipocresías! ¡Que lo pase bien!

III

Nébel vivió cuatro días vagando en la más honda desesperación. ¿Qué podía esperar después de lo sucedido? Al quinto, y al anochecer, recibió una esquela:

"Octavio: Lidia está bastante enferma, y solo su presencia podría calmarla.

María S. de Arrizabalaga"

Era una treta, no tenía duda. Pero si su Lidia en verdad...

Fue esa noche y la madre lo recibió con una discreción que asombró a Nébel, sin afabilidad excesiva, ni aire tampoco de pecadora que pide disculpa.

—Si quiere verla...

Nébel entró con la madre, y vio a su amor adorado en la cama, el rostro con esa frescura sin polvos que dan únicamente los catorce años, y el cuerpo recogido bajo las ropas que disimulaban notablemente su plena juventud.

Se sentó a su lado, y en balde la madre esperó a que se dijeran algo: no hacían sino mirarse y reír.

De pronto Nébel sintió que estaban solos, y la imagen de la madre surgió nítida: "se va para que en el transporte de mi amor reconquistado, pierda la cabeza y el matrimonio sea así forzoso". Pero en ese cuarto de hora de goce final que le ofrecían adelantado y gratis a costa de un pagaré de casamiento, el muchacho, de dieciocho años, sintió —como otra vez contra la pared— el placer sin la más leve mancha, de un amor puro en toda su aureola de poético idilio.

Solo Nébel pudo decir cuán grande fue su dicha recuperada en pos del naufragio. Él también olvidaba lo que fuera en la madre explosión de calumnia, ansia rabiosa de insultar a los que no lo merecen.

Pero tenía la más fría decisión de apartar a la madre de su vida una vez casados. El recuerdo de su tierna novia, pura y riente en la cama de que se había destendido una punta para él, encendía la promesa de una voluptuosidad íntegra, a la que no había robado ni el más pequeño diamante.

A la noche siguiente, al llegar a lo de Arrizabalaga, Nébel halló el zaguán oscuro. Después de largo rato, la sirvienta entreabrió la vidriera:

—No están las señoras.

—¿Han salido? —preguntó extrañado.

—No, se van a Montevideo... Han ido al Salto a dormir abordo.

—¡Ah! —murmuró Nébel aterrado. Tenía una esperanza aún.

—¿El doctor? ¿Puedo hablar con él?

—No está, se ha ido al club después de comer...

Una vez solo en la calle oscura, Nébel levantó y dejó caer los brazos con mortal desaliento: ¡Se acabó todo! ¡Su felicidad, su dicha reconquistada un día antes, perdida de nuevo y para siempre! Presentía que esta vez no había redención posible. Los nervios de la madre habían saltado a la loca, como teclas, y él no podía hacer ya nada más.

Comenzaba a lloviznar. Caminó hasta la esquina, y desde allí, inmóvil bajo el farol, contempló con estúpida fijeza la casa rosada. Dio una vuelta a la manzana, y tornó a detenerse bajo el farol. ¡Nunca, nunca!

Hasta las once y media hizo lo mismo. Al fin se fue a su casa y cargó el revólver. Pero un recuerdo lo detuvo: meses atrás había prometido a un dibujante alemán que antes de suicidarse —Nébel era adolescente— iría a verlo. Uníalo con el viejo militar de Guillermo una viva amistad, cimentada sobre largas charlas filosóficas.

A la mañana siguiente, muy temprano, Nébel llamaba al pobre cuarto de aquel. La expresión de su rostro era sobrado explícita.

—¿Es ahora? —le preguntó el paternal amigo, estrechándole con fuerza la mano.

—¡Pst! ¡De todos modos!... —repuso el muchacho, mirando a otro lado.

El dibujante, con gran calma, le contó entonces su propio drama de amor.

—Vaya a su casa —concluyó— y si a las once no ha cambiado de idea, vuelva a almorzar conmigo, si es que tenemos qué. Después hará lo que quiera. ¿Me lo jura?

—Se lo juro —contestó Nébel, devolviéndole su estrecho apretón con grandes ganas de llorar.

En su casa lo esperaba una tarjeta de Lidia:

"Idolatrado Octavio: Mi desesperación no puede ser más grande, pero mamá ha visto que si me casaba con usted me estaban reservados grandes dolores, he comprendido como ella que lo mejor era separarnos y le jura no olvidarlo nunca

Su Lidia."

—¡Ah, tenía que ser así! —clamó el muchacho, viendo al mismo tiempo con espanto su rostro demudado en el espejo—. ¡La madre era quien había inspirado la carta, ella y su maldita locura! Lidia no había podido menos que escribir, y la pobre chica, trastornada, lloraba todo su amor en la redacción. ¡Ah! ¡Si pudiera verla algún día, decirle de qué modo la he querido, cuánto la quiero ahora, adorada del alma!

Temblando fue hasta el velador y cogió el revólver, pero recordó su nueva promesa, y durante un rato permaneció inmóvil, limpiando obstinadamente con la uña una mancha del tambor.

224 Otoño

Una tarde, en Buenos Aires, acababa Nébel de subir al *tramway*, cuando el coche se detuvo un momento más del conveniente, y aquel, que leía, volvió al fin la cabeza. Una mujer con lento y difícil paso avanzaba. Tras una rápida ojeada a la incómoda persona, reanudó la lectura. La dama se sentó a su lado, y al hacerlo miró atentamente a Nébel. Este, aunque sentía de vez en cuando la mirada extranjera posada sobre él, prosiguió su lectura; pero al fin se cansó y levantó el rostro extrañado.

—Ya me parecía que era usted —exclamó la dama— aunque dudaba aún... No me recuerda, ¿no es cierto?

—Sí —repuso Nébel abriendo los ojos— la señora de Arrizabalaga...

Ella vio la sorpresa de Nébel, y sonrió con aire de vieja cortesana que trata aún de parecer bien a un muchacho.

De ella, cuando Nébel la conoció once años atrás, solo quedaban los ojos, aunque más hundidos, y apagados ya. El cutis amarillo, con tonos verdosos en las sombras, se resquebrajaba en polvorientos surcos. Los pómulos saltaban ahora, y los labios, siempre gruesos, pretendían ocultar una dentadura del todo cariada. Bajo el cuerpo demacrado se veía viva a la morfina corriendo por entre los nervios agotados y las arterias acuosas, hasta haber convertido en aquel esqueleto, a la elegante mujer que un día hojeó la *Illustration* a su lado.

—Sí, estoy muy envejecida... y enferma; he tenido ya ataques a los riñones... y usted —añadió mirándolo con ternura— ¡siempre igual! Verdad es que no tiene treinta años aún... Lidia también está igual.

Nébel levantó los ojos:

—¿Soltera?

—Sí... ¡Cuánto se alegrará cuando le cuente! ¿Por qué no le da ese gusto a la pobre? ¿No quiere ir a vernos?

—Con mucho gusto —murmuró Nébel.

—Sí, vaya pronto; ya sabe lo que hemos sido para... En fin, Boedo, 1483; departamento 14... Nuestra posición es tan mezquina...

—¡Oh! —protestó él, levantándose para irse. Prometió ir muy pronto.

Doce días después Nébel debía volver al ingenio, y antes quiso cumplir su promesa. Fue allá —un miserable departamento de arrabal—. La señora de Arrizabalaga lo recibió, mientras Lidia se arreglaba un poco.

—¡Conque once años! —observó de nuevo la madre—. ¡Cómo pasa el tiempo! ¡Y usted que podría tener una infinidad de hijos con Lidia!

—Seguramente —sonrió Nébel, mirando a su rededor.

—¡Oh! ¡no estamos muy bien! Y sobre todo como debe estar puesta su casa... Siempre oigo hablar de sus cañaverales... ¿Es ese su único establecimiento?

—Sí... en Entre Ríos también...

—¡Qué feliz! Si pudiera uno... ¡Siempre deseando ir a pasar unos meses en el campo, y siempre con el deseo!

Se calló, echando una fugaz mirada a Nébel. Este con el corazón apretado, revivía nítidas las impresiones enterradas once años en su alma.

—Y todo esto por falta de relaciones... ¡Es tan difícil tener un amigo en esas condiciones!

El corazón de Nébel se contraía cada vez más, y Lidia entró.

Estaba también muy cambiada, porque el encanto de un candor y una frescura de los catorce años, no se vuelve a hallar más en la mujer de veintiséis. Pero bella siempre. Su olfato masculino sintió en la mansa tranquilidad de su mirada, en su cuello mórbido, y en todo lo indefinible que denuncia al hombre el amor ya gozado, que debía guardar velado para siempre, el recuerdo de la Lidia que conoció.

Hablaron de cosas muy triviales, con perfecta discreción de personas maduras. Cuando ella salió de nuevo un momento, la madre reanudó:

—Sí, está un poco débil... Y cuando pienso que en el campo se repondría en seguida... Vea, Octavio: ¿me permite ser franca con usted? Ya sabe que lo he querido como a un hijo... ¿No podríamos pasar una temporada en su establecimiento? ¡Cuánto bien le haría a Lidia!

—Soy casado —repuso Nébel.

La señora tuvo un gesto de viva contrariedad, y por un instante su decepción fue sincera; pero en seguida cruzó sus manos cómicas:

—¡Casado, usted! ¡Oh, qué desgracia, qué desgracia! ¡Perdóneme, ya sabe!... No sé lo que digo... ¿Y su señora vive con usted en el ingenio?

—Sí, generalmente... Ahora está en Europa.

—¡Qué desgracia! Es decir... ¡Octavio! —añadió abriendo los brazos con lágrimas en los ojos:— a usted le puedo contar, usted ha sido casi mi hijo... ¡Estamos poco menos que en la miseria! ¿Por qué no quiere que vaya con Lidia? Voy a tener con usted una confesión de madre —concluyó con una pastosa sonrisa y bajando la voz:— usted conoce bien el corazón de Lidia, ¿no es cierto?

Esperó respuesta, pero Nébel permaneció callado.

—¡Sí, usted la conoce! ¿Y cree que Lidia es mujer capaz de olvidar cuando ha querido?

Ahora había reforzado su insinuación con una leve guiñada. Nébel valoró entonces de golpe el abismo en que pudo haber caído antes. Era siempre la misma madre, pero ya envilecida por su propia alma vieja, la morfina y la pobreza. Y Lidia... Al verla otra vez había sentido un brusco golpe de deseo por la mujer actual de garganta llena y ya estremecida. Ante el tratado comercial que le ofrecían, se echó en brazos de aquella rara conquista que le deparaba el destino.

—¿No sabes, Lidia? —prorrumpió alborozada, al volver su hija— Octavio nos invita a pasar una temporada en su establecimiento. ¿Qué te parece?

Lidia tuvo una fugitiva contracción de las cejas y recuperó su serenidad.

—Muy bien, mamá...

—¡Ah! ¿no sabes lo qué dice? Está casado. ¡Tan joven aún! Somos casi de su familia...

Lidia volvió entonces los ojos a Nébel, y lo miró un momento con dolorosa gravedad.

—¿Hace tiempo? —murmuró.

—Cuatro años —repuso él en voz baja. A pesar de todo, le faltó ánimo para mirarla.

Invierno

No hicieron el viaje juntos, por último escrúpulo de casado en una línea donde era muy conocido; pero al salir de la estación subieron en el brec de la casa. Cuando Nébel quedaba solo en el ingenio, no guardaba a su servicio doméstico más que a una vieja india, pues —a más de su propia frugalidad— su mujer se llevaba consigo toda la servidumbre. De este modo presentó sus acompañantes a la fiel nativa como una tía anciana y su hija, que venían a recobrar la salud perdida.

Nada más creíble, por otro lado, pues la señora decaía vertiginosamente. Había llegado deshecha, el pie incierto y pesadísimo, y en su facies angustiosa la morfina, que había sacrificado cuatro horas seguidas a ruego de Nébel, pedía a gritos una corrida por dentro de aquel cadáver viviente.

Nébel, que cortara sus estudios a la muerte de su padre, sabía lo suficiente para prever una rápida catástrofe; el riñón, íntimamente atacado, tenía a veces paros peligrosos que la morfina no hacía sino precipitar.

Ya en el coche, no pudiendo resistir más, había mirado a Nébel con transida angustia:

—Si me permite, Octavio... ¡no puedo más! Lidia, ponte delante.

La hija, tranquilamente, ocultó un poco a su madre, y Nébel oyó el crujido de la ropa violentamente recogida para pinchar el muslo.

Súbitamente los ojos se encendieron, y una plenitud de vida cubrió como una máscara aquella cara agónica.

—Ahora estoy bien... ¡qué dicha! Me siento bien.

—Debería dejar eso —dijo rudamente Nébel, mirándola de costado—. Al llegar, estará peor.

—¡Oh, no! Antes morir aquí mismo.

Nébel pasó todo el día disgustado, y decidido a vivir cuanto le fuera posible sin ver en Lidia y su madre más que dos pobres enfermas. Pero al caer la tarde, y como las fieras que empiezan a esa hora a afilar las uñas, el celo de varón comenzó a relajarle la cintura en lasos escalofríos.

Comieron temprano, pues la madre, quebrantada, deseaba acostarse de una vez. No hubo tampoco medio de que tomara exclusivamente leche.

—¡Huy! ¡qué repugnancia! No la puedo pasar. ¿Y quiere que sacrifique los últimos años de mi vida, ahora que podría morir contenta?

Lidia no pestañeó. Había hablado con Nébel pocas palabras, y solo al fin del café la mirada de este se clavó en la de ella; pero Lidia bajó la suya en seguida.

Cuatro horas después Nébel abría sin ruido la puerta del cuarto de Lidia.

—¡Quién es! —sonó de pronto la voz azorada.

—Soy yo —murmuró Nébel en voz apenas sensible.

Un movimiento de ropas, como el de una persona que se sienta bruscamente en la cama, siguió a sus palabras, y el silencio reinó de nuevo. Pero cuando la mano de Nébel tocó en la oscuridad un brazo tibio, el cuerpo tembló entonces en una honda sacudida.

* * * * *

Luego, inerte al lado de aquella mujer que ya había conocido el amor antes que él llegara, subió de lo más recóndito del alma de Nébel, el santo orgullo de su adolescencia de no haber tocado jamás, de no haber robado ni un beso siquiera, a la criatura que lo miraba con radiante candor. Pensó en las palabras de Dostojewsky, que hasta ese momento no había comprendido: “Nada hay más bello y que fortalezca más en la vida, que un puro recuerdo”. Nébel lo había guardado, ese recuerdo sin mancha, pureza inmaculada de sus dieciocho años, y que ahora estaba allí, enfangado hasta el cáliz sobre una cama de sirvienta...

Sintió entonces sobre su cuello dos lágrimas pesadas, silenciosas. Ella a su vez recordaría... Y las lágrimas de Lidia continuaban una tras otra, regando como una tumba el abominable fin de su único sueño de felicidad.

II

Durante diez días la vida prosiguió en común, aunque Nébel estaba casi todo el día afuera. Por tácito acuerdo, Lidia y él se encontraban muy pocas veces solos, y aunque de noche volvían a verse, pasaban aún entonces largo tiempo callados.

Lidia tenía ella misma bastante que hacer cuidando a su madre, postrada al fin. Como no había posibilidad de reconstruir lo ya podrido, y aún a trueque del peligro inmediato que ocasionara, Nébel pensó en suprimir la morfina. Pero se abstuvo una mañana que entró bruscamente en el comedor, al sorprender a Lidia que se bajaba precipitadamente las faldas. Tenía en la mano la jeringuilla, y fijó en Nébel su mirada espantada.

—¿Hace mucho tiempo que usas eso? —le preguntó él al fin.

—Sí —murmuró Lidia, doblando en una convulsión la aguja.

Nébel la miró aún y se encogió de hombros.

Sin embargo, como la madre repetía sus inyecciones con una frecuencia terrible para ahogar los dolores de su riñón que la morfina concluía de matar, Nébel se decidió a intentar la salvación de aquella desgraciada, sustrayéndole la droga.

—¡Octavio! ¡me va a matar! —clamó ella con ronca súplica—. ¡Mi hijo Octavio! ¡no podría vivir un día!

—¡Es que no vivirá dos horas si le dejo eso!— cortó Nébel.

—¡No importa, mi Octavio! ¡Dame, dame la morfina!

Nébel dejó que los brazos se tendieran inútilmente a él, y salió con Lidia.

—¿Tú sabes la gravedad del estado de tu madre?

—Sí... Los médicos me habían dicho...

Él la miró fijamente.

—Es que está mucho peor de lo que imaginas.

Lidia se puso lívida, y mirando afuera entrecerró los ojos y se mordió los labios en un casi sollozo.

—¿No hay médico aquí? —murmuró.

—Aquí no, ni en diez leguas a la redonda; pero buscaremos.

Esa tarde llegó el correo cuando estaban solos en el comedor, y Nébel abrió una carta.

—¿Noticias? —preguntó Lidia levantando inquieta los ojos a él.

—Sí —repuso Nébel, prosiguiendo la lectura.

—¿Del médico? —volvió Lidia al rato, muchos más ansiosa aún.

—No, de mi mujer —repuso él con la voz dura, sin levantar los ojos.

A las diez de la noche Lidia llegó corriendo a la pieza de Nébel.

—¡Octavio! ¡mamá se muere!...

Corrieron al cuarto de la enferma. Una intensa palidez cadaverizaba ya el rostro. Tenía los labios desmesuradamente hinchados y azules, y por entre ellos se escapaba un remedo de palabra, gutural y a boca llena:

—Pla... pla... pla...

Nébel vio en seguida sobre el velador el frasco de morfina, casi vacío.

—¡Es claro, se muere! ¿Quién le ha dado esto? —preguntó.

—¡No sé, Octavio! Hace un rato sentí ruido... Seguramente lo fue a buscar a tu cuarto cuando no estabas... ¡Mamá, pobre mamá! —cayó sollozando sobre el miserable brazo que pendía hasta el piso.

Nébel la pulsó; el corazón no daba más, y la temperatura caía. Al rato los labios callaron su pla... pla, y en la piel aparecieron grandes manchas violeta.

A la una de la mañana murió. Esa tarde, tras el entierro, Nébel esperó que Lidia concluyera de vestirse, mientras los peones cargaban las valijas en el carruaje.

—Toma esto —le dijo cuando se aproximó a él, tendiéndole un cheque de diez mil pesos.

Lidia se estremeció violentamente, y sus ojos enrojecidos se fijaron de lleno en los de Nébel. Pero este sostuvo la mirada.

—¡Toma, pues! —repitió sorprendido.

Lidia lo tomó y se bajó a recoger su valijita. Nébel se inclinó sobre ella.

—Perdóname —le dijo—. No me juzgues peor de lo que soy.

En la estación esperaron un rato y sin hablar, junto a la escalerilla del vagón, pues el tren no salía aún. Cuando la campana sonó, Lidia le tendió la mano y se dispuso a subir. Nébel la oprimió, y quedó un largo rato sin soltarla, mirándola. Luego, avanzando, recogió a Lidia de la cintura y la besó hondamente en la boca.

El tren partió. Inmóvil, Nébel siguió con la vista la ventanilla que se perdía.

Pero Lidia no se asomó.

Yaguaí

Ahora bien, no podía ser sino allí. Yaguaí olfateó la piedra —un sólido bloque de mineral de hierro— y dio una cautelosa vuelta en torno. Bajo el sol a mediodía de Misiones, el aire vibraba sobre el negro peñasco, fenómeno este que no seducía al fox-terrier. Allí abajo, sin embargo, estaba la lagartija. Giró nuevamente alrededor, resopló en un intersticio, y, para honor de la raza, rascó un instante el bloque ardiente. Hecho lo cual regresó con paso perezoso, que no impedía un sistemático olfateo a ambos lados.

Entró en el comedor, echándose entre el aparador y la pared, fresco refugio que él consideraba como suyo, a pesar de tener en su contra la opinión de toda la casa. Pero el sombrío rincón, admirable cuando a la depresión de la atmósfera acompaña la falta de aire, tornábase imposible en un día de viento norte. Era este un flamante conocimiento del fox—terrier, en quien luchaba aún la herencia del país templado —Buenos Aires, patria de sus abuelos y suya— donde sucede precisamente lo contrario. Salió, por lo tanto, afuera, y se sentó bajo un naranjo, en pleno viento de fuego, pero que facilitaba inmensamente la respiración. Y como los perros transpiran muy poco, Yaguaí apreciaba cuanto es debido el viento evaporizador sobre la lengua danzante puesta a su paso.

El termómetro alcanzaba en ese momento a 40°. Pero los fox-terriers de buena cuna son singularmente falaces en cuanto a promesas de quietud se refiera. Bajo aquel mediodía de fuego, sobre la meseta volcánica que la roja arena tornaba aún más calcinante, había lagartijas.

Con la boca ahora cerrada, Yaguaí transpuso el tejido de alambre y se halló en pleno campo de caza. Desde septiembre no había logrado otra ocupación a las siestas bravas. Esta vez rastreó cuatro de las pocas que quedaban ya, cazó tres, perdió una, y se fue entonces a bañar.

A cien metros de la casa, en la base de la meseta y a orillas del bananal, existía un pozo en piedra viva de factura y forma originales, pues siendo comenzado a dinamita por un profesional, habíalo concluido un aficionado con pala de punta. Verdad es que no media sino dos metros de hondura, tendiéndose en larga escarpa por un lado, a modo de tajamar. Su fuente, bien que superficial, resistía a secas de dos meses, lo que es bien meritorio en Misiones.

Allí se bañaba el fox-terrier, primero la lengua, después el vientre sentado en el agua, para concluir con una travesía a nado. Volvía luego a la casa, siempre que algún rastro no se atravesara en su camino. Al caer el sol, tornaba al pozo; de aquí que Yaguaí sufriera vagamente de pulgas, y con bastante facilidad el calor tropical para el que su raza no había sido creada.

El instinto combativo del fox-terrier se manifestó normalmente contra las hojas secas; subió luego a las mariposas y su sombra, y se fijó por fin en las lagartijas. Aún en noviembre, cuando tenía ya en jaque a todas las ratas de la casa, su gran encanto eran los saurios. Los peones que por a o b llegaban a la siesta, admiraron siempre la obstinación del perro, resoplando en cuevitas bajo un sol de fuego, si bien la admiración de aquellos no pasaba del cuadro de caza.

—Eso —dijo uno un día, señalando al perro con una vuelta de cabeza— no sirve más que para bichitos...

El dueño de Yaguaí lo oyó:

—Tal vez —repuso— pero ninguno de los famosos perros de ustedes sería capaz de hacer lo que hace ese.

Los hombres se sonrieron sin contestar.

Cooper, sin embargo, conocía bien a los perros de monte, y su maravillosa aptitud para la caza a la carera, que su fox-terrier ignoraba. ¿Enseñarle? Acaso; pero él no tenía cómo hacerlo.

Precisamente esa misma tarde un peón se quejó a Cooper de los venados que estaban concluyendo con los porotos. Pedía escopeta, porque aunque él tenía un perro, no podía sino a veces alcanzarlos de un palo...

Cooper prestó la escopeta, y aún propuso ir esa noche al rozado.

—No hay luna —objetó el peón.

—No importa. Suelte el perro y veremos si el mío lo sigue.

Esa noche fueron al plantío. El peón soltó a su perro, y el animal se lanzó en seguida en las tinieblas del monte, en busca de un rastro.

Al ver partir a su compañero, Yaguaí intentó en vano forzar la barrera de caraguatá. Logrolo al fin, y siguió la pista del otro. Pero a los dos minutos regresaba, muy contento de aquella escapatoria nocturna. Eso sí, no quedó agujerito sin olfatear en diez metros a la redonda.

Pero cazar tras el rastro, en el monte, a un galope que puede durar muy bien desde la madrugada hasta las tres de la tarde, eso no. El perro del peón halló una pista, muy lejos, que perdió en seguida. Una hora después volvía a su amo, y todos juntos regresaron a la casa.

La prueba, si no concluyente, desanimó a Cooper. Se olvidó luego de ello, mientras el fox-terrier continuaba cazando ratas, algún lagarto o zorro en su cueva, y lagartijas.

Entretanto, los días se sucedían unos a otros, enceguecientes, pesados, en una obstinación de viento norte que doblaba las verduras en lacios colgajos, bajo el blanco cielo de los mediodías tórridos. El termómetro se mantenía a 38-40, sin la más remota esperanza de lluvia. Durante cuatro días el tiempo se cargó; con asfixiante calma y aumento de calor. Y cuando se perdió al fin la esperanza de que el sur devolviera en torrentes de agua todo el viento de fuego recibido un mes entero del norte, la gente se resignó a una desastrosa sequía.

El fox-terrier vivió desde entonces sentado bajo

su naranjo, porque cuando el calor traspasa cierto límite razonable, los perros no respiran bien, echados. Con la lengua de fuera y los ojos entornados, asistió a la muerte progresiva de cuanto era brotación primaveral. La huerta se perdió rápidamente. El maizal pasó del verde claro a una blancura amarillenta, y a fines de noviembre solo quedaban de él columnitas truncas sobre la negrura desolada del rozado. La mandioca, heroica entre todas, resistía bien.

El pozo del fox-terrier —agotada su fuente— perdió día a día su agua verdosa, y tan caliente que Yaguaí no iba a él sino de mañana, si bien ahora hallaba rastros de apereás, agutíes y hurones, que la sequía del monte forzaba hasta aquel.

En vuelta de su baño, el perro se sentaba de nuevo, viendo aumentar poco a poco el viento, mientras el termómetro, refrescado a 15 al amanecer, llegaba a 41 a las dos de la tarde. La sequedad del aire llevaba a beber al fox-terrier cada media hora, debiendo entonces luchar con las avispas y abejas que invadían los baldes, muertas de sed. Las gallinas, con las alas en tierra, jadeaban tendidas a la triple sombra de los bananos, la glorieta y la enredadera de flor roja, sin atreverse a dar un paso sobre la arena abrasada, y bajo un sol que mataba instantáneamente a las hormigas rubias.

Alrededor, cuanto abarcaba los ojos del fox-terrier, los bloques de hierro, el pedregullo volcánico, el monte mismo, danzaba, mareado de calor. Al oeste, en el fondo del valle boscoso, hundido en la depresión de la doble sierra, el Paraná yacía, muerto a esa hora en su agua de cinc, esperando la caída de la tarde para revivir. La atmósfera, entonces, ligeramente ahumada hasta esa hora, se velaba al horizonte en denso vapor, tras el cual el sol, cayendo sobre el río, sosteníase asfixiado en perfecto círculo de sangre. Y mientras el viento cesaba por completo y en el aire aún abrasado Yaguaí arrastraba por la meseta su diminuta mancha blanca, las palmeras, recortándose inmóviles sobre el río cuajado en rubí, infundían en el paisaje una sensación de lujoso y sombrío oasis.

Los días se sucedían iguales. El pozo del fox-terrier se secó, y las asperezas de la vida, que hasta entonces evitaran a Yaguaí, comenzaron para él esa misma tarde.

Desde tiempo atrás, el perrito blanco había sido muy solicitado por un amigo de Cooper, hombre de selva cuyos muchos ratos perdidos se pasaban en el monte tras los tatetos. Tenía tres perros magníficos para esta caza, aunque muy inclinados a rastrear coatíes, lo que envolviendo una pérdida de tiempo para el cazador, constituye también la posibilidad de un desastre, pues la dentellada de un coatí degüella sistemáticamente al perro que no supo cogerlo.

Fragoso, habiendo visto un día trabajar al fox-terrier en un asunto de irara, que Yaguaí forzó a estarse definitivamente quieta, dedujo que un perrito que tenía ese talento especial para morder justamente entre cruz y pescuezo, no era un perro cualquiera, por más corta que tuviera la cola. Por lo que instó repetidas veces a Cooper a que le prestara a Yaguaí.

—Yo te lo voy a enseñar bien a usted, patrón —le decía.

—Tiene tiempo —respondía Cooper.

Pero en esos días abrumadores —la visita de Fragoso avivando el recuerdo de aquello— Cooper le entregó su perro a fin de que le enseñara a correr.

Corrió, sin duda, mucho más de lo que hubiera deseado el mismo Cooper.

Fragoso vivía en la margen izquierda del Yabebirí, y había plantado en octubre un mandiocal que no producía aún, y media hectárea de maíz y porotos, totalmente perdida. Esto último, específico para el cazador, tenía para Yaguaí muy poca importancia, trastornándole en cambio la nueva alimentación. Él, que en casa de Cooper coleaba ante la mandioca simplemente cocida, para no ofender a su amo, y olfateaba por tres o cuatro lados el locro, para no quebrar del todo con la cocinera, conoció la angustia de los ojos brillantes y fijos en el amo que come, para concluir lamiendo el plato que sus tres compañeros habían pulido ya, esperando ansiosamente el puñado de maíz sancochado que les daban cada día.

Los tres perros salían de noche a cazar por su cuenta —maniobra esta que entraba en el sistema educacional del cazador— pero el hambre, que llevaba a aquellos naturalmente al monte a rastrear para comer, inmovilizaba al fox-terrier en el rancho, único lugar del mundo donde podía hallar comida. Los perros que no devoran la caza, serán siempre malos cazadores; y justamente la raza a que pertenecía Yaguaí, caza desde su creación por simple sport.

Fragoso intentó algún aprendizaje con el fox-terrier. Pero siendo Yaguaí mucho más perjudicial que útil al trabajo desenvuelto de sus tres perros, lo relegó desde entonces en el rancho a espera de mejores tiempos para esa enseñanza.

Entretanto, la mandioca del año anterior comenzaba a concluirse, las últimas espigas de maíz

rodaron por el suelo, blancas y sin un grano, y el hambre, ya dura para los tres perros nacidos con ella, royó las entrañas de Yaguaí. En aquella nueva vida había adquirido con pasmosa rapidez el aspecto humillado, servil y traicionero de los perros del país. Aprendió entonces a merodear de noche en los ranchos vecinos, avanzando con cautela, las piernas dobladas y elásticas, hundiéndose lentamente al pie de una mata de espartillo, al menor rumor hostil. Aprendió a no ladrar por más furor o miedo que tuviera, y a gruñir de un modo particularmente sordo, cuando el cuzco de un rancho defendía a este del pillaje. Aprendió a visitar los gallineros, a separar dos platos encimados con el hocico, y a llevarse en la boca una lata con grasa, a fin de vaciarla en la impunidad del pajonal. Conoció el gusto de las guascas ensebadas, de los zapatones untados de grasa, del hollín pegoteado de una olla, y —alguna vez— de la miel recogida y guardada en un trozo de tacuara. Adquirió la prudencia necesaria para apartarse del camino cuando un pasajero avanzaba, siguiéndolo con los ojos, aguachado entre el pasto. Y a fines de enero, de la mirada encendida, las orejas firmes sobre los ojos, y el rabo alto y provocador del fox-terrier, no quedaba sino un esqueletillo sarnoso, de orejas echadas atrás y rabo hundido y traicionero, que trotaba furtivamente por los caminos.

La sequía continuaba; el monte quedó poco a poco desierto, pues los animales se concentraban en los hilos de agua que habían sido grandes arroyos. Los tres perros forzaban la distancia que los separaba del abrevadero de las bestias, con éxito mediano, pues siendo este muy frecuentado a su vez por los yaguareteí, la caza menor tornábase desconfiada. Fragoso, preocupado con la ruina del rozado y disgustos con el propietario de su tierra, no tenía humor para cazar, ni aún por hambre. Y la situación amenazaba así tornarse muy crítica, cuando una circunstancia fortuita trajo un poco de aliento a la lamentable jauría.

Fragoso debió ir a San Ignacio, y los cuatro perros, que fueron con él, sintieron en sus narices dilatadas una impresión de frescura vegetal —vaguísima, si se quiere— pero que acusaba un poco de vida en aquel infierno de calor y seca. En efecto, la región había sido menos azotada, resultas de lo cual algunos maizales, aunque miserables, se sostenían en pie.

No comieron ese día; pero al regresar jadeando detrás del caballo, los perros no olvidaron aquella sensación de frescura, y a la noche siguiente salían juntos en mudo trote hacia San Ignacio.

En la orilla del Yabebirí se detuvieron oliendo el agua y levantando el hocico trémulo a la otra costa. La luna salía entonces, con su amarillenta luz de menguante. Los perros avanzaron cautelosamente sobre el río a flor de piedra, saltando aquí, nadando allá, en un paso que en agua normal no da fondo a tres metros.

Sin sacudirse casi, reanudaron el trote silencioso y tenaz hacia el maizal más cercano. Allí el fox-terrier

vio cómo sus compañeros quebraban los tallos con los dientes, devorando en secos mordiscos que entraban hasta el marlo, las espigas en choclo. Hizo lo mismo; y durante una hora, en el rozado negro de árboles quemados, que la fúnebre luz del menguante volvía más espectral, los perros se movieron de aquí para allá entre las cañas, gruñéndose mutuamente.

Volvieron tres veces más, hasta que la última noche un estampido demasiado cercano los puso en guardia. Mas coincidiendo esta aventura con la mudanza de Fragoso a San Ignacio, los perros no sintieron mucho.

Fragoso había logrado por fin trasladarse allá, en el fondo de la colonia. El monte, entretejido de tacuapí, denunciaba tierra excelente; y aquellas inmensas madejas de bambú, tendidas en el suelo con el machete, debían de preparar magníficos rozados.

Cuando Fragoso se instaló, el tacuapí comenzaba a secarse. Rozó y quemó rápidamente un cuarto de hectárea, confiando en algún milagro de lluvia. El tiempo se descompuso, en efecto; el cielo blanco se tornó plomo, y en las horas más calientes se transparentaban en el horizonte lívidas orlas de cúmulos. El termómetro a 39 y el viento norte soplando con furia, trajeron al fin doce milímetros de agua, que Fragoso aprovechó para su maíz, muy contento. Lo vio nacer, lo vio crecer magníficamente hasta cinco centímetros, pero nada más.

En el tacuapí, bajo él y alimentándose acaso de sus brotes, viven infinidad de roedores. Cuando aquel se seca, sus huéspedes se desbandan, el hambre los lleva forzosamente a las plantaciones; y de este modo los tres perros de Fragoso, que salían una noche, volvieron en seguida restregándose el hocico mordido. Fragoso mató esa misma noche cuatro ratas que asaltaban su lata de grasa.

Yaguaí no estaba allí. Pero a la noche siguiente, él y sus compañeros se internaban en el monte (aunque el fox-terrier no corría tras el rastro, sabía perfectamente desenfundar tatús y hallar nidos de urúes), cuando el primero se sorprendió del rodeo que efectuaban sus compañeros para no cruzar el rozado. Yaguaí avanzó por este, no obstante; y un momento después lo mordían en una pata, mientras rápidas sombras corrían a todos lados.

Yaguaí vio lo que era; e instantáneamente, en plena barbarie de bosque tropical y miseria, surgieron los ojos brillantes, el rabo alto y duro, y la actitud batalladora del admirable perro inglés. Hambre, humillación, vicios adquiridos, todo se borró en un segundo ante las ratas que salían de todas partes. Y cuando volvió por fin a echarse, ensangrentado, muerto de fatiga, tuvo que saltar tras las ratas hambrientas que invadían literalmente el rancho.

Fragoso quedó encantado de aquella brusca energía de nervios y músculos que no recordaba más, y subió a su memoria el recuerdo del viejo combate con la irara; era la misma mordida sobre la cruz: un golpe seco de mandíbula, y a otra rata.

Comprendió también de dónde provenía aquella nefasta invasión, y con larga serie de juramentos

en voz alta, dio su maizal por perdido. ¿Qué podía hacer Yaguaí solo? Fue al rozado, acariciando al fox-terrier, y silbó a sus perros; pero apenas los rastreadores de tigres sentían los dientes de las ratas en el hocico, chillaban, restregándolo a dos patas. Fragoso y Yaguaí hicieron solos el gasto de la jornada, y si el primero sacó de ella la muñeca dolorida, el segundo echaba al respirar burbujas sanguinolentas por la nariz.

En doce días, a pesar de cuanto hicieron Fragoso y el fox-terrier para salvarlo, el rozado estaba perdido. Las ratas, al igual de las martinetas, saben muy bien desenterrar el grano adherido aún a la plantita. El tiempo, otra vez de fuego, no permitía ni la sombra de nueva plantación, y Fragoso se vio forzado a ir a San Ignacio en busca de trabajo, llevando al mismo tiempo su perro a Cooper, que él no podía ya entretener poco ni mucho. Lo hacía con verdadera pena, pues las últimas aventuras, colocando al fox-terrier en su verdadero teatro de caza, habían levantado muy alta la estima del cazador por el perrito blanco.

En el camino, el fox-terrier oyó, lejano, el ruido de carretería de los pajonales del Yabebirí ardiendo con la sequía; vio a la vera del bosque a las vacas que soportando la nube de tábanos, doblaban los catiguás con el pecho, avanzando montadas sobre el tronco arqueado hasta alcanzar las hojas. Vio al mismo monte subtropical secándose en los pedregales, y sobre el brumoso horizonte de las tardes de 38-40, volvió a ver el sol cayendo asfixiado en un círculo rojo y mate.

Media hora después llegaban a San Ignacio, y siendo ya tarde para llegar hasta lo de Cooper, Fragoso aplazó para la mañana siguiente su visita. Los tres perros, aunque muertos de hambre, no se aventuraron mucho a merodear en país desconocido, con excepción de Yaguaí, al que el recuerdo bruscamente despierto de las viejas carreras delante del caballo de Cooper, llevaba en línea recta a casa de su amo.

Las circunstancias anormales porque pasaba el país con la sequía de cuatro meses —y es preciso saber lo que esto supone en Misiones— hacía que los perros de los peones, ya famélicos en tiempo de abundancia, llevaran sus pillajes nocturnos a un grado intolerable. En pleno día, Cooper había tenido ocasión de perder tres gallinas, arrebatadas por los perros hacia el monte. Y si se recuerda que el ingenio de un poblador haragán llega a enseñar a sus cachorros esta maniobra para aprovecharse ambos de la presa, se comprenderá que Cooper perdiera la paciencia, descargando irremisiblemente su escopeta sobre todo ladrón nocturno. Aunque no usaba sino perdigones, la lección era asimismo dura.

Así una noche, en el momento que se iba a acostar, percibió su oído alerta el ruido de las uñas enemigas, tratando de forzar el tejido de alambre. Con un gesto de fastidio descolgó la escopeta, y saliendo afuera vio una mancha blanca que avanzaba dentro del patio. Rápidamente hizo fuego, y a los aullidos traspasantes del animal arrastrándose sobre las patas traseras, tuvo un fugitivo sobresalto, que no pudo explicar y se desvaneció en seguida. Llegó hasta el lugar, pero el perro había desaparecido ya, y entró de nuevo.

—¿Qué fue, papá? —le preguntó desde la cama su hija—. ¿Un perro?

—Sí —repuso Cooper colgando la escopeta—. Le tiré un poco de cerca...

—¿Grande el perro, papá?

—No, chico.

Pasó un momento.

—¡Pobre Yaguaí! —prosiguió Julia—. ¡Cómo estará!

Súbitamente Cooper recordó la impresión sufrida al oír aullar al perro: algo de su Yaguaí había allí... Pero pensando también en cuán remota era esa probabilidad, se durmió.

Fue a la mañana siguiente, muy temprano, cuando Cooper, siguiendo el rastro de sangre, halló a Yaguaí muerto al borde del pozo del bananal.

De pésimo humor volvió a casa, y la primer pregunta de Julia fue por el perro chico.

—¿Murió, papá?

—Sí, allá en el pozo... es Yaguaí.

Cogió la pala, y seguido de sus dos hijos consternados, fue al pozo. Julia, después de mirar un momento inmóvil, se acercó despacio a sollozar junto al pantalón de Cooper.

—¡Qué hiciste, papá!

—No sabía, chiquita... Apártate un momento.

En el bananal enterró a su perro, apisonó la tierra encima, y regresó profundamente disgustado, llevando de la mano a sus dos chicos, que lloraban despacio para que su padre no los sintiera.

CUENTOS DE LA SELVA

El loro pelado

Había una vez una bandada de loros que vivía en el monte.

De mañana temprano iban a comer choclos a la chacra, y de tarde comían naranjas. Hacían gran barullo con sus gritos, y tenían siempre un loro de centinela en los árboles más altos, para ver si venía alguien.

Los loros son tan dañinos como la langosta, porque abren los choclos para picotearlos, los cuales, después se pudren con la lluvia. Y como al mismo tiempo los loros son ricos para comerlos guisados, los peones los cazaban a tiros.

Un día un hombre bajó de un tiro a un loro centinela, el que cayó herido y peleó un buen rato antes de dejarse agarrar. El peón lo llevó a la casa, para los hijos del patrón; los chicos lo curaron porque no tenía más que un ala rota. El loro se curó muy bien, y se amansó completamente. Se llamaba Pedrito. Aprendió a dar la pata; le gustaba estar en el hombro de las personas y les hacía cosquillas en la oreja.

Vivía suelto, y pasaba casi todo el día en los naranjos y eucaliptos del jardín. Le gustaba también burlarse de las gallinas. A las cuatro o cinco de la tarde, que era la hora en que tomaban el té en la casa, el loro entraba también en el comedor, y se subía por el mantel, a comer pan mojado en leche. Tenía locura por el té con leche.

Tanto se daba Pedrito con los chicos, y tantas cosas le decían las criaturas, que el loro aprendió a hablar.

Decía: "¡Buen día, lorito! "¡Rica la papa!" "¡Papa para Pedrito!..." Decía otras cosas más que no se pueden decir, porque los loros, como los chicos, aprenden con gran facilidad malas palabras.

Cuando llovía, Pedrito se encrespaba y se contaba a sí mismo una porción de cosas, muy bajito. Cuando el tiempo se componía, volaba entonces gritando como un loco.

Era, como se ve, un loro bien feliz, que además de ser libre, como lo desean todos los pájaros, tenía también, como las personas ricas, su *five o'clock tea.*

Ahora bien: en medio de esta felicidad, sucedió que una tarde de lluvia salió por fin el sol después de cinco días de temporal, y Pedrito se puso a volar gritando:

—¡Qué lindo día, lorito!... ¡Rica, papa!... ¡La pata, Pedrito!... y volaba lejos, hasta que vio debajo de él, muy abajo, el río Paraná, que parecía una lejana y ancha cinta blanca. Y siguió, siguió volando, hasta que se asentó por fin en un árbol a descansar.

Y he aquí que de pronto vio brillar en el suelo, a través de las ramas, dos luces verdes, como enormes bichos de luz.

—¿Qué será? —se dijo el loro— ¡Rica, papa!... ¿Qué será eso?... ¡Buen día, Pedrito!... El loro hablaba siempre así, como todos los loros, mezclando las palabras sin ton ni son, y a veces costaba entenderlo. Y como era muy curioso, fue bajando de rama en rama, hasta acercarse.

Entonces vio que aquellas dos luces verdes eran los ojos de un tigre que estaba agachado, mirándolo fijamente.

Pero Pedrito estaba tan contento con el lindo día, que no tuvo ningún miedo.

—¡Buen día, tigre! —le dijo— ¡La pata, Pedrito!...

Y el tigre, con esa voz terriblemente ronca que tiene, le respondió:

—¡Bu—en día!

—¡Buen día, tigre! —repitió el loro—. ¡Rica, papa!... ¡rica, papa!... ¡rica papa!...

Y decía tantas veces "¡rica papa!" porque ya eran las cuatro de la tarde, y tenía muchas ganas de tomar té con leche. El loro se había olvidado de que los bichos del monte no toman té con leche, y por esto lo convidó al tigre.

—¡Rico té con leche! —le dijo—. ¡Buen día, Pedrito!... ¿Quieres tomar té con leche conmigo, amigo tigre?

Pero el tigre se puso furioso porque creyó que el loro se reía de él, y además, como tenía a su vez hambre, se quiso comer al pájaro hablador. Así que le contestó:

—¡Bue-no! ¡Acérca-te un po-co que soy sor-do!

El tigre no era sordo; lo que quería era que Pedrito se acercara mucho para agarrarlo de un zarpazo. Pero el loro no pensaba sino en el gusto que tendrían en la casa cuando él se presentara a tomar té con leche con aquel magnífico amigo. Y voló hasta otra rama más cerca dei suelo.

—¡Rica, papa, en casa! —repitió gritando cuanto podía.

—¡Más cer-ca! ¡No oi-go! —respondió el tigre con su voz ronca.

El loro se acercó un poco más y dijo:

—¡Rico, té con leche!

—¡Más cer-ca toda-vía! —repitió el tigre.

El pobre loro se acercó aún más, y en ese momento el tigre dio un terrible salto, tan alto como una casa, y alcanzó con la punta de las uñas a Pedrito. No alcanzó a matarlo, pero le arrancó todas las plumas del lomo y la cola entera. No le quedó una sola pluma en la cola.

—¡Tomá! —rugió el tigre—. Andá a tomar té con leche...

El loro, gritando de dolor y de miedo, se fue volando, pero no podía volar bien, porque le faltaba la cola, que es como el timón de los pájaros. Volaba cayéndose en el aire de un lado para otro, y todos los pájaros que lo encontraban se alejaban asustados de aquel bicho raro.

Por fin pudo llegar a la casa, y lo primero que hizo fue mirarse en el espejo de la cocinera. ¡Pobre, Pedrito! Era el pájaro más raro y más feo que puede darse, todo pelado, todo rabón y temblando de frío. ¿Cómo iba a presentarse en el comedor con esa figura? Voló entonces hasta el hueco que había en el tronco de un eucalipto y que era como una cueva, y se escondió en el fondo, tiritando de frío y de vergüenza.

Pero entretanto, en el comedor todos extrañaban su ausencia:

—¿Dónde estará Pedrito? —decían. Y llamaban—:

¡Pedrito! ¡Rica, papa, Pedrito! ¡Té con leche, Pedrito!

Pero Pedrito no se movía de su cueva, ni respondía nada, mudo y quieto. Lo buscaron por todas partes, pero el loro no apareció. Todos creyeron entonces que Pedrito había muerto, y los chicos se echaron a llorar.

Todas las tardes, a la hora del té, se acordaban siempre del loro, y recordaban también cuánto le gustaba comer pan mojado en té con leche. ¡Pobre, Pedrito! Nunca más lo verían porque había muerto.

Pero Pedrito no había muerto, sino que continuaba en su cueva sin dejarse ver por nadie, porque sentía mucha vergüenza de verse pelado como un ratón. De noche bajaba a comer y subía en seguida. De madrugada descendía de nuevo, muy ligero, iba a mirarse en el espejo de la cocinera, siempre muy triste porque las plumas tardaban mucho en crecer.

Hasta que por fin un día, o una tarde, la familia sentada a la mesa a la hora del té vio entrar a Pedrito muy tranquilo, balanceándose como si nada hubiera pasado. Todos se querían morir, morir de gusto cuando lo vieron bien vivo y con lindísimas plumas.

—¡Pedrito, lorito! —le decían—. ¡Qué te pasó, Pedrito! ¡Qué plumas brillantes que tiene el lorito!

Pero no sabían que eran plumas nuevas, y Pedrito, muy serio, no decía tampoco una palabra. No hacia sino comer pan mojado en té con leche. Pero lo que es hablar, ni una sola palabra.

Por eso, el dueño de casa se sorprendió mucho cuando a la mañana siguiente el loro fue volando a pararse en su hombro, charlando como un loco. En dos minutos le contó lo que le había pasado; un paseo al Paraguay, su encuentro con el tigre, y lo demás; y concluía cada cuento, cantando:

—¡Ni una pluma en la cola de Pedrito! ¡Ni una pluma! ¡Ni una pluma!

Y lo invitó a ir a cazar al tigre entre los dos.

El dueño de casa, que precisamente iba en ese momento a comprar una piel de tigre que le hacía falta para la estufa, quedó muy contento de poderla tener gratis. Y volviendo a entrar en la casa para tomar

la escopeta, emprendió junto con Pedrito el viaje al Paraguay. Convinieron en que cuando Pedrito viera al tigre, lo distraería charlando, para que el hombre pudiera acercarse despacito con la escopeta.

Y así pasó. El loro, sentado en una rama del árbol, charlaba y charlaba, mirando al mismo tiempo a todos lados, para ver si veía al tigre. Y por fin sintió un ruido de ramas partidas, y vio de repente debajo del árbol dos luces verdes fijas en él: eran los ojos del tigre.

Entonces el loro se puso a gritar:

—¡Lindo día!... ¡Rica, papa!... ¡Rico té con leche!... ¿Querés té con leche?...

El tigre enojadísimo al reconocer a aquel loro pelado que él creía haber muerto, y que tenía otra vez lindísimas plumas, juró que esta vez no se le escaparía, y de sus ojos brotaron dos rayos de ira cuando respondió con su voz ronca:

—Acer-cá-te más! ¡Soy sor-do!

El loro voló a otra rama más próxima, siempre charlando:

—¡Rico, pan con leche!... ¡ESTÁ AL PIE DE ESTE ÁRBOL!...

Al oír estas últimas palabras, el tigre lanzó un rugido y se levantó de un salto.

—¿Con quién estás hablando? —rugió—. ¿A quién le has dicho que estoy al pie de este árbol?

—¡A nadie, a nadie! —gritó el loro—. ¡Buen día, Pedrito!... ¡La pata, lorito!...

Y seguía charlando y saltando de rama en rama, y acercándose. Pero él había dicho: está al pie de este árbol, para avisarle al hombre, que se iba arrimando bien agachado y con escopeta al hombro.

Y Llegó un momento en que el loro no pudo acercarse más, porque si no, caía en la boca del tigre, y entonces gritó:

—¡Rica, papa!... ¡ATENCIÓN!

—¡Más cer-ca aún! —rugió el tigre, agachándose para saltar.

—¡Rico, té con leche!... ¡CUIDADO, VA A SALTAR! y el tigre saltó, en efecto. Dio un enorme salto, que el loro evitó lanzándose al mismo tiempo como una flecha en el aire. Pero también en ese mismo instante el hombre, que tenia el cañón de la escopeta recostado contra un tronco para hacer bien la puntería, apretó el gatillo, y nueve balines del tamaño de un garbanzo cada uno entraron como un rayo en el corazón del tigre, que lanzando un rugido que hizo temblar el monte entero, cayó muerto.

Pero el loro, ¡Qué gritos de alegría daba! ¡Estaba loco de contento, porque se había vengado —¡y bien vengado!— del feísimo animal que le había sacado las plumas!

El hombre estaba también muy contento, porque

matar a un tigre es cosa difícil, y, además, tenía la piel para la estufa del comedor.

Cuando Llegaron a la casa, todos supieron por qué Pedrito había estado tanto tiempo oculto en el hueco del árbol, y todos lo felicitaron por la hazaña que había hecho.

Vivieron en adelante muy contentos. Pero el loro no se olvidaba de lo que le había hecho el tigre, y todas las tardes, cuando entraba en el comedor para tomar el té se acercaba siempre a la piel del tigre, tendida delante de la estufa, y lo invitaba a tomar té con leche.

— ¡Rica, papa!... —le decía—. ¿Querés té con leche?... ¡La papa para el tigre!...

Y todos se morían de risa. Y Pedrito también.

El paso del Yabebirí

En el río Yabebirí, que está en Misiones, hay muchas rayas, porque «Yabebirí» quiere decir precisamente «Río-de-las-rayas». Hay tantas, que a veces es peligroso meter un solo pie en el agua. Yo conocí un hombre a quien lo picó una raya en el talón y que tuvo que caminar rengueando media legua para llegar a su casa: el hombre iba llorando y cayéndose de dolor. Es uno de los dolores más fuertes que se puede sentir.

Como en el Yabebirí hay también muchos otros peces, algunos hombres van a cazarlos con bombas de dinamita. Tiran una bomba al río, matando millones de peces. Todos los peces que están cerca mueren, aunque sean grandes como una casa. Y mueren también todos los chiquitos, que no sirven para nada.

Ahora bien: una vez un hombre fue a vivir allá, y no quiso que tiraran bombas de dinamita, porque tenía lastima de los pececitos. Él no se oponía a que pescaran en el río para comer; pero no quería que mataran inútilmente a millones de pececitos. Los hombres que tiraban bombas se enojaron al principio, pero como el hombre tenía un carácter serio, aunque era muy bueno, los otros se fueron a cazar a otra parte, y todos los peces quedaron muy contentos. Tan contentos y agradecidos estaban a su amigo que había salvado a los pececitos, que lo conocían apenas se acercaba a la orilla Y cuando él andaba por la costa fumando, las rayas lo seguían arrastrándose por el barro, muy contentas de acompañar a su amigo. Él no sabía nada, y vivía feliz en aquel lugar.

Y sucedió que una vez, una tarde, un zorro llegó corriendo hasta el Yabebirí, y metió las patas en el

agua, gritando:

—¡Eh, rayas! ¡Ligero! Ahí viene el amigo de ustedes, herido.

Las rayas, que lo oyeron, corrieron ansiosas a la orilla. Y le preguntaron al zorro:

—¿Qué pasa? ¿Dónde está el hombre?

—¡Ahí viene! —gritó el zorro de nuevo—. ¡Ha peleado con un tigre! ¡El tigre viene corriendo! ¡Seguramente va a cruzar a la isla! ¡Denle paso, porque es un hombre bueno!

—¡Ya lo creo! ¡Ya lo creo que le vamos a dar paso! Contestaron las rayas—. ¡Pero lo que es el tigre, ese no va a pasar!

—¡Cuidado con él! —gritó aún el zorro— ¡No se olviden de que es el tigre!

Y pegando un brinco, el zorro entró de nuevo en el monte.

Apenas acababa de hacer esto, cuando el hombre apartó las ramas y apareció todo ensangrentado y la camisa rota. La sangre le caía por la cara y el pecho hasta el pantalón, y desde las arrugas del pantalón, la sangre caía a la arena. Avanzó tambaleando hacia la orilla, porque estaba muy herido, y entró en el río. Pero apenas puso un pie en el agua, las rayas que estaban amontonadas se apartaron de su paso, y el hombre llegó con el agua al pecho hasta la isla, sin que una raya lo picara. Y conforme llegó, cayó desmayado en la misma arena, por la gran cantidad de sangre que había perdido.

Las rayas no habían aún tenido tiempo de compadecer del todo a su amigo moribundo, cuando un terrible rugido les hizo dar un brinco en el agua.

—¡El tigre! ¡El tigre! —gritaron todas, lanzándose como una flecha a la orilla.

En efecto, el tigre que había peleado con el hombre y que lo venía persiguiendo había llegado a la costa del Yabebirí. El animal estaba también muy herido, y la sangre le corría por todo el cuerpo. Vio al hombre caído como muerto en la isla, y lanzando un rugido de rabia, se echó al agua, para acabar de matarlo.

Pero apenas hubo metido una pata en el agua, sintió como si lo hubieran clavado ocho o diez terribles clavos en las patas, y dio un salto atrás: eran las rayas, que defendían el paso del río, y le habían clavado con toda su fuerza el aguijón de la cola.

El tigre quedó roncando de dolor, con la pata en el aire; y al ver toda el agua de la orilla turbia como si removieran el barro del fondo, comprendió que eran las rayas que no lo querían dejar pasar. Y entonces gritó enfurecido:

—¡Ah, ya sé lo que es! ¡Son ustedes, malditas rayas! ¡Salgan del camino!

—¡No salimos! —respondieron las rayas.

—¡Salgan!

—¡No salimos! ¡Él es un hombre bueno! ¡No hay derecho para matarlo!

—¡Él me ha herido a mí!

—¡Los dos se han herido! ¡Esos son asuntos de ustedes en el monte! ¡Aquí está bajo nuestra protección!... ¡No se pasa!

—¡Paso! —rugió por última vez el tigre.

—¡NI NUNCA! —respondieron las rayas. (Ellas dijeron "ni nunca" porque así dicen los que hablan guaraní como en Misiones.)

—¡Vamos a ver! —rugió aún el tigre. Y retrocedió para tomar impulso y dar un enorme salto.

El tigre sabía que las rayas están casi siempre en la orilla; y pensaba que si lograba dar un salto muy grande acaso no hallara más rayas en el medio del río, y podría así comer al hombre moribundo.

Pero las rayas lo habían adivinado y corrieron todas al medio del río, pasándose la voz:

—¡Fuera de la orilla! —gritaban bajo el agua—. ¡Adentro! ¡A la canal! ¡A la canal!

Y en un segundo el ejército de rayas se precipitó río adentro, a defender el paso, a tiempo que el tigre daba su enorme salto y caía en medio del agua. Cayó loco de alegría, porque en el primer momento no sintió ninguna picadura, y creyó que las rayas habían quedado todas en la orilla, engañadas...

Pero apenas dio un paso, una verdadera lluvia de aguijonazos, como puñaladas de dolor, lo detuvieron en seco: eran otra vez las rayas, que le acribillaban las patas a picaduras.

El tigre quiso continuar, sin embargo; pero el dolor era tan atroz, que lanzó un alarido y retrocedió corriendo como loco a la orilla. Y se echó en la arena de costado, porque no podía más de sufrimiento; y la barriga subía y bajaba como si estuviera cansadísimo.

Lo que pasaba es que el tigre estaba envenenado con el veneno de las rayas.

Pero aunque habían vencido al tigre, las rayas no estaban tranquilas porque tenían miedo de que viniera la tigra y otros tigres, y otros muchos más... Y ellas no podrían defender más el paso.

En efecto, el monte bramó de nuevo, y apareció la tigra, que se puso loca de furor al ver al tigre tirado de costado en la arena. Ella vio también el agua turbia por el movimiento de las rayas, y se acercó al río. Y tocando casi el agua con la boca, gritó:

—¡Rayas! ¡Quiero paso!

—¡No hay paso! —respondieron las rayas.

—¡No va a quedar una sola raya con cola, si no dan paso! rugió la tigra.

—¡Aunque quedemos sin cola, no se pasa! —respondieron ellas.

—¡Por última vez, paso!

—¡NI NUNCA! —gritaron las rayas.

La tigra, enfurecida, había metido sin querer una pata en el agua, y una raya, acercándose despacio, acababa de clavarle todo el aguijón entre los dedos. Al rugido de dolor del animal, las rayas respondieron, sonriéndose:

—¡Parece que todavía tenemos cola! Pero la tigra había tenido una idea, y con esa idea entre las cejas, se alejaba de allí, costeando el río aguas arriba, y sin decir una palabra.

Mas las rayas comprendieron también esta vez cuál era el plan de su enemigo. El plan de su enemigo era este: pasar el río por otra parte, donde las rayas no sabían que había que defender el paso. Y una inmensa ansiedad se apoderó entonces de las rayas.

—¡Va a pasar el río aguas más arriba! —gritaron—. ¡No queremos que mate al hombre! ¡Tenemos que defender a nuestro amigo!

Y se revolvían desesperadas entre el barro, hasta enturbiar el río.

—¡Pero qué hacemos! —decían—. Nosotras no sabemos nadar ligero... ¡La tigra va a pasar antes que las rayas de allá sepan que hay que defender el paso a toda costa!

Y no sabían qué hacer. Hasta que una rayita muy inteligente dijo de pronto:

—¡Ya está! ¡Qué vayan los dorados! ¡Los dorados son amigos nuestros! ¡Ellos nadan más ligero que nadie!

—¡Eso es! —gritaron todas—. ¡Que vayan los dorados!

Y en un instante la voz pasó y en otro instante se vieron ocho o diez filas de dorados, un verdadero ejército de dorados que nadaban a toda velocidad aguas arriba, y que iban dejando surcos en el agua, como los torpedos.

A pesar de todo, apenas tuvieron tiempo de dar la orden de cerrar el paso a los tigres; la tigra ya había nadado, y estaba ya por llegar a la isla.

Pero las rayas habían corrido ya a la orilla, y en cuanto la tigra hizo pie, las rayas se abalanzaron contra sus patas, deshaciéndoselas a aguijonazos. El animal, enfurecido y loco de dolor, rugía, saltaba en el agua, hacia volar nubes de agua a manotones. Pero las rayas continuaban precipitándose contra sus patas, cerrándole el paso de tal modo, que la tigra dio vuelta, nadó de nuevo y fue a echarse a su vez a la orilla, con las cuatro patas monstruosamente hinchadas; por allí tampoco se podía ir a comer al hombre.

Mas las rayas estaban también muy cansadas. Y lo que es peor, el tigre y la tigra habían acabado por levantarse y entraban en el monte.

¿Qué iban a hacer? Esto tenía muy inquietas a las rayas, y tuvieron una larga conferencia. Al fin dijeron:

—¡Ya sabemos lo que es! Van a ir a buscar a los otros tigres y van a venir todos. ¡Van a venir todos los tigres y van a pasar!

—¡NI NUNCA! —gritaron las rayas más jóvenes y que no tenían tanta experiencia.

—¡Sí, pasarán, compañeritas! —respondieron tristemente las más viejas—. Si son muchos acabarán por pasar... Vamos a consultar a nuestro amigo.

Y fueron todas a ver al hombre, pues no habían tenido tiempo aún de hacerlo, por defender el paso del río.

El hombre estaba siempre tendido, porque había perdido mucha sangre, pero podía hablar y moverse un poquito. En un instante las rayas le contaron lo que había pasado, y cómo habían defendido el paso a los tigres que lo querían comer. El hombre herido se enterneció mucho con la amistad de las rayas que le habían salvado la vida y dio la mano con verdadero cariño a las rayas que estaban más cerca de él. Y dijo entonces:

—¡No hay remedio! Si los tigres son muchos, y quieren pasar, pasarán...

—¡No pasarán! —dijeron las rayas chicas—. ¡Usted es nuestro amigo y no van a pasar!

—¡Sí, pasarán, compañeritas! —dijo el hombre. Y añadió, hablando en voz baja—: El único modo sería mandar a alguien a casa a buscar el winchester con muchas balas... pero yo no tengo ningún amigo en el río, fuera de los peces... y ninguno de ustedes sabe

andar por la tierra.

—¿Qué hacemos entonces? —dijeron las rayas ansiosas.

—A ver, a ver... —dijo entonces el hombre, pasándose la mano por la frente, como si recordara algo—. Yo tuve un amigo... un carpinchito que se crió en casa y que jugaba con mis hijos... Un día volvió otra vez al monte y creo que vivía aquí, en el Yabebirí... pero no sé dónde estará...

Las rayas dieron entonces un grito de alegría: —¡Ya sabemos! ¡Nosotras lo conocemos! ¡Tiene su guarida en la punta de la isla! ¡Él nos habló una vez de usted! ¡Lo vamos a mandar buscar en seguida! Y dicho y hecho: un dorado muy grande voló río abajo a buscar al carpinchito; mientras el hombre disolvía una gota de sangre seca en la palma de la mano, para hacer tinta, y con una espina de pescado, que era la pluma, escribió en una hoja seca, que era el papel. Y escribió esta carta: Mándenme con el carpinchito el winchester y una caja entera de veinticinco balas.

Apenas acabó el hombre de escribir, el monte entero tembló con un sordo rugido; eran todos los tigres que se acercaban a entablar la lucha. Las rayas llevaban la carta con la cabeza afuera del agua para que no se mojara, y se la dieron al carpinchito, el cual salió corriendo por entre el pajonal a llevarla a la casa del hombre.

Y ya era tiempo, porque los rugidos, aunque lejanos aún, se acercaban velozmente. Las rayas reunieron entonces a los dorados que estaban esperando órdenes, y les gritaron:

—¡Ligero, compañeros! ¡Recorran todo el río y den la voz de alarma! ¡Que todas las rayas estén prontas en todo el río! ¡Que se encuentren todas alrededor de la isla! ¡Veremos si van a pasar!

Y el ejército de dorados voló en seguida, río arriba y río abajo, haciendo rayas en el agua con la velocidad que llevaban.

No quedó raya en todo el Yabebirí que no recibiera orden de concentrarse en las orillas del río, alrededor de la isla. De todas partes, de entre las piedras, de entre el barro, de la boca de los arroyitos, de todo el Yabebirí entero, las rayas acudían a defender el paso contra los tigres. Y por delante de la isla, los dorados cruzaban y recruzaban a toda velocidad.

Ya era tiempo, otra vez; un inmenso rugido hizo temblar el agua misma de la orilla, y los tigres desembocaron en la costa.

Eran muchos; parecía que todos los tigres de Misiones estuvieran allí. Pero el Yabebirí entero hervía también de rayas, que se lanzaron a la orilla, dispuestas a defender a todo trance el paso.

—¡Paso a los tigres!

—¡No hay paso! —respondieron las rayas.

—¡Paso, de nuevo!

—¡No se pasa!

—¡No va a quedar raya, ni hijo de raya, ni nieto de raya si no dan paso!

—¡Es posible! —respondieron las rayas—. ¡Pero ni los tigres, ni los hijos de tigres, ni los nietos de tigres, ni todos los tigres del mundo van a pasar por aquí!

Así respondieron las rayas. Entonces los tigres rugieron por última vez:

—¡Paso pedimos!

—¡NI NUNCA!

Y la batalla comenzó entonces. Con un enorme salto los tigres se lanzaron al agua. Y cayeron todos sobre un verdadero piso de rayas. Las rayas les acribillaron las patas a aguijonazos, y a cada herida los tigres lanzaban un rugido de dolor. Pero ellos se defendían a zarpazos manoteando como locos en el agua. Y las rayas volaban por el aire con el vientre abierto por las uñas de los tigres.

El Yabebirí parecía un río de sangre. Las rayas morían a centenares... pero los tigres recibían también terribles heridas, y se retiraban a tenderse y rugir en la playa, horriblemente hinchados. Las rayas, pisoteadas, deshechas por las patas de los tigres, no desistían; acudían sin cesar a defender el paso. Algunas volaban por el aire, volvían a caer al río, y se precipitaban de nuevo contra los tigres.

Media hora duró esta lucha terrible. Al cabo de esa media hora, todos los tigres estaban otra vez en la playa, sentados de fatiga y rugiendo de dolor; ni uno solo había pasado.

Pero las rayas estaban también deshechas de cansancio. Muchas, muchísimas habían muerto. Y las que quedaban vivas dijeron:

—No podremos resistir dos ataques como este. ¡Que los dorados vayan a buscar refuerzos! ¡Que vengan en seguida todas las rayas que haya en el Yabebirí!

Y los dorados volaron otra vez río arriba y río abajo, e iban tan ligeros que dejaban surcos en el agua, como los torpedos.

Las rayas fueron entonces a ver al hombre.

—¡No podremos resistir más! —le dijeron tristemente las rayas.

Y aun algunas rayas lloraban, porque veían que no podrían salvar a su amigo.

—¡Váyanse, rayas! —respondió el hombre herido—. ¡Déjenme solo! ¡Ustedes han hecho ya demasiado por mí! ¡Dejen que los tigres pasen!

—¡NI NUNCA! —gritaron las rayas en un solo clamor—. ¡Mientras haya una sola raya viva en el Yabebirí, que es nuestro río, defenderemos al hombre bueno que nos defendió antes a nosotras!

El hombre herido exclamó entonces, contento:

—¡Rayas! ¡Yo estoy casi por morir, y apenas puedo hablar; pero yo les aseguro que en cuanto llegue el winchester, vamos a tener farra para largo rato; esto yo se lo aseguro a ustedes!

—¡Sí, ya lo sabemos! —contestaron las rayas entusiasmadas. Pero no pudieron concluir de hablar, porque la batalla recomenzaba. En efecto: los tigres, que ya habían descansado se pusieron bruscamente en pie, y agachándose como quien va saltar, rugieron:

—¡Por última vez, y de una vez por todas: paso!

—¡NI NUNCA! —respondieron las rayas lanzándose a la orilla. Pero los tigres habían saltado a su vez al agua y recomenzó la terrible lucha. Todo el Yabebirí, ahora de orilla a orilla, estaba rojo de sangre, y la sangre hacía espuma en la arena de la playa. Las rayas volaban deshechas por el aire y los tigres rugían de dolor; pero nadie retrocedía un paso.

Y los tigres no solo no retrocedían, sino que avanzaban. En balde el ejército de dorados pasaba a toda velocidad río arriba y río abajo, llamando a las rayas: las rayas se habían concluido; todas estaban luchando frente a la isla y la mitad había muerto ya. Y las que quedaban estaban todas heridas y sin fuerzas.

Comprendieron entonces que no podrían sostenerse un minuto más, y que los tigres pasarán; y las pobres rayas, que preferían morir antes que entregar a su amigo, se lanzaron por última vez contra los tigres. Pero ya todo era inútil. Cinco tigres nadaban ya hacia la costa de la isla. Las rayas, desesperadas, gritaron:

—¡A la isla! ¡Vamos todas a la otra orilla!

Pero también esto era tarde: dos tigres más se habían echado a nado, y en un instante todos los tigres estuvieron en medio del río, y no se veía más que sus cabezas.

Pero también en ese momento un animalito, un pobre animalito colorado y peludo cruzaba nadando a toda fuerza el Yabebirí: era el carpinchito, que llegaba a la isla llevando el winchester y las balas en la cabeza para que no se mojaran.

El hombre dio un gran grito de alegría, porque le quedaba tiempo para entrar en defensa de las rayas. Le pidió al carpinchito que lo empujara con la cabeza para colocarse de costado, porque él solo no podía; y ya en esta posición cargó el winchester con la rapidez del rayo.

Y en el preciso momento en que las rayas, desgarradas, aplastadas, ensangrentadas, veían con desesperación que habían perdido la batalla y que los tigres iban a devorar a su pobre amigo herido, en ese momento oyeron un estampido, y vieron que el tigre que iba delante y pisaba ya la arena, daba un gran salto y caía muerto, con la frente agujereada de un tiro.

—¡Bravo, bravo! —clamaron las rayas, locas de contento. ¡El hombre tiene el winchester! ¡Ya estamos salvadas!

Y enturbiaban toda el agua verdaderamente locas de alegría. Pero el hombre proseguía tranquilo tirando, y cada tiro era un nuevo tigre muerto. Y a cada tigre que caía muerto lanzando un rugido, las rayas respondían con grandes sacudidas de la cola.

Uno tras otro, como si el rayo cayera entre sus cabezas, los tigres fueron muriendo a tiros. Aquello duró solamente dos minutos. Uno tras otro se fueron al fondo del río, y allí las palometas los comieron. Algunos boyaron después, y entonces los dorados los acompañaron hasta el Paraná, comiéndolos, y haciendo saltar el agua de contento.

En poco tiempo las rayas, que tienen muchos hijos, volvieron a ser tan numerosas como antes. El hombre se curó, y quedó tan agradecido a las rayas que le habían salvado la vida, que se fue a vivir a la isla. Y allí, en las noches de verano le gustaba tenderse en la playa y fumar a la luz de la luna, mientras las rayas, hablando despacito, se lo mostraban a los peces, que no le conocían, contándoles la gran batalla que, aliadas a ese hombre, habían tenido una vez contra los tigres.

Historia de dos cachorros de coatí y de dos cachorros de hombre

Había una vez un coatí que tenía tres hijos. Vivían en el monte comiendo frutas, raíces y huevos de pajaritos. Cuando estaban arriba de los árboles y sentían un gran ruido, se tiraban al suelo de cabeza y salían corriendo con la cola levantada.

Una vez que los coaticitos fueron un poco grandes, su madre los reunió un día arriba de un naranjo y les habló así:

—Coaticitos: ustedes son bastante grandes para buscarse la comida solos. Deben aprenderlo, porque cuando sean viejos andarán siempre solos, como todos los coatís. El mayor de ustedes, que es muy amigo de cazar cascarudos, puede encontrarlos entre los palos podridos, porque allí hay muchos cascarudos y cucarachas. El segundo, que es gran comedor de frutas, puede encontrarlas en este naranjal; hasta diciembre habrá naranjas. El tercero, que no quiere comer sino huevos de pájaros, puede ir a todas partes, porque en todas partes hay nidos de pájaros. Pero que no vaya nunca a buscar nidos al campo, porque es peligroso.

Coaticitos: hay una sola cosa a la cual deben tener gran miedo. Son los perros. Yo peleé una vez con ellos, y sé lo que les digo; por eso tengo un diente roto. Detrás de los perros vienen siempre los hombres con un gran ruido, que mata. Cuando oigan cerca este ruido, tírense de cabeza al suelo, por alto que sea el árbol. Si no lo hacen así, los matarán con seguridad de un tiro.

Así habló la madre. Todos se bajaron entonces y se separaron, caminando de derecha a izquierda y de izquierda a derecha, como si hubieran perdido algo, porque así caminan los coatís.

El mayor, que quería comer cascarudos, buscó entre los palos podridos y las hojas de los yuyos, y encontró tantos, que comió hasta quedarse dormido. El segundo, que prefería las frutas a cualquier cosa, comió cuantas naranjas quiso, porque aquel naranjal estaba dentro del monte, como pasa en el Paraguay y Misiones, y ningún hombre vino a incomodarlo. El tercero, que era loco por los huevos de pájaros, tuvo que andar todo el día para encontrar únicamente dos nidos; uno de tucán, que tenía tres huevos, y uno de tórtolas, que tenía solo dos. Total, cinco huevos chiquitos, que era muy poca comida; de modo que al caer la tarde el coaticito tenía tanta hambre como de mañana, y se sentó muy triste a la orilla del monte. Desde allí veía el campo, y pensó en la recomendación de su madre.

—¿Por qué no querrá mamá —se dijo— que vaya a buscar nidos en el campo?

Estaba pensando así cuando oyó, muy lejos, el canto de un pájaro.

—¡Qué canto tan fuerte! —dijo admirado—. ¡qué huevos tan grandes debe tener ese pájaro!

El canto se repitió. Y entonces el coatí se puso a correr por entre el monte, cortando camino, porque el canto había sonado muy a su derecha. El sol caía ya, pero el coatí volaba con la cola levantada. Llegó a la orilla del monte, por fin, y miró al campo. Lejos vio la casa de los hombres, y vio a un hombre con botas que llevaba un caballo de la soga. Vio también un pájaro muy grande que cantaba y entonces el coaticito se golpeó la frente y dijo:

—¡Qué zonzo soy! Ahora ya sé qué pájaro es ese. Es un gallo; mamá me lo mostró un día de arriba de un árbol. Los gallos tienen un canto lindísimo, y tienen muchas gallinas que ponen huevos. ¡Si yo pudiera comer huevos de gallina!...

Es sabido que nada gusta tanto a los bichos chicos de monte como los huevos de gallina. Durante un rato el coaticito se acordó de la recomendación de su madre. Pero el deseo pudo más, y se sentó a la orilla del monte, esperando que cerrara bien la noche para ir al gallinero.

La noche cerró por fin, y entonces, en puntas de pie y paso a paso, se encaminó a la casa. Llegó allá y escuchó atentamente: no se sentía el menor ruido. El coaticito, loco de alegría porque iba a comer cien, mil, dos mil huevos de gallina, entró en el gallinero, y lo primero que vio bien en la entrada fue un huevo que estaba solo en el suelo. Pensó un instante en dejarlo para el final, como postre, porque era un huevo muy grande, pero la boca se le hizo agua, y clavó los dientes en el huevo. Apenas lo mordió, ¡TRAC!, un terrible golpe en la cara y un inmenso dolor en el hocico.

—¡Mamá, mamá! —gritó, loco de dolor, saltando a todos lados. Pero estaba sujeto, y en ese momento oyó el ronco ladrido de un perro.

Mientras el coatí esperaba en la orilla del monte que cerrara bien la noche para ir al gallinero, el hombre de la casa jugaba sobre la gramilla con sus hijos, dos criaturas rubias de cinco y seis años, que

corrían riendo, se caían, se levantaban riendo otra vez, y volvían a caerse. El padre se caía también, con gran alegría de los chicos. Dejaron por fin de jugar porque ya era de noche, y el hombre dijo entonces:

—Voy a poner la trampa para cazar a la comadreja que viene a matar los pollos y robar los huevos.

Y fue y armó la trampa. Después comieron y se acostaron. Pero las criaturas no tenían sueño, y saltaban de la cama del uno a la del otro y se enredaban en el camisón. El padre, que leía en el comedor, los dejaba hacer. Pero los chicos de repente se detuvieron en sus saltos y gritaron:

—¡Papá! ¡Ha caído la comadreja en la trampa! ¡Tuké está ladrando! ¡Nosotros también queremos ir, papá!

El padre consintió, pero no sin que las criaturas se pusieran las sandalias, pues nunca los dejaba andar descalzos de noche, por temor a las víboras.

Fueron. ¿Qué vieron allí? Vieron a su padre que se agachaba, teniendo al perro con una mano, mientras con la otra levantaba por la cola a un coatí, un coaticito chico aún, que gritaba con un chillido rapidísimo y estridente, como un grillo.

—¡Papá, no lo mates! —dijeron las criaturas—. ¡Es muy chiquito! ¡Dánoslo para nosotros!

—Bueno, se lo voy a dar —respondió el padre—. Pero cuídenlo bien, y sobre todo no se olviden de que los coatís toman agua como ustedes.

Esto lo decía porque los chicos habían tenido una vez un gatito montés al cual a cada rato le llevaban carne, que sacaban de la fiambrera pero nunca le dieron agua, y se murió.

En consecuencia, pusieron al coatí en la misma jaula del gato montés, que estaba cerca del gallinero, y se acostaron todos otra vez.

Y cuando era más de medianoche y había un gran silencio, el coaticito, que sufría mucho por los dientes de la trampa, vio, a la luz de la luna, tres sombras que se acercaban con gran sigilo. El corazón le dio un vuelco al pobre coaticito al reconocer a su madre y sus dos hermanos que lo estaban buscando.

—¡Mamá, mamá! —murmuró el prisionero en voz muy baja para no hacer ruido—. ¡Estoy aquí! ¡Sáquenme de aquí! ¡No quiero quedarme, ma... má!... —Y lloraba desconsolado.

Pero a pesar de todo estaban contentos porque se habían encontrado, y se hacían mil caricias en el hocico.

Se trató en seguida de hacer salir al prisionero. Probaron primero cortar el alambre tejido, y los cuatro se pusieron a trabajar con los dientes; mas no conseguían nada. Entonces a la madre se le ocurrió de repente una idea, y dijo:

—¡Vamos a buscar las herramientas del hombre! Los hombres tienen herramientas para cortar fierro.

Se llaman limas. Tienen tres lados como las víboras de cascabel. Se empuja y se retira. ¡Vamos a buscarla!

Fueron al taller del hombre y volvieron con la lima. Creyendo que uno solo no tendría fuerzas bastantes, sujetaron la lima entre los tres y empezaron el trabajo. Y se entusiasmaron tanto, que al rato la jaula entera temblaba con las sacudidas y hacía un terrible ruido. Tal ruido hacía, que el perro se despertó, lanzando un ronco ladrido. Mas los coatís no esperaron a que el perro les pidiera cuenta de ese escándalo y dispararon al monte, dejando la lima tirada.

Al día siguiente, los chicos fueron temprano a ver a su nuevo huésped, que estaba muy triste.

—¿Qué nombre le pondremos? —preguntó la nena a su hermano.

—¡Ya sé! —respondió el varoncito—. ¡Le pondremos Diecisiete!

¿Por qué Diecisiete? Nunca hubo bicho del monte con nombre más raro. Pero el varoncito estaba aprendiendo a contar, y tal vez le había llamado la atención aquel número.

El caso es que se llamó Diecisiete. Le dieron pan, uvas, chocolate, carne, langostas, huevos, riquísimos huevos de gallina, lograron que en un solo día se dejara rascar la cabeza; y tan grande es la sinceridad del cariño de las criaturas, que, al llegar la noche, el coatí estaba casi resignado con su cautiverio. Pensaba a cada momento en las cosas ricas que había para comer allí, y pensaba en aquellos rubios cachorritos de hombre que tan alegres y buenos eran.

Durante dos noches seguidas, el perro durmió tan cerca de la jaula, que la familia del prisionero no se atrevió a acercarse, con gran sentimiento. Cuando a la tercera noche llegaron de nuevo a buscar la lima para dar libertad al coaticito, este les dijo:

—Mamá: yo no quiero irme más de aquí. Me dan huevos y son muy buenos conmigo. Hoy me dijeron que si me portaba bien me iban a dejar suelto muy pronto. Son como nosotros. Son cachorritos también, y jugamos juntos.

Los coatís salvajes quedaron muy tristes, pero se resignaron, prometiendo al coaticito venir todas las noches a visitarlo.

Efectivamente, todas las noches, lloviera o no, su madre y sus hermanos iban a pasar un rato con él. El coaticito les daba pan por entre el tejido de alambre, y los coatís salvajes se sentaban a comer frente a la jaula.

Al cabo de quince días, el coaticito andaba suelto y él mismo se iba de noche a su jaula. Salvo algunos tirones de orejas que se llevaba por andar muy cerca del gallinero, todo marchaba bien. Él y las criaturas se querían mucho, y los mismos coatís salvajes, al ver lo buenos que eran aquellos cachorritos de hombre, habían concluido por tomar cariño a las dos criaturas.

Hasta que una noche muy oscura, en que hacía mucho calor y tronaba, los coatís salvajes llamaron al coaticito y nadie les respondió. Se acercaron muy inquietos y vieron entonces, en el momento en que casi la pisaban, una enorme víbora que estaba enroscada en la entrada de la jaula. Los coatís comprendieron en seguida que el coaticito había sido mordido al entrar, y no había respondido a su llamado porque acaso estaba ya muerto. Pero lo iban a vengar bien. En un segundo, entre los tres, enloquecieron a la serpiente de cascabel, saltando de aquí para allá, y en otro segundo, cayeron sobre ella, deshaciéndole la cabeza a mordiscones.

Corrieron entonces adentro, y allí estaba en efecto el coaticito, tendido, hinchado, con las patas temblando y muriéndose. En balde los coatís salvajes lo movieron; lo lamieron en balde por todo el cuerpo durante un cuarto de hora. El coaticito abrió por fin la boca y dejó de respirar, porque estaba muerto.

Los coatís son casi refractarios, como se dice, al veneno de las víboras. No les hace casi nada el veneno, y hay otros animales, como la mangosta, que resisten muy bien el veneno de las víboras. Con toda seguridad el coaticito había sido mordido en una arteria o una vena porque entonces la sangre se envenena en seguida, y el animal muere. Esto le había pasado al coaticito.

Al verlo así, su madre y sus hermanos lloraron un largo rato. Después, como nada más tenían que hacer allí, salieron de la jaula, se dieron vuelta para mirar por última vez la casa donde tan feliz había sido el coaticito, y se fueron otra vez al monte.

Pero los tres coatís, sin embargo, iban muy preocupados, y su preocupación era esta: ¿qué iban a decir los chicos, cuando, al día siguiente, vieran muerto a su querido coaticito? Los chicos le querían muchísimo, y ellos, los coatís, querían también a los cachorritos rubios. Así es que los tres coatís tenían el mismo pensamiento, y era evitarles ese gran dolor a los chicos.

Hablaron un largo rato y al fin decidieron lo siguiente: el segundo de los coatís, que se parecía muchísimo al menor en cuerpo y en modo de ser, iba a quedarse en la jaula en vez del difunto. Como estaban enterados de muchos secretos de la casa, por los cuentos del coaticito, los chicos no desconocerían nada; extrañarían un poco algunas cosas, pero nada más.

Y así pasó en efecto. Volvieron a la casa, y un nuevo coaticito reemplazó al primero, mientras la madre y el otro hermano se llevaban sujetos de los dientes el cadáver del menor. Lo llevaron despacio al monte, y la cabeza colgaba, balanceándose, y la cola iba arrastrando por el suelo.

Al día siguiente los chicos extrañaron, efectivamente, algunas costumbres raras del coaticito. Pero como este era tan bueno y cariñoso como el otro, las criaturas no tuvieron la menor sospecha. Formaron la misma familia de cachorritos de antes, y, como antes, los coatís salvajes venían noche a noche a visitar al coaticito civilizado, y se sentaban a su lado a comer pedacitos de huevos duros que él les guardaba, mientras ellos le contaban la vida de la selva.

La abeja haragana

Había una vez en una colmena una abeja que no
quería trabajar, es decir, recorría los árboles uno por uno para tomar el jugo de las flores; pero en vez de conservarlo para convertirlo en miel, se lo tomaba del todo.

Era, pues, una abeja haragana. Todas las mañanas apenas el sol calentaba el aire, la abejita se asomaba a la puerta de la colmena, veía que hacía buen tiempo, se peinaba con las patas, como hacen las moscas, y echaba entonces a volar, muy contenta del lindo día. Zumbaba muerta de gusto de flor en flor, entraba en la colmena, volvía a salir, y así se lo pasaba todo el día mientras las otras abejas se mataban trabajando para llenar la colmena de miel, porque la miel es el alimento de las abejas recién nacidas.

Como las abejas son muy serias, comenzaron a disgustarse con el proceder de la hermana haragana. En la puerta de las colmenas hay siempre unas cuantas abejas que están de guardia para cuidar que no entren bichos en la colmena. Estas abejas suelen ser muy viejas, con gran experiencia de la vida y tienen el lomo pelado porque han perdido todos los pelos al rozar contra la puerta de la colmena.

Un día, pues, detuvieron a la abeja haragana cuando iba a entrar, diciéndole:

—Compañera: es necesario que trabajes, porque todas las abejas debemos trabajar.

La abejita contestó:

—Yo ando todo el día volando, y me canso mucho.

—No es cuestión de que te canses mucho —respondieron—, sino de que trabajes un poco. Es la primera advertencia que te hacemos.

Y diciendo así la dejaron pasar.

Pero la abeja haragana no se corregía. De modo que a la tarde siguiente las abejas que estaban de guardia le dijeron:

—Hay que trabajar, hermana.

Y ella respondió en seguida:

—¡Uno de estos días lo voy a hacer!

—No es cuestión de que lo hagas uno de estos días —le respondieron—, sino mañana mismo. Acuérdate de esto. Y la dejaron pasar.

Al anochecer siguiente se repitió la misma cosa. Antes de que le dijeran nada, la abejita exclamó:

—¡Si, sí, hermanas! ¡Ya me acuerdo de lo que he prometido!

—No es cuestión de que te acuerdes de lo prometido —le respondieron—, sino de que trabajes. Hoy es diecinueve de abril. Pues bien: trata de que mañana veinte, hayas traído una gota siquiera de miel. Y ahora, pasa.

Y diciendo esto, se apartaron para dejarla entrar.

Pero el veinte de abril pasó en vano como todos los demás. Con la diferencia de que al caer el sol el tiempo se descompuso y comenzó a soplar un viento frío.

La abejita haragana voló apresurada hacia su colmena, pensando en lo calentito que estaría allá adentro. Pero cuando quiso entrar, las abejas que estaban de guardia se lo impidieron.

—¡No se entra! —le dijeron fríamente.

—¡Yo quiero entrar! —clamó la abejita—. Esta es mi colmena.

—Esta es la colmena de unas pobres abejas trabajadoras —le contestaron las otras—. No hay entrada para las haraganas.

—¡Mañana sin falta voy a trabajar! —insistió la abejita.

—No hay mañana para las que no trabajan— respondieron las abejas, que saben mucha filosofía.

Y diciendo esto la empujaron afuera.

La abejita, sin saber qué hacer, voló un rato aún; pero ya la noche caía y se veía apenas. Quiso cogerse de una hoja, y cayó al suelo. Tenía el cuerpo entumecido por el aire frío, y no podía volar más.

Arrastrándose entonces por el suelo, trepando y bajando de los palitos y piedritas, que le parecían montañas, llegó a la puerta de la colmena, a tiempo que comenzaban a caer frías gotas de lluvia.

—¡Ay, mi Dios! —clamó la desamparada—. Va a llover, y me voy a morir de frío. Y tentó entrar en la colmena.

Pero de nuevo le cerraron el paso.

—¡Perdón! —gimió la abeja—. ¡Déjenme entrar!

—Ya es tarde —le respondieron.

—¡Por favor, hermanas! ¡Tengo sueño!

—Es más tarde aún.

—¡Compañeras, por piedad! ¡Tengo frío!

—Imposible.

—¡Por última vez! ¡Me voy a morir! Entonces le dijeron:

—No, no morirás. Aprenderás en una sola noche lo que es el descanso ganado con el trabajo. Vete.

Y la echaron.

Entonces, temblando de frío, con las alas mojadas y tropezando, la abeja se arrastró, se arrastró hasta que de pronto rodó por un agujero; cayó rodando, mejor dicho, al fondo de una caverna.

Creyó que no iba a concluir nunca de bajar. Al fin llegó al fondo, y se halló bruscamente ante una víbora, una culebra verde de lomo color ladrillo, que la miraba enroscada y presta a lanzarse sobre ella.

En verdad, aquella caverna era el hueco de un árbol que habían trasplantado hacía tiempo, y que la culebra había elegido de guarida.

Las culebras comen abejas, que les gustan mucho. Por eso la abejita, al encontrarse ante su enemiga, murmuró cerrando los ojos:

—¡Adiós mi vida! Esta es la última hora que yo veo la luz.

Pero con gran sorpresa suya, la culebra no solamente no la devoró sino que le dijo: —¿qué tal, abejita? No has de ser muy trabajadora para estar aquí a estas horas.

—Es cierto —murmuró la abeja—. No trabajo, y yo tengo la culpa.

—Siendo así —agregó la culebra, burlona—, voy a quitar del mundo a un mal bicho como tú. Te voy a comer, abeja.

La abeja, temblando, exclamo entonces: —¡No es justo eso, no es justo! No es justo que usted me coma porque es más fuerte que yo. Los hombres saben lo que es justicia.

—¡Ah, ah! —exclamó la culebra, enroscándose ligero —. ¿Tú crees que los hombres que les quitan la miel a ustedes son más justos, grandísima tonta?

—No, no es por eso que nos quitan la miel —respondió la abeja.

—¿Y por qué, entonces?

—Porque son más inteligentes.

Así dijo la abejita. Pero la culebra se echó a reír, exclamando:

—¡Bueno! Con justicia o sin ella, te voy a comer, aprontate.

Y se echó atrás, para lanzarse sobre la abeja. Pero esta exclamó:

—Usted hace eso porque es menos inteligente que yo.

—¿Yo menos inteligente que tú, mocosa? —se rió la culebra.

—Así es —afirmó la abeja.

—Pues bien —dijo la culebra—, vamos a verlo. Vamos a hacer dos pruebas. La que haga la prueba más rara, esa gana. Si gano yo, te como.

—¿Y si gano yo? —preguntó la abejita.

—Si ganas tú —repuso su enemiga—, tienes el derecho de pasar la noche aquí, hasta que sea de día. ¿Te conviene?

—Aceptado —contestó la abeja.

La culebra se echó a reír de nuevo, porque se le había ocurrido una cosa que jamás podría hacer una abeja. Y he aquí lo que hizo:

Salió un instante afuera, tan velozmente que la

abeja no tuvo tiempo de nada. Y volvió trayendo una cápsula de semillas de eucalipto, de un eucalipto que estaba al lado de la colmena y que le daba sombra.

Los muchachos hacen bailar como trompos esas cápsulas, y les llaman trompitos de eucalipto.

—Esto es lo que voy a hacer —dijo la culebra—. ¡Fíjate bien, atención!

Y arrollando vivamente la cola alrededor del trompito como un piolín la desenvolvió a toda velocidad,

con tanta rapidez que el trompito quedó bailando y zumbando como un loco.

La culebra se reía, y con mucha razón, porque jamás una abeja ha hecho ni podrá hacer bailar a un trompito. Pero cuando el trompito, que se había quedado dormido zumbando, como les pasa a los trompos de naranjo, cayó por fin al suelo, la abeja dijo:

—Esa prueba es muy linda, y yo nunca podré hacer eso.

—Entonces, te como —exclamó la culebra.

—¡Un momento! Yo no puedo hacer eso: pero hago una cosa que nadie hace.

—¿Qué es eso?

—Desaparecer.

—¿Cómo? —exclamó la culebra, dando un salto de sorpresa—. ¿Desaparecer sin salir de aquí?

—Sin salir de aquí.

—¿Y sin esconderte en la tierra?

—Sin esconderme en la tierra.

—Pues bien, ¡hazlo! Y si no lo haces, te como en seguida — dijo la culebra.

El caso es que mientras el trompito bailaba, la

abeja había tenido tiempo de examinar la caverna y había visto una plantita que crecía allí. Era un arbustillo, casi un yuyito, con grandes hojas del tamaño de una moneda de dos centavos.

La abeja se arrimó a la plantita, teniendo cuidado de no tocarla, y dijo así:

—Ahora me toca a mi, señora culebra. Me va a hacer el favor de darse vuelta, y contar hasta tres. Cuando diga "tres", búsqueme por todas partes, ¡ya no estaré más!

Y así pasó, en efecto. La culebra dijo rápidamente: "uno..., dos..., tres", y se volvió y abrió la boca cuan grande era, de sorpresa: allí no había nadie. Miró arriba, abajo, a todos lados, recorrió los rincones, la plantita, tanteó todo con la lengua. Inútil: la abeja había desaparecido.

La culebra comprendió entonces que si su prueba del trompito era muy buena, la prueba de la abeja era simplemente extraordinaria. ¿Qué se había hecho?, ¿dónde estaba?

No había modo de hallarla.

—¡Bueno! —exclamó por fin—. Me doy por vencida. ¿Dónde estás?

Una voz que apenas se oía —la voz de la abejita— salió del medio de la cueva.

—¿No me vas a hacer nada? —dijo la voz—. ¿Puedo contar con tu juramento?

—Sí —respondió la culebra—. Te lo juro. ¿Dónde estás?

—Aquí —respondió la abejita, apareciendo súbitamente de entre una hoja cerrada de la plantita.

¿Qué había pasado? Una cosa muy sencilla: la plantita en cuestión era una sensitiva, muy común también aquí en Buenos Aires, y que tiene la particularidad de que sus hojas se cierran al menor contacto. Solamente que esta aventura pasaba en Misiones, donde la vegetación es muy rica, y por lo tanto muy grandes las hojas de las sensitivas. De aquí que al contacto de la abeja, las hojas se cerraran, ocultando completamente al insecto.

La inteligencia de la culebra no había alcanzado nunca a darse cuenta de este fenómeno; pero la abeja lo había observado, y se aprovechaba de él para salvar su vida.

La culebra no dijo nada, pero quedó muy irritada con su derrota, tanto que la abeja pasó toda la noche recordando a su enemiga la promesa que había hecho de respetarla.

Fue una noche larga, interminable, que las dos pasaron arrimadas contra la pared más alta de la caverna, porque la tormenta se había desencadenado, y el agua entraba como un río adentro.

Hacía mucho frío, además, y adentro reinaba la oscuridad más completa. De cuando en cuando la culebra sentía impulsos de lanzarse sobre la abeja, y esta creía entonces llegado el término de su vida.

Nunca, jamás, creyó la abejita que una noche podría ser tan fría, tan larga, tan horrible. Recordaba su vida anterior, durmiendo noche tras noche en la colmena, bien calentita, y lloraba entonces en silencio.

Cuando llegó el día, y salió el sol, porque el tiempo se había compuesto, la abejita voló y lloró otra vez en silencio ante la puerta de la colmena hecha por el esfuerzo de la familia. Las abejas de guardia la dejaron pasar sin decirle nada, porque comprendieron que la que volvía no era la paseandera haragana, sino una abeja que había hecho en solo una noche un duro aprendizaje de la vida.

Así fue, en efecto. En adelante, ninguna como ella recogió tanto polen ni fabricó tanta miel. Y cuando el otoño llegó, y llegó también el término de sus días, tuvo aún tiempo de dar una última lección antes de morir a las jóvenes abejas que la rodeaban:

—No es nuestra inteligencia, sino nuestro trabajo quien nos hace tan fuertes. Yo usé una sola vez de mi inteligencia, y fue para salvar mi vida. No habría necesitado de ese esfuerzo, si hubiera trabajado como todas. Me he cansado tanto volando de aquí para allá, como trabajando. Lo que me faltaba era la noción del deber, que adquirí aquella noche. Trabajen, compañeras, pensando que el fin a que tienden nuestros esfuerzos —la felicidad de todos— es muy superior a la fatiga de cada uno. A esto los hombres llaman ideal, y tienen razón. No hay otra filosofía en la vida de un hombre y de una abeja.

La gama ciega

Había una vez un venado —una gama— que tuvo dos hijos mellizos, cosa rara entre los venados. Un gato montés se comió a uno de ellos, y quedó solo la hembra. Las otras gamas, que la querían mucho, le hacían siempre cosquillas en los costados.

Su madre le hacía repetir todas la mañanas, al rayar el día, la oración de los venados. Y dice así:

I. Hay que oler bien primero las hojas antes de comerlas, porque algunas son venenosas.

II. Hay que mirar bien el río y quedarse quieto antes de bajar a beber, para estar seguro de que no hay yacarés.

III. Cada media hora hay que levantar bien alto la cabeza y oler el viento, para sentir el olor del tigre.

IV. Cuando se come pasto del suelo hay que mirar siempre antes los yuyos, para ver si hay víboras.

Este es el padrenuestro de los venados chicos. Cuando la gamita lo hubo aprendido bien, su madre la dejó andar sola.

Una tarde, sin embargo, mientras la gamita recorría el monte comiendo las hojitas tiernas, vio de pronto ante ella, en el hueco de un árbol que estaba podrido, muchas bolitas juntas que colgaban. Tenían un color oscuro, como el de las pizarras.

¿Qué sería? Ella tenía también un poco de miedo, pero como era muy traviesa, dio un cabezazo a aquellas cosas, y disparó.

Vio entonces que las bolitas se habían rajado, y que caían gotas. Habían salido también muchas mosquitas rubias de cintura muy fina, que caminaban apuradas por encima.

La gama se acercó, y las mosquitas no la picaron. Despacito, entonces, muy despacito, probó una gota con la punta de la lengua, y se relamió con gran placer: aquellas gotas eran miel, y miel riquísima porque las bolas de color pizarra eran una colmena de abejitas que no picaban porque no tenían aguijón. Hay abejas así.

En dos minutos la gamita se tomó toda la miel, y loca de contenta fue a contarle a su mamá. Pero la mamá la reprendió seriamente. —Ten mucho cuidado, mi hija —le dijo—, con los nidos de abejas. La miel es una cosa muy rica, pero es muy peligroso ir a sacarla. Nunca te metas con los nidos que veas.

La gamita gritó contenta: —¡Pero no pican, mamá! Los tábanos y las uras sí pican; las abejas, no.

—Estás equivocada, mi hija —continuó la madre—. Hoy has tenido suerte, nada más. Hay abejas y avispas muy malas. Cuidado, mi hija, porque me vas a dar un gran disgusto.

—¡Sí, mamá! ¡Sí, mamá! —respondió la gamita. Pero lo primero que hizo a la mañana siguiente, fue seguir los senderos que habían abierto los hombres en el monte, para ver con más facilidad los nidos de abejas.

Hasta que al fin halló uno. Esta vez el nido tenía abejas oscuras, con una fajita amarilla en la cintura, que caminaban por encima del nido. El nido también era distinto; pero la gamita pensó que, puesto que estas abejas eran más grandes, la miel debía ser más rica.

Se acordó asimismo de la recomendación de su mamá; mas, creyó que su mamá exageraba, como exageraban siempre las madres de las gamitas. Entonces le dio un gran cabezazo al nido.

¡Ojalá nunca lo hubiera hecho! Salieron en seguida cientos de avispas, miles de avispas que le picaron en todo el cuerpo, le llenaron todo el cuerpo de picaduras, en la cabeza, en la barriga, en la cola; y lo que es mucho peor, en los mismos ojos. La picaron más de diez en los ojos.

La gamita, loca de dolor corrió y corrió gritando, hasta que de repente tuvo que pararse porque no veía más: estaba ciega, ciega del todo.

Los ojos se le habían hinchado enormemente, y no veía más. Se quedó quieta entonces, temblando de dolor y de miedo, y solo podía llorar desesperadamente.

—¡Mamá!... ¡Mamá!...

Su madre, que había salido a buscarla, porque tardaba mucho, la halló al fin, y se desesperó también con su gamita que estaba ciega. La llevó paso a paso hasta su cubil con la cabeza de su hija recostada en su pescuezo, y los bichos del monte que encontraban en el camino, se acercaban todos a mirar los ojos de la infeliz gamita.

La madre no sabía qué hacer. ¿Qué remedios podía hacerle ella? Ella sabía bien que en el pueblo que estaba del otro lado del monte vivía un hombre que tenía remedios. El hombre era cazador, y cazaba también venados, pero era un hombre bueno.

La madre tenía miedo, sin embargo, de llevar a su hija a un hombre que cazaba gamas. Como estaba desesperada se decidió a hacerlo. Pero antes quiso ir a pedir una carta de recomendación al oso hormi-

guero, que era gran amigo del hombre.

Salió, pues, después de dejar a la gamita bien oculta, y atravesó corriendo el monte, donde el tigre casi la alcanza. Cuando llegó a la guarida de su amigo, no podía dar un paso más de cansancio.

Este amigo era, como se ha dicho, un oso hormiguero; pero era de una especie pequeña, cuyos individuos tienen un color amarillo, y por encima del color amarillo una especie de camiseta negra sujeta por dos cintas que pasan por encima de los hombros. Tienen también la cola prensil porque viven siempre en los árboles, y se cuelgan de la cola.

¿De dónde provenía la amistad estrecha entre el oso hormiguero y el cazador? Nadie lo sabía en el monte; pero alguna vez ha de llegar el motivo a nuestros oídos.

La pobre madre, pues, llegó hasta el cubil del oso hormiguero.

—¡Tan!, ¡tan!, ¡tan! —llamó jadeante.

—¿Quién es? —respondió el oso hormiguero.

—¡Soy yo, la gama!

—¡Ah, bueno! ¿Qué quiere la gama?

—Vengo a pedirle una tarjeta de recomendación para el cazador. La gamita, mi hija, está ciega.

—¿Ah, la gamita? —le respondió el oso hormiguero—. Es una buena persona. Si es por ella, sí le doy lo que quiere. Pero no necesita nada escrito... Muéstrele esto, y la atenderá.

Y con el extremo de la cola, el oso hormiguero le extendió a la gama una cabeza seca de víbora, completamente seca, que tenía aún los colmillos venenosos.

—Muéstrele esto —dijo aún el comedor de hormigas—. No se precisa más.

—¡Gracias, oso hormiguero! —respondió contenta la gama—. Usted también es una buena persona.

Y salió corriendo, porque era muy tarde y pronto iba a amanecer.

Al pasar por su cubil recogió a su hija, que se quejaba siempre, y juntas llegaron por fin al pueblo, donde tuvieron que caminar muy despacito y arrimarse a las paredes, para que los perros no las sintieran. Ya estaban ante la puerta del cazador.

—¡Tan!, ¡tan!, ¡tan! —golpearon.

—¿Qué hay? —respondió una voz de hombre, desde adentro. —¡Somos las gamas!... ¡TENEMOS LA CABEZA DE VÍBORA!

La madre se apuró a decir esto, para que el hombre supiera bien que ellas eran amigas del oso hormiguero.

—¡Ah, ah! —dijo el hombre, abriendo la puerta—. ¿Qué pasa?

—Venimos para que cure a mi hija, la gamita, que está ciega.

Y contó al cazador toda la historia de las abejas.

—¡Hum!... Vamos a ver qué tiene esta señorita —dijo el cazador. Y volviendo a entrar en la casa, salió de nuevo con una sillita alta, e hizo sentar en ella a la gamita para poderle ver bien los ojos sin agacharse mucho. Le examinó así los ojos, bien de cerca con un vidrio redondo muy grande, mientras la mamá alumbraba con el farol de viento colgado de su cuello.

—Esto no es gran cosa —dijo por fin el cazador, ayudando a bajar a la gamita—. Pero hay que tener mucha paciencia. Póngale esta pomada en los ojos todas las noches, y téngale veinte días en la oscuridad. Después póngale estos lentes amarillos, y se curará.

—¡Muchas gracias, cazador! —respondió la madre, muy contenta y agradecida—. ¿Cuánto le debo?

—No es nada —respondió sonriendo el cazador—. Pero tenga mucho cuidado con los perros, porque en la otra cuadra vive precisamente un hombre que tiene perros para seguir el rastro de los venados.

Las gamas tuvieron gran miedo; apenas pisaban, y se detenían a cada momento. Y con todo, los perros las olfatearon y las corrieron media legua dentro del monte. Corrían por una picada muy ancha, y delante la gamita iba balando.

Tal como lo dijo el cazador se efectuó la curación. Pero solo la gama supo cuánto le costó tener encerrada a la gamita en el hueco de un gran árbol, durante veinte días interminables. Adentro no se veía nada. Por fin una mañana la madre apartó con la cabeza el gran montón de ramas que había arrimado al hueco del árbol para que no entrara luz, y la gamita, con sus lentes amarillos, salió corriendo y gritando:

—¡Veo, mamá! ¡Ya veo todo!

Y la gama, recostando la cabeza en una rama, lloraba también de alegría, al ver curada su gamita.

Y se curó del todo. Pero aunque curada, y sana y contenta, la gamita tenía un secreto que la entristecía. Y el secreto era este: ella quería a toda costa pagarle al hombre que tan bueno había sido con ella y no sabía cómo.

Hasta que un día creyó haber encontrado el medio. Se puso a recorrer la orilla de las lagunas y bañados buscando plumas de garza para llevarle al cazador. El cazador, por su parte, se acordaba a veces de aquella gamita ciega que él había curado.

Y una noche de lluvia estaba el hombre leyendo en su cuarto, muy contento porque acababa de componer el techo de paja, que ahora no se llovía más; estaba leyendo cuando oyó que llamaban. Abrió la puerta, y vio a la gamita que le traía un atadito, un plumerito todo mojado de plumas de garza.

El cazador se puso a reír, y la gamita, avergonzada porque creía que el cazador se reía de su pobre regalo, se fue muy triste. Buscó entonces plumas muy grandes, bien secas y limpias, y una semana después volvió con ellas; y esta vez el hombre, que se había reído la vez anterior de cariño, no se rió esta vez porque la gamita no comprendía la risa. Pero en cambio le regaló un tubo de tacuara lleno de miel, que la gamita tomó loca de contento.

Desde entonces la gamita y el cazador fueron

grandes amigos. Ella se empeñaba siempre en llevarle plumas de garza que valen mucho dinero, y se quedaba las horas charlando con el hombre. Él ponía siempre en la mesa un jarro enlozado lleno de miel, y arrimaba la sillita alta para su amiga. A veces le daba también cigarros que las gamas comen con gran gusto, y no les hacen mal. Pasaban así el tiempo, mirando la llama, porque el hombre tenía una estufa de leña mientras afuera el viento y la lluvia sacudían el alero de paja del rancho.

Por temor a los perros, la gamita no iba sino en las noches de tormenta. Y cuando caía la tarde y empezaba a llover, el cazador colocaba en la mesa el jarrito con miel y la servilleta, mientras él tomaba café y leía, esperando en la puerta el ¡tan-tan! bien conocido de su amiga la gamita.

La guerra de los yacarés

En un río muy grande, en un país desierto donde nunca había estado el hombre, vivían muchos yacarés. Eran más de cien o más de mil. Comían peces, bichos que iban a tomar agua al río, pero sobre todo peces. Dormían la siesta en la arena de la orilla, y a veces jugaban sobre el agua cuando había noches de luna.

Todos vivían muy tranquilos y contentos. Pero una tarde, mientras dormían la siesta, un yacaré se despertó de golpe y levantó la cabeza porque creía haber sentido ruido. Prestó oídos, y lejos, muy lejos, oyó efectivamente un ruido sordo y profundo. Entonces llamó al yacaré que dormía a su lado.

—¡Despiértate! —le dijo—. Hay peligro.

—¿Qué cosa? —respondió el otro, alarmado.

—No sé —contestó el yacaré que se había despertado primero—. Siento un ruido desconocido.

El segundo yacaré oyó el ruido a su vez, y en un momento despertaron a los otros. Todos se asustaron y corrían de un lado para otro con la cola levantada.

Y no era para menos su inquietud, porque el ruido crecía, crecía. Pronto vieron como una nubecita de humo a lo lejos, y oyeron un ruido de chas-chas en el río como si golpearan el agua muy lejos.

Los yacarés se miraban unos a otros: ¿qué podía ser aquello?

Pero un yacaré viejo y sabio, el más sabio y viejo de todos, un viejo yacaré a quién no quedaban sino dos dientes sanos en los costados de la boca, y que había hecho una vez un viaje hasta el mar, dijo de repente:

—¡Yo sé lo que es! ¡Es una ballena! ¡Son grandes

y echan agua blanca por la nariz! El agua cae para atrás.

Al oír esto, los yacarés chiquitos comenzaron a gritar como locos de miedo, zambullendo la cabeza. Y gritaban:

—¡Es una ballena! ¡Ahí viene la ballena!

Pero el viejo yacaré sacudió de la cola al yacarecito que tenía más cerca.

—¡No tengan miedo! —les gritó— ¡Yo sé lo que es la ballena! ¡Ella tiene miedo de nosotros! ¡Siempre tiene miedo!

Con lo cual los yacarés chicos se tranquilizaron. Pero en seguida volvieron a asustarse, porque el humo gris se cambió de repente en humo negro, y todos sintieron bien fuerte ahora el chas-chas-chas en el agua. Los yacarés, espantados, se hundieron en el río, dejando solamente fuera los ojos y la punta de la nariz. Y así vieron pasar delante de ellos aquella cosa inmensa, llena de humo y golpeando el agua, que era un vapor de ruedas que navegaba por primera vez por aquel río.

El vapor pasó, se alejó y desapareció. Los yacarés entonces fueron saliendo del agua, muy enojados con el viejo yacaré, porque los había engañado, diciéndoles que eso era una ballena.

—¡Eso no es una ballena! —le gritaron en las orejas, porque era un poco sordo—. ¿Qué es eso que pasó?

El viejo yacaré les explicó entonces que era un vapor, lleno de fuego, y que los yacarés se iban a morir todos si el buque seguía pasando. Pero los yacarés se echaron a reír, porque creyeron que el viejo se había vuelto loco ¿Por qué se iban a morir ellos si el vapor seguía pasando? ¡Estaba bien loco el pobre yacaré viejo!

Y como tenían hambre, se pusieron a buscar peces.

Pero no había ni un pez. No encontraron un solo pez. Todos se habían ido, asustados por el ruido del vapor. No había más peces.

—¿No les decía yo? —dijo entonces el viejo yacaré— Ya no tenemos nada que comer. Todos los peces se han ido. Esperemos hasta mañana. Puede ser que el vapor no vuelva más, y los peces volverán cuando no tengan más miedo.

Pero al día siguiente sintieron de nuevo el ruido en el agua, y vieron pasar de nuevo al vapor, haciendo mucho ruido y largando tanto humo que oscurecía el cielo.

—Bueno —dijeron entonces los yacarés—; el buque pasó ayer, pasó hoy, y pasará mañana. Ya no habrá más peces ni bichos que vengan a tomar agua, y nos moriremos de hambre. Hagamos entonces un dique.

—¡Si, un dique! ¡Un dique gritaron todos, nadando a toda fuerza hacia la orilla—. ¡Hagamos un dique!

Enseguida se pusieron a hacer el dique. Fueron

todos al bosque y echaron abajo más de diez mil árboles, sobre todo lapachos y quebrachos, porque tienen la madera muy dura... Los cortaron con la especie de serrucho que los yacarés tienen encima de la cola; los empujaron hasta el agua, y los clavaron a todo lo ancho del río, a un metro uno del otro. Ningún buque podía pasar por allí, ni grande ni chico. Estaban seguros de que nadie vendría a espantar los peces. Y como estaban muy cansados, se acostaron a dormir en la playa.

Al otro día dormían todavía cuando oyeron el chas-chas-chas del vapor. Todos oyeron, pero ninguno se levantó ni abrió los ojos siquiera. ¿qué les importaba el buque? Podía hacer todo el ruido que quisiera, por allí no iba a pasar.

En efecto: el vapor estaba muy lejos todavía cuando se detuvo. Los hombres que iban adentro miraron con anteojos aquella cosa atravesada en el río y mandaron un bote a ver qué era aquello que les impedía pasar. Entonces los yacarés se levantaron y fueron al dique, y miraron por entre los palos, riéndose del chasco que se había llevado el vapor.

El bote se acercó, vio el formidable dique que habían levantado los yacarés y se volvió al vapor. Pero después volvió otra vez al dique, y los hombres del bote gritaron:

—¡Eh, yacarés!

—¡Qué hay! —respondieron los yacarés, sacando la cabeza por entre los troncos del dique.

—¡Nos está estorbando eso! —continuaron los hombres.

—¡Ya lo sabemos!

—¡No podemos pasar!

—¡Es lo que queremos!

—¡Saquen el dique!

—¡No lo sacamos!

Los hombres del bote hablaron un rato en voz baja entre ellos y gritaron después:

—¡Yacarés!

—¿Qué hay? —contestaron ellos.

—¿No lo sacan?

—¡No!

—¡Hasta mañana, entonces!

—¡Hasta cuando quieran!

Y el bote volvió al vapor, mientras los yacarés, locos de contentos, daban tremendos colazos en el agua. Ningún vapor iba a pasar por allí y siempre, siempre, habría peces.

Pero al día siguiente volvió el vapor, y cuando los yacarés miraron el buque, quedaron mudos de asombro: ya no era el mismo buque. Era otro, un buque de color ratón, mucho más grande que el otro. ¿Qué nuevo vapor era ese? ¿Ese también quería pasar? No iba a pasar, no. ¡Ni ese, ni otro, ni ningún otro!

—¡No, no va a pasar! —gritaron los yacarés, lanzándose al dique, cada cual a su puesto entre los troncos.

El nuevo buque, como el otro, se detuvo lejos, y también como el otro bajó un bote que se acercó al dique.

Dentro venían un oficial y ocho marineros. El oficial gritó:

—¡Eh, yacarés!

—¡Qué hay! —respondieron estos.

—¿No sacan el dique?

—No.

—¿No?

—¡No!

—Está bien —dijo el oficial—. Entonces lo vamos a echar a pique a cañonazos.

—¡Echen! —contestaron los yacarés.

Y el bote regresó al buque.

Ahora bien, ese buque de color ratón era un buque de guerra, un acorazado con terribles cañones. El viejo yacaré sabio que había ido una vez hasta el mar se acordó de repente, y apenas tuvo tiempo de gritar a los otros yacarés:

—¡Escóndanse bajo el agua! ¡Ligero! ¡Es un buque de guerra! ¡Cuidado! ¡Escóndanse!

Los yacarés desaparecieron en un instante bajo el agua y nadaron hacia la orilla, donde quedaron hundidos, con la nariz y los ojos únicamente fuera del agua. En ese mismo momento, del buque salió una gran nube blanca de humo, sonó un terrible estampido y una enorme bala de cañón cayó en pleno dique, justo en el medio. Dos o tres troncos volaron hechos pedazos, y en seguida cayó otra bala, y otra y otra más, y cada una hacía saltar por el aire en astillas un pedazo de dique, hasta que no quedó nada del dique. Ni un tronco, ni una astilla, ni una cáscara.

Todo había sido deshecho a cañonazos por el acorazado. Y los yacarés, hundidos en el agua, con los ojos y la nariz solamente afuera, vieron pasar el buque de guerra, silbando a toda fuerza.

Entonces los yacarés salieron del agua y dijeron:

—Hagamos otro dique mucho más grande que el otro.

Y en esa misma tarde y esa noche misma hicieron otro dique, con troncos inmensos. Después se acostaron a dormir, cansadísimos, y estaban durmiendo todavía al día siguiente cuando el buque de guerra llegó otra vez, y .el bote se acercó al dique.

—¡Eh, yacarés! —gritó el oficial.

—¡Qué hay! —respondieron los yacarés.

—¡Saquen ese otro dique!

—¡No lo sacamos!

—¡Lo vamos a deshacer a cañonazos como al otro!...

—¡Deshagan... si pueden!

Y hablaban así con orgullo porque estaban seguros de que su nuevo dique no podría ser deshecho ni por todos los cañones del mundo.

Pero un rato después el buque volvió a llenarse de humo, y con un horrible estampido la bala reventó en el medio del dique, porque esta vez habían tirado con granada. La granada reventó contra los troncos, hizo saltar, despedazó, redujo a astillas las enormes vigas. La segunda reventó al lado de la primera y otro pedazo de dique voló por el aire. Y así fueron deshaciendo el dique. Y no quedó nada del dique; nada, nada. El buque de guerra pasó entonces delante de los yacarés, y los hombres les hacían burlas tapándose la boca.

—Bueno —dijeron entonces los yacarés, saliendo del agua—. Vamos a morir todos, porque el buque va a pasar siempre y los peces no volverán.

Y estaban tristes, porque los yacarés chiquitos se quejaban de hambre.

El viejo yacaré dijo entonces:

—Todavía tenemos una esperanza de salvarnos. Vamos a ver al Surubí. Yo hice el viaje con él cuando fui hasta el mar, y tiene un torpedo. El vio un combate entre dos buques de guerra, y trajo hasta aquí un torpedo que no reventó. Vamos a pedírselo, y aunque está muy enojado con nosotros los yacarés, tiene buen corazón y no querrá que muramos todos.

El hecho es que antes, muchos años antes, los yacarés se habían comido a un sobrinito del Surubí,

y este no había querido tener más relaciones con los yacarés. Pero a pesar de todo fueron corriendo a ver al Surubí, que vivía en una gruta grandísima en la orilla del río Paraná, y que dormía siempre al lado de su torpedo. Hay Surubíes que tienen hasta dos metros de largo y el dueño del torpedo era uno de esos.

—¡Eh, Surubí! —gritaron todos los yacarés desde la entrada de la gruta, sin atreverse a entrar por aquel asunto del sobrinito.

—¿Quién me llama? —contestó el Surubí.

—¡Somos nosotros, los yacarés!

—No tengo ni quiero tener relación con ustedes —respondió el Surubí, de mal humor.

Entonces el viejo yacaré se adelantó un poco en la gruta y dijo:

—¡Soy yo, Surubí! ¡Soy tu amigo el yacaré que hizo contigo el viaje hasta el mar!

Al oír esa voz conocida, el Surubí salió de la gruta.

—¡Ah, no te había conocido! —le dijo cariñosamente a su viejo amigo—. ¿Qué quieres?

—Venimos a pedirte el torpedo. Hay un buque de guerra que pasa por nuestro río y espanta a los peces. Es un buque de guerra, un acorazado. Hicimos un dique, y lo echó a pique. Hicimos otro, y lo echó también a pique. Los peces se han ido, y nos moriremos de hambre. Danos el torpedo, y lo echaremos a pique a él.

El Surubí, al oír esto, pensó un largo rato, y después dijo:

—Está bien; les prestaré el torpedo, aunque me acuerdo siempre de lo que hicieron con el hijo de mi hermano. ¿Quién sabe hacer reventar el torpedo?

Ninguno sabía, y todos callaron.

—Está bien —dijo el Surubí, con orgullo—, yo lo haré reventar. Yo sé hacer eso.

Organizaron entonces el viaje. Los yacarés se ataron todos unos con otros; de la cola de uno al cuello del otro; de la cola de este al cuello de aquél, formando así una larga cadena de yacarés que tenía más de una cuadra. El inmenso Surubí empujó el torpedo hacia la corriente y se colocó bajo él, sosteniéndolo sobre el lomo para que flotara. Y como las lianas con que estaban atados los yacarés uno detrás del otro se habían concluido, el Suburí se prendió con los dientes de la cola del último yacaré, y así emprendieron la marcha. El Surubí sostenía el torpedo, y los yacarés tiraban, corriendo por la costa. Subían, bajaban, saltaban por sobre las piedras, corriendo siempre y arrastrando al torpedo, que levantaba olas como un buque por la velocidad de la corrida. Pero a la mañana siguiente, bien temprano, llegaban al lugar donde habían construido su último dique, y comenzaron en seguida otro, pero mucho más fuerte que los anteriores, porque por consejo del Surubí colocaron los troncos bien juntos, uno al lado del otro. Era un dique realmente formidable.

Hacía apenas una hora que acababan de colocar el último tronco del dique, cuando el buque de guerra apareció otra vez, y el bote con el oficial y ocho marineros se acercó de nuevo al dique. Los yacarés se treparon entonces por los troncos y asomaron la cabeza del otro lado.

—¡Eh, yacarés! —gritó el oficial.

—¡Qué hay! —respondieron los yacarés.

—¿Otra vez el dique?

—¡Sí, otra vez!

—¡Saquen ese dique!

—¡Nunca!

—¿No lo sacan?

—¡No!

—Bueno; entonces, oigan —dijo el oficial—. Vamos a deshacer este dique, y para que no quieran hacer otro los vamos a deshacer después a ustedes, a cañonazos. No va a quedar ni uno solo vivo, ni grandes, ni chicos, ni gordos, ni flacos, ni jóvenes, ni viejos, como ese viejísimo yacaré que veo allí, y que no tiene sino dos dientes en los costados de la boca.

El viejo y sabio yacaré, al ver que el oficial hablaba de él y se burlaba, le dijo:

—Es cierto que no me quedan sino pocos dientes, y algunos rotos. ¿Pero usted sabe qué van a comer mañana estos dientes? —añadió, abriendo su inmensa boca.

—¿Qué van a comer, a ver? —respondieron los marineros.

—A ese oficialito —dijo el yacaré y se bajó rápidamente de su tronco.

Entretanto, el Surubí había colocado su torpedo bien en medio del dique, ordenando a cuatro yacarés que lo agarraran con cuidado y lo hundieran en el agua hasta que él les avisara. Así lo hicieron. En seguida, los demás yacarés se hundieron a su vez cerca de la orilla, dejando únicamente la nariz y los ojos fuera del agua. El Surubí se hundió al lado de su torpedo.

De repente el buque de guerra se llenó de humo y lanzó el primer cañonazo contra el dique. La granada reventó justo en el centro del dique, hizo volar en mil pedazos diez o doce troncos.

Pero el Surubí estaba alerta y apenas quedó abierto el agujero en el dique, gritó a los yacarés que estaban bajo el agua sujetando el torpedo:

—¡Suelten el torpedo, ligero, suelten!

Los yacarés soltaron, y el torpedo vino a flor de agua.

En menos del tiempo que se necesita para contarlo, el Surubí colocó el torpedo bien en el centro del boquete abierto, apuntando con un solo ojo, y poniendo en movimiento el mecanismo del torpedo, lo lanzó contra el buque.

¡Ya era tiempo! En ese instante el acorazado lanzaba su segundo cañonazo y la granada iba a reventar entre los palos, haciendo saltar en astillas otro pedazo del dique.

Pero el torpedo llegaba ya al buque, y los hombres que estaban en él lo vieron: es decir, vieron el remolino que hace en el agua un torpedo. Dieron todos un gran grito de miedo y quisieron mover el acorazado para que el torpedo no lo tocara.

Pero era tarde; el torpedo llegó, chocó con el inmenso buque bien en el centro, y reventó.

No es posible darse cuenta del terrible ruido con que reventó el torpedo. Reventó, y partió el buque en quince mil pedazos; lanzó por el aire, a cuadras y cuadras de distancia, chimeneas, máquinas, cañones, lanchas, todo.

Los yacarés dieron un grito de triunfo y corrieron como locos al dique. Desde allí vieron pasar por el agujero abierto por la granada a los hombres muertos, heridos y algunos vivos que la corriente del río arrastraba.

Se treparon amontonados en los dos troncos que quedaban a ambos lados del boquete y cuando los hombres pasaban por allí, se burlaban tapándose la boca con las patas.

No quisieron comer a ningún hombre, aunque bien lo merecían. Solo cuando pasó uno que tenía galones de oro en el traje y que estaba vivo, el viejo yacaré se lanzó de un salto al agua, y ¡tac! en dos golpes de boca se lo comió.

—¿Quién es ése? —preguntó un yacarecito ignorante.

—Es el oficial —le respondió el Surubí—. Mi viejo amigo le había prometido que lo iba a comer, y se lo ha comido.

Los yacarés sacaron el resto del dique, que para nada servía ya, puesto que ningún buque volvería a pasar por allí. El Surubí, que se había enamorado del cinturón y los cordones del oficial, pidió que se los regalaran, y tuvo que sacárselos de entre los dientes al viejo yacaré, pues habían quedado enredados allí. El Surubí se puso el cinturón, abrochándolo bajo las aletas y del extremo de sus grandes bigotes prendió los cordones de la espada. Como la piel del Surubí es muy bonita, y las manchas oscuras que tiene se parecen a las de una víbora, el Surubí nadó una hora pasando y repasando ante los yacarés que lo admiraban con la boca abierta.

Los yacarés lo acompañaron luego hasta su gruta y le dieron las gracias infinidad de veces. Volvieron después a su paraje. Los peces volvieron también, los yacarés vivieron y viven todavía muy felices, porque se han acostumbrado al fin a ver pasar vapores y buques que llevan naranjas.

Pero no quieren saber nada de buques de guerra.

La tortuga gigante

Había una vez un hombre que vivía en Buenos Aires, y estaba muy contento porque era un hombre sano y trabajador. Pero un día se enfermó, y los médicos le dijeron que solamente yéndose al campo podría curarse. Él no quería ir, porque tenía hermanos chicos a quienes daba de comer; y se enfermaba cada día más. Hasta que un amigo suyo, que era director del Zoológico, le dijo un día:

—Usted es amigo mío, y es un hombre bueno y trabajador. Por eso quiero que se vaya a vivir al monte, a hacer mucho ejercicio al aire libre para curarse. Y como usted tiene mucha puntería con la escopeta, cace bichos del monte para traerme los cueros, y yo le daré plata adelantada para que sus hermanitos puedan comer bien.

El hombre enfermo aceptó, y se fue a vivir al monte, lejos, más lejos que Misiones todavía. Hacía allá mucho calor, y eso le hacía bien.

Vivía solo en el bosque, y él mismo se cocinaba. Comía pájaros y bichos del monte, que cazaba con la escopeta, y después comía frutos. Dormía bajo los árboles, y cuando hacía mal tiempo construía en cinco minutos una ramada con hojas de palmera, y allí pasaba sentado y fumando, muy contento en medio del bosque que bramaba con el viento y la lluvia.

Había hecho un atado con los cueros de los animales, y lo llevaba al hombro. Había también agarrado vivas muchas víboras venenosas, y las llevaba dentro de un gran mate, porque allá hay mates tan grandes como una lata de kerosene.

El hombre tenía otra vez buen color, estaba fuerte y tenía apetito. Precisamente un día que tenía mucha hambre, porque hacía dos días que no cazaba nada, vio a la orilla de una gran laguna un tigre enorme que quería comer una tortuga, y la ponía parada de canto para meter dentro una pata y sacar la carne con las uñas. Al ver al hombre el tigre lanzó un rugido espantoso y se lanzó de un salto sobre él. Pero el cazador, que tenía una gran puntería, le apuntó entre los dos ojos, y le rompió la cabeza. Después le sacó el cuero, tan grande que él solo podría servir de alfombra para un cuarto.

—Ahora —se dijo el hombre—, voy a comer tortuga, que es una carne muy rica.

Pero cuando se acercó a la tortuga, vio que estaba ya herida, y tenía la cabeza casi separada del cuello, y la cabeza colgaba casi de dos o tres hilos de carne.

A pesar del hambre que sentía, el hombre tuvo lástima de la pobre tortuga, y la llevó arrastrando con una soga hasta su ramada y le vendó la cabeza con tiras de género que sacó de su camisa, porque no tenía más que una sola camisa, y no tenía trapos. La había llevado arrastrando porque la tortuga era inmensa, tan alta como una silla, y pesaba como un hombre.

La tortuga quedó arrimada a un rincón, y allí pasó días y días sin moverse.

El hombre la curaba todos los días, y después le daba golpecitos con la mano sobre el lomo.

La tortuga sanó por fin. Pero entonces fue el hombre quien se enfermó. Tuvo fiebre, y le dolía todo el cuerpo.

Después no pudo levantarse más. La fiebre aumentaba siempre, y la garganta le quemaba de tanta sed. El hombre comprendió entonces que estaba gravemente enfermo, y habló en voz alta, aunque estaba solo, porque tenía mucha fiebre.

—Voy a morir —dijo el hombre—. Estoy solo, ya no puedo levantarme más, y no tengo quien me dé agua, siquiera. Voy a morir aquí de hambre y de sed.

Y al poco rato la fiebre subió más aún, y perdió el conocimiento.

Pero la tortuga lo había oído, y entendió lo que el cazador decía. Y ella pensó entonces:

—El hombre no me comió la otra vez, aunque tenía mucha hambre, y me curó. Yo le voy a curar a él ahora.

Fue entonces a la laguna, buscó una cáscara de tortuga chiquita, y después de limpiarla bien con arena y ceniza la llenó de agua y le dio de beber al hombre, que estaba tendido sobre su manta y se moría de sed. Se puso a buscar enseguida raíces ricas y yuyitos tiernos, que le llevó al hombre para que comiera. El hombre comía sin darse cuenta de quién le daba la comida, porque tenía delirio con la fiebre y no conocía a nadie.

Todas las mañanas, la tortuga recorría el monte buscando raíces cada vez más ricas para darle al hombre, y sentía no poder subirse a los árboles para llevarle frutas.

El cazador comió así días y días sin saber quién le daba la comida, y un día recobró el conocimiento. Miró a todos lados, y vio que estaba solo, pues allí no había más que él y la tortuga, que era un animal. Y dijo otra vez en voz alta:

—Estoy solo en el bosque, la fiebre va a volver de nuevo, y voy a morir aquí, porque solamente en Buenos Aires hay remedios para curarme. Pero nunca podré ir, y voy a morir aquí.

Pero también esta vez la tortuga lo había oído, y se dijo:

—Si queda aquí en el monte se va a morir, porque no hay remedios, y tengo que llevarlo a Buenos Aires.

Dicho esto, cortó enredaderas finas y fuertes, que son como piolas, acostó con mucho cuidado al hombre encima de su lomo, y lo sujetó bien con las enredaderas para que no se cayese. Hizo muchas pruebas para acomodar bien la escopeta, los cueros y el mate con víboras, y al fin consiguió lo que quería, sin molestar al cazador, y emprendió entonces el viaje.

La tortuga, cargada así, caminó, caminó y caminó de día y de noche. Atravesó montes, campos, cruzó a nado ríos de una legua de ancho, y atravesó pantanos en que quedaba casi enterrada, siempre con el hombre moribundo encima. Después de ocho o diez horas de caminar, se detenía, deshacía los nudos, y acostaba al hombre con mucho cuidado, en un lugar donde hubiera pasto bien seco.

Iba entonces a buscar agua y raíces tiernas, y le daba al hombre enfermo. Ella comía también, aunque estaba tan cansada que prefería dormir.

A veces tenía que caminar al sol; y como era verano, el cazador tenía tanta fiebre que deliraba y se moría de sed. Gritaba: ¡agua!, ¡agua!, a cada rato. Y cada vez la tortuga tenía que darle de beber.

Así anduvo días y días, semana tras semana. Cada vez estaban más cerca de Buenos Aires, pero también cada día la tortuga se iba debilitando, cada día tenía menos fuerza, aunque ella no se quejaba. A veces se quedaba tendida, completamente sin fuerzas, y el hombre recobraba a medias el conocimiento. Y decía, en voz alta:

—Voy a morir, estoy cada vez más enfermo, y solo en Buenos Aires me podría curar. Pero voy a morir aquí, solo, en el monte.

Él creía que estaba siempre en la ramada, porque no se daba cuenta de nada. La tortuga se levantaba entonces, y emprendía de nuevo el camino.

Pero llegó un día, un atardecer, en que la pobre tortuga no pudo más. Había llegado al límite de sus fuerzas, y no podía más. No había comido desde hacía una semana para llegar más pronto. No tenía más fuerza para nada.

Cuando cayó del todo la noche, vio una luz lejana en el horizonte, un resplandor que iluminaba el cielo, y no supo qué era. Se sentía cada vez más débil, y cerró entonces los ojos para morir junto con el cazador, pensando con tristeza que no había podido salvar al hombre que había sido bueno con ella.

Y sin embargo, estaba ya en Buenos Aires, y ella no lo sabía. Aquella luz que veía en el cielo era el resplandor de la ciudad, e iba a morir cuando estaba ya al fin de su heroico viaje.

Pero un ratón de la ciudad —posiblemente el ratoncito Pérez— encontró a los dos viajeros moribundos.

—¡Qué tortuga! —dijo el ratón—. Nunca he visto una tortuga tan grande. ¿Y eso que llevas en el lomo, qué es? ¿Es leña?

—No —le respondió con tristeza la tortuga—. Es un hombre.

—¿Y adónde vas con ese hombre? —añadió el curioso ratón.

—Voy... voy... Quería ir a Buenos Aires —respondió la pobre tortuga en una voz tan baja que apenas se oía—. Pero vamos a morir aquí, porque nunca llegaré...

—¡Ah, zonza, zonza! —dijo riendo el ratoncito—. ¡Nunca vi una tortuga más zonza! ¡Si ya has llegado a Buenos Aires! Esa luz que ves allá, es Buenos Aires.

Al oír esto, la tortuga se sintió con una fuerza inmensa, porque aún tenía tiempo de salvar al cazador, y emprendió la marcha.

Y cuando era de madrugada todavía, el director del Jardín Zoológico vio llegar a una tortuga embarrada y sumamente flaca, que traía acostado en su lomo y atado con enredaderas, para que no se cayera, a un hombre que se estaba muriendo. El director reconoció a su amigo, y él mismo fue corriendo a buscar remedios, con los que el cazador se curó enseguida.

Cuando el cazador supo cómo lo había salvado la tortuga, cómo había hecho un viaje de trescientas leguas para que tomara remedios, no quiso separarse más de ella. Y como él no podía tenerla en su casa, que era muy chica, el director del Zoológico se comprometió a tenerla en el jardín, y a cuidarla como si fuera su propia hija.

Y así pasó. La tortuga, feliz y contenta con el cariño que le tienen, pasea por todo el jardín, y es la misma gran tortuga que vemos todos los días comiendo el pastito alrededor de las jaulas de los monos.

Las medias de los flamencos

Cierta vez las víboras dieron un gran baile. Invitaron a las ranas y a los sapos, a los flamencos, y a los yacarés y a los peces. Los peces, como no caminan, no pudieron bailar; pero siendo el baile a la orilla del río, los peces estaban asomados a la arena, y aplaudían con la cola.

Los yacarés, para adornarse bien, se habían puesto en el pescuezo un collar de plátanos, y fumaban cigarros paraguayos. Los sapos se habían pegado escamas de peces en todo el cuerpo, y caminaban meneándose, como si nadaran. Y cada vez que pasaban muy serios por la orilla del río, los peces les gritaban haciéndoles burla.

Las ranas se habían perfumado todo el cuerpo, y caminaban en dos pies. Además, cada una llevaba colgada, como un farolito, una luciérnaga que se balanceaba.

Pero las que estaban hermosísimas eran las víboras. Todas, sin excepción, estaban vestidas con traje de bailarina, del mismo color de cada víbora. Las víboras coloradas llevaban una pollerita de tul colorado; las verdes, una de tul verde; las amarillas, otra de tul amarillo; y las yararás, una pollerita de tul gris pintada con rayas de polvo de ladrillo y ceniza, porque así es el color de las yararás.

Y las más espléndidas de todas eran las víboras de que estaban vestidas con larguísimas gasas rojas y negras, y bailaban como serpentinas. Cuando las víboras danzaban y daban vueltas apoyadas en la punta de la cola, todos los invitados aplaudían como locos.

Solo los flamencos, que entonces tenían las patas blancas, y tienen ahora como antes la nariz muy gruesa y torcida, solo los flamencos estaban tristes, porque como tienen muy poca inteligencia, no habían sabido cómo adornarse. Envidiaban el traje de todos, y sobre todo el de las víboras de coral. Cada vez que una víbora pasaba por delante de ellos, coqueteando y haciendo ondular las gasas de serpentinas, los flamencos se morían de envidia.

Un flamenco dijo entonces:

—Yo sé lo que vamos a hacer. Vamos a ponernos medias coloradas, blancas y negras, y las víboras de coral se van a enamorar de nosotros.

Y levantando todos juntos el vuelo, cruzaron el río y fueron a golpear en un almacén del pueblo.

—¡Tan-tan! —pegaron con las patas.

—¿Quién es? —respondió el almacenero.

—Somos los flamencos. ¿Tiene medias coloradas, blancas y negras?

—No, no hay —contestó el almacenero—. ¿Están locos? En ninguna parte van a encontrar medias así.
Los flamencos fueron entonces a otro almacén.

—¡Tan-tan! ¿Tienes medias coloradas, blancas y negras?

El almacenero contestó:

—¿Cómo dice? ¿Coloradas, blancas y negras? No hay medias así en ninguna parte. Ustedes están locos. ¿Quiénes son?

—Somos los flamencos— respondieron ellos.

Y el hombre dijo:

—Entonces son con seguridad flamencos locos.

Fueron a otro almacén.

—¡Tan-tan! ¿Tiene medias coloradas, blancas y negras?

El almacenero gritó :

—¿De qué color? ¿Coloradas, blancas y negras ? Solamente a pájaros narigudos como ustedes se les ocurre pedir medias así. ¡Váyanse en seguida!

Y el hombre los echó con la escoba.

Los flamencos recorrieron así todos los almacenes, y de todas partes los echaban por locos.

Entonces un tatú, que había ido a tomar agua al río se quiso burlar de los flamencos y les dijo, haciéndoles un gran saludo:

—¡Buenas noches, señores flamencos! Yo sé lo que ustedes buscan. No van a encontrar medias así en ningún almacén. Tal vez haya en Buenos Aires, pero tendrán que pedirlas por encomienda postal. Mi cuñada, la lechuza, tiene medias así. Pídanselas, y ella les va a dar las medias coloradas, blancas y negras.

Los flamencos le dieron las gracias, y se fueron volando a la cueva de la lechuza. Y le dijeron:

—¡Buenas noches, lechuza! Venimos a pedirte las medias coloradas, blancas y negras. Hoy es el gran baile de las víboras, y si nos ponemos esas medias, las víboras de coral se van a enamorar de nosotros.

—¡Con mucho gusto! —respondió la lechuza—. Esperen un segundo, y vuelvo en seguida.

Y echando a volar, dejó solos a los flamencos; y al rato volvió con las medias. Pero no eran medias, sino cueros de víboras de coral, lindísimos

cueros recién sacados a las víboras que la lechuza había cazado.

—Aquí están las medias —les dijo la lechuza—. No se preocupen de nada, sino de una sola cosa: bailen toda la noche, bailen sin parar un momento, bailen de costado, de cabeza, como ustedes quieran; pero no paren un momento, porque en vez de bailar van entonces a llorar.

Pero los flamencos, como son tan tontos, no comprendían bien qué gran peligro había para ellos en eso, y locos de alegría se pusieron los cueros de las víboras como medias, metiendo las patas dentro de los cueros, que eran como tubos. Y muy contentos se fueron volando al baile.

Cuando vieron a Los flamencos con sus hermosísimas medias, todos les tuvieron envidia. Las víboras querían bailar con ellos únicamente, y como los flamencos no dejaban un instante de mover las patas, las víboras no podían ver bien de qué estaban hechas aquellas preciosas medias.

Pero poco a poco, sin embargo, las víboras comenzaron a desconfiar. Cuando los flamencos pasaban bailando al lado de ellas, se agachaban hasta el suelo para ver bien.

Las víboras de coral, sobre todo, estaban muy inquietas. No apartaban la vista de las medias, y se agachaban también tratando de tocar con la lengua las patas de los flamencos, porque la lengua de la víbora es como la mano de las personas. Pero los flamencos bailaban y bailaban sin cesar, aunque estaban cansadísimos y ya no podían más.

Las víboras de coral, que conocieron esto, pidieron en seguida a las ranas sus farolitos, que eran bichitos de luz, y esperaron todas juntas a que los flamencos se cayeran de cansados.

Efectivamente, un minuto después, un flamenco, que ya no podía más, tropezó con un yacaré, se tambaleó y cayó de costado. En seguida las víboras de coral corrieron con sus farolitos y alumbraron bien las patas de! flamenco. Y vieron qué eran aquellas medias, y lanzaron un silbido que se oyó desde la otra orilla del Paraná.

—¡No son medias!— gritaron las víboras—. ¡Sabemos lo que es! ¡Nos han engañado! ¡Los flamencos han matado a nuestras hermanas y se han puesto sus cueros como medias! ¡Las medias que tienen son de víboras de coral!

Al oír esto, los flamencos, llenos de miedo porque estaban descubiertos, quisieron volar; pero estaban tan cansados que no pudieron levantar una sola pata. Entonces las víboras de coral se lanzaron sobre ellos, y enroscándose en sus patas les deshicieron a mordiscones las medias. Les arrancaron las medias a pedazos, enfurecidas y les mordían también las patas, para que murieran.

Los flamencos, locos de dolor, saltaban de un lado para otro sin que las víboras de coral se desenroscaran de sus patas, Hasta que al fin, viendo que ya no quedaba un solo pedazo de medias, las víboras los dejaron libres, cansadas y arreglándose las gasas de sus trajes de baile.

Además, las víboras de coral estaban seguras de que los flamencos iban a morir, porque la mitad, por lo menos, de las víboras de coral que los habían mordido eran venenosas.

Pero los flamencos no murieron. Corrieron a echarse al agua, sintiendo un grandísimo dolor y sus patas, que eran blancas, estaban entonces coloradas por el veneno de las víboras. Pasaron días y días, y siempre sentían terrible ardor en las patas, y las tenían siempre de color de sangre, porque estaban envenenadas.

Hace de esto muchísimo tiempo. Y ahora todavía están los flamencos casi todo el día con sus patas coloradas metidas en el agua, tratando de calmar el ardor que sienten en ellas.

A veces se apartan de la orilla, y dan unos pasos por tierra, para ver cómo se hallan. Pero los dolores del veneno vuelven en seguida, y corren a meterse en el agua. A veces el ardor que sienten es tan grande, que encogen una pata y quedan así horas enteras, porque no pueden estirarla.

Esta es la historia de los flamencos, que antes tenían las patas blancas y ahora las tienen coloradas.

Todos los peces saben por qué es, y se burlan de ellos. Pero los flamencos, mientras se curan en el agua, no pierden ocasión de vengarse, comiéndose a cuanto pececito se acerca demasiado a burlarse de ellos.

Sobre el autor

Horacio Quiroga nació en Salto, Uruguay, el 31 de diciembre de 1879, y murió en Buenos Aires el 19 de febrero de 1937.

Autor de *Los arrecifes de coral* (1901), *El crimen del otro* (1904), *Historia de un amor turbio* (1908), *Cuentos de Amor de Locura y de Muerte* (1917), *El Salvaje* (1920), *Cuentos de la Selva* (1921), *Anaconda* (1923), *El Desierto* (1924), *Los Desterrados* (1926), *Pasado amor* (1929) y *Más Allá* (1934) su último libro.

La existencia de Quiroga estuvo rodeada de tragedias, desde la muerte accidental de su padre a causa de un disparo de arma de fuego, hasta el envenenamiento de su primera esposa, pasando por la pérdida de dos hermanas que murieron de fiebre tifoidea y el suicidio de su padrastro, entre otras desgracias.

En 1936 se internó en el Hospital de Clínicas por un agudo dolor en el estómago. Apenas unos meses después le diagnosticaron un cáncer incurable y esa misma medianoche, en presencia de un amigo, Quiroga bebió un vaso de whisky con cianuro que lo mató a los pocos minutos. Sus restos fueron repatriados a su Uruguay natal.